《峒·观——罗坑红色翡翠》编辑小组

组　　长：黄达逸

副组长：何　南

成　　员：丁冬静　钟振杨　蔡宏杰　邓　富
　　　　　吴文华　罗俊先　刘海洋

南岭国家公园系列丛书

峒·观

罗坑红色翡翠

广东罗坑鳄蜥国家级自然保护区 编

黄桂祥 著

暨南大学出版社
JINAN UNIVERSITY PRESS
中国·广州

图书在版编目（CIP）数据

峒·观：罗坑红色翡翠 / 广东罗坑鳄蜥国家级自然

保护区编；黄桂祥著. -- 广州：暨南大学出版社，

2025. 1. --（南岭国家公园系列丛书）.

ISBN 978-7-5668-4122-3

Ⅰ．I267

中国国家版本馆 CIP 数据核字第 2024RW0019 号

峒·观——罗坑红色翡翠

DONG·GUAN——LUOKENG HONGSE FEICUI

编　者：广东罗坑鳄蜥国家级自然保护区

著　者：黄桂祥

出 版 人：阳　翼
统　　筹：黄文科
责任编辑：高　婷
责任校对：刘舜怡　许碧雅
责任印制：周一丹　郑玉婷

出版发行：暨南大学出版社（511434）
电　　话：总编室（8620）31105261
　　　　　营销部（8620）37331682　37331689
传　　真：（8620）31105289（办公室）　37331684（营销部）
网　　址：http://www.jnupress.com
排　　版：广州尚文数码科技有限公司
印　　刷：深圳市新联美术印刷有限公司
开　　本：787mm×1092mm　1/16
印　　张：18.5
字　　数：240 千
版　　次：2025 年 1 月第 1 版
印　　次：2025 年 1 月第 1 次
定　　价：98.00 元

自　序

　　罗坑，是韶关市近百个山区小镇之一，曾经偏僻贫弱、人烟稀少，因没有工商业开发而寂寂无闻，亦因此得以保存良好的原始生态和粗朴的客家农耕生活状态。如今，脚步飞快的人们慢慢发现罗坑绿色生态很好，空气清新，食物鲜甜，是广东省内少有的原真性客家山乡，很多方面不亚于舟车劳顿才能到达的热闹胜地。

　　作为本乡本峒人，我自然更熟悉家门口的山水草木，特别是外出读书、工作久了，见识与感受了城市的霓虹、尘嚣后，心里更惦念偏远清静且生养自己的故乡。然而，虽经努力自己也没想到自古"易涝易旱"、不起眼的小地方，如今会耕耘出一片"红""绿"多彩的书田。也许，这正是所谓的爱与责任的转化。看似平淡的书稿，其实也是魂根萦绕、心力所注。确实，有三个原因促使我不避水火"荷锄以耕"。

　　一是曾经的大义不该忘记。尽管艰辛的岁月天下共情，但"老少边穷淹"俱全的罗坑，一直忍耐着历史乱伤的疼痛与"春风不度"的落寞。回望逝去不远的旧日时光，不啻是山区、瑶区，甚至是"老区""匪区"的罗坑，不少家庭几乎整整一代人没有过喜庆和笑声。记忆中，孤儿盼母（年少时我随外太婆及舅舅生活），母亲一年中会在"过年""五月节""八月十五"回到只有

1

她奶奶和弟弟的娘家。匆忙中，母亲都不忘为这个釜少之家打扫卫生、添补柴草、侍弄菜地和挨家挨户看望村中老人，这是一家甚至是全村温暖的时刻。然而，每一次回娘家，母亲总是未入残门而先闻哭诉声。走的时候，也是忍泣而别。年复一年、年年如此，村邻闻之默然垂首。这有多大的冤屈、忧伤？近年在"读思学践"中，将"党史"联系"家史"探究，始知在七十多年前的解放战争时期，母亲的父母、兄长为接济共产党人不惧反动势力残杀的大义之举。母亲作为幼小的亲历者，长大出嫁后仍无时无刻不惦念风雨飘零的娘家。故事很长，泪水很浅，这是诸多"老区"村头快要消失的一个缩影。从中也可看见，新中国的老区"成色"及其广泛的民众基础。家国一脉，有机会自当掘津探源、梳理简牍，把过去的罗坑告诉今天的罗坑，勉励来日的罗坑。

二是葱郁的生态值得讴歌。我是改革开放后较早离乡在省城工作的幸运者，然而走得再高再远，心心念念的依然是粤北这个小山乡。倒不是有什么"情怀"，而是高密度的负离子对心脑血管的辅愈，总在提醒自己的出处与归处。以前每年秋冬我都会感冒、咳嗽等，似乎各种中、西成药都难足所愿。但只要回乡三两天就不治而愈。简单而神奇的自然功效，让我这个"行者"真心爱乡，且付出了细微而存义的行动。我常笑称自己是保护区有行动的"爱恋者"。1990年前后就情不自禁地向当时的罗坑林场和县环保局领导提出"成立罗坑动植物自然保护区"的书面建议。后知自己建议不专业，愿出资请林业科研部门设计"保护区方案"。县委分管林业的刘副书记听后，表示"县里再困难也不用你个人出钱"。不久，以"鳄蜥"冠名的罗坑自然保护区得以成立和不断晋级。可谓时光荏苒，梦想成真。第二年初夏，我又从一村民夜间所抓鱼虾中，挑出一只"五爪金龙"（鳄蜥）专门送到镇林业站，成为林业站（保护区前身）初期收集的三只鳄蜥之一。事后，林业站何站长告知我护送的鳄蜥还产下了幼崽，真是一举双喜。无疑，这种个体体验与过往微事，也包含了深刻的绿色生态内心向往，体现了自觉而又零碎的民众基础，值得发现、拾掇与拓延。

三是"红绿"缘分至臻至惜。从上述可知，由于生在粤北山乡林区，我与当地林业、环保等部门和自然保护区有着务实持久的关系。在建党 100 周年纪念活动中，我所写的《一个期待认识的红色翡翠——走进罗坑革命老区》一文在《韶关日报》公开发表后，引起当地史志部门和罗坑自然保护区、广东南岭国家公园筹建工作办公室的关注和认可。2022 年的一天，当我返乡从省道旁意外望见高 20 余米、宽 10 米的"红色翡翠·鳄蜥故乡欢迎您"巨型宣传牌时，终于感到自己的努力与秉笔荐乡起到了意外的公益作用。由于在省直单位工作的原因，我与省林业部门有一定业务联系，自然愿意为罗坑自然保护区及当地山民就涉林问题进行上下沟通联系。恰好又于 2022 年底，经与省林业局领导和有关处室交流互动，一致认为罗坑自然保护区内有很多感人的红色故事，尤其是"红色翡翠"一文的内容和精神气质，很符合构建"绿美广东"及其"百条红绿径"的推广思路。随后，罗坑自然保护区负责人与我加强联系，以共同调研编撰将绿色生态、红色文化和乡村振兴融为一体的书作，目的是助力"红色与绿色"两大路径，激活自然保护区的核心竞争力。

罗坑能有今天，她的底色、底气就是良心和绿色生态。

为了信守承诺、不辜负信任，我反复推敲"红绿"融合的主题思想与展呈方向，多次与保护区负责人一起研究"跨界"

的写作纲要，既发挥专业优势，又勇于面向短板，让保护区概念更为丰富立体，即把重点放在钩沉罗坑革命斗争史方面，努力挖掘、追溯艰辛岁月中的红色足迹。其间，我大量阅读地方党史、乡史资料，夙夜不懈，从中学到新知、得到启迪，提升了学史开悟的信心与胸怀。同时，走访邻县、邻乡逾百位知情老人、乡友等，多次拜访市、县（区）党史（史志）和文宣等部门新老领导、专家，务求所得资料客观真实、不受人为影响，从而也为此次承担成书任务、开垦山乡多彩"书田"奠定了必要的基础与条件。

关于书名，何为"峒·观"？"峒"为客家语，多指高山小盆地中人居比较集中的聚居场所。循"观峒"到"峒观"，以带有学研性的冠名体现特定的地域人文背景。

"中流作砥柱，苍生赖片言。"可以说，一乡之事，就是天下之事。罗坑的，也就是中国的。脚下，是欣欣向荣的山林土地；前方，是云天蔚蓝的迢迢征途。

2024 年 8 月

目录

目录

引　言

　　罗坑山乡，偏居一隅，曾名不见经传。而今被誉为"红色翡翠""鳄蜥故乡""杏仁香茶叶原产地"，正以独有的生态品质成为南岭国家公园的核心区域之一。

　　斑驳坚固的亚婆髻山书房岩和耸立罗坑街头的烈士纪念碑，无声诉说着近百年来罗坑这片土地发生过的惊心动魄、正义与反正义的斗争故事。所幸，松风激荡，轻烟薄雾使曾经被炮火灼伤的每一棵草木，都吐露着沁人心脾的芬芳。

　　迎着岭南文明的曙光，生养在这片土地上的汉、瑶族人民，深深爱着、呵护着质朴和美的云天山水。不管岁月寒暑，始终跟随着时代潮流，勤耕乐种，繁衍发枝。

上编
绿美罗坑

罗坑大草原

南岭之麓　山乡足音 ◇◇◇◇◇◇◇◇

　　1200 年前，唐代刚正文豪韩愈因反迷信而从长安被贬岭南，乘舟路过韶州南郊溱水（北江）岔流宣溪湾畔时，吟诵"韶州南去接宣溪，云水苍茫日向西"之处，正是被誉为"生态之乡，茶叶名镇"的曲江罗坑。现在的罗坑自然保护区，正打开"山门"连接不断拓延的东西通道。

　　罗坑现为韶关市曲江区一个山区镇，位于韶关市西南边陲，东邻本区樟市、乌石诸镇，南连英德市云岭、横石塘镇，西接乳源瑶族自治县大布镇，北承武江区龙归镇、江湾镇。罗坑街离曲江城区马坝约 54 公里，处于典型的一小时城乡生活圈。

　　罗坑，一个悄悄变化，农耕自然生态与现代化气息相融合的独特山乡。

得天独厚　山陵秀朴

罗坑地处南岭山脉中段南麓，在连绵山陵中偏居一隅，区内四面环山，山下林地逐次平展，远观其状如箩（盆地），中间一条溪河把"箩"分成南北两半，有言故此得名罗坑。实际上罗坑冠名，也可能与古时当地采矿（冶炼）掘矿成坑有关。河北以"奖公有四峒"兼西牛塘、狮木坑一壤，逾10万亩山林，土深树傲，物产味甘性特。河南以船底顶往东绵延起伏于茶岩顶、花蕉岩、猴寨山一线，高山壁峭多以山石沙砾为主，林木珍奇为多。全镇地形南高北低、西随东倾接入北江，特殊而原始的地质、地貌生成的"小气候"，令四季冷热有别、风水砂合异于他地。

30年前，韶关地方政府以长远眼光把罗坑定为保护区域，从此不断探索，冀护成荫，使之成为山清水秀、空气清新的葱郁之境。1998年成立"广东曲江罗坑省级自然保护区"；2007年，保护区更名为"广东曲江罗坑鳄蜥省级自然保护区"；2013年升格为"广东罗坑鳄蜥国家级自然保护区"（以下简称"罗坑自然保护区"），保护珍稀动植物资源和生态示范工作跨入新阶段。

目前，罗坑自然保护区面积18 813.6公顷，地处东经113°12′20″～113°25′54″，北纬24°28′30″～24°36′30″之间，区内南北宽约17公里、东西长约23公里，与英德石门台自然保护区、乳源大峡谷自然保护区接壤成为广东最大的保护区群，也是未来南岭国家公园的重要一域。

罗坑自然保护区范围主要分布在盆地四周的中低山区，总体上属于中低山山地地貌，行政地理位置偏于韶关西南一角。尽管属于南岭低陵山地地带，但区内高山林立、山川迥异，海拔千米以上的山峰10余座，尤其是船底顶海拔1 586米，山势复杂傲然而又沉稳

入境罗坑标识

大气，四周群峰相拱壮美迷人，成为广东"驴友"秋天观望浩瀚云烟的最佳地点之一。紧挨船底顶的门峒、峡峒之间，有两处广东省仅存的内陆沼泽湿地，湿地面积约 524 公顷，海拔高度 700 米左右。原为山中一片缓坡，早年曾有部分瑶、汉先民开垦为稻田地，但由于山路崎岖交通不便，且山高气候寒凉，水稻产量低，故被荒废成常年积水的草本沼泽（最低处水深约 1 米，平均水深 0.3 米左右），是广东省独特的山地湿地生态系统，被列为广东省重要湿地。

同时，作为南岭南麓集雨迎风坡，区内在冰川时期留下的纵横沟壑，逐步从叶脉网状演变成为北江水系上游的潺潺支流。俯瞰罗坑盆地宛转的溪流，主脉茂系、四流有附，主要由罗坑河、新洞河、奖公水以及江湾河构成。这些大小河流又由许多树状泉流汇集而成，涵养连片水源（也容易带来水灾），并呈放射状从东、北及西南三个方向流出保护区，共同组成区内包括地表水、地下水及罗坑水库在内的完美水文体系。众多开脉泉流、山弯水曲最终奔向滔滔北江，默默润养着沿岸万千生物。

峒·观

罗坑红色翡翠

逐水而居　汉瑶繁衍

汉客成乡，探索来历

罗坑偏居一角，属于典型客家山乡。在山水人文中，与粤北众多乡镇的历史演变、构成大体相同，但也存在一些不同的地方。远在侏罗纪至白垩纪的远古时代，罗坑一带就是持续了数千万年的生机盎然的动植物乐园，也成为当地文明先导的重要因素。20世纪80年代在境内出土犀牛、熊猫、河马等动物化石的桂龙岩、大岩洞诸地，与大致同期的马坝狮子岩（发现"马坝人"化石）以及周田鲶鱼转遗址一样，被视为岭南地区文化发祥地之一。

近千年前，罗坑先人"克瘴掘津"，开垦着这块人烟稀少的山旮旯儿之地。由于缺乏统一的成文记载，多数村屋都不清楚百年前自身的来历、流变。但通过考察村居、祠堂及耕作等方面，发现先于元末明初时期就有先民以宗亲、血缘维系驻足罗坑，因循原始便利的生存资源逐步繁衍兴枝。再从山形走势及开发梯度看，可推断出先民主要由南面（英德）经坳顶、东面（樟市）经大细坳和西南面（大布、江湾）罗布古道三路逐步进入罗坑。后经接触与询问诸姓村中老人和知情者，所得信息和结果也大致如此。

最早的村落，应当出现在如今的罗坑、新塘与中心坝良田之上。据传，明洪武年间（1368—1398）就先后有范姓、罗姓、王姓、林姓、何姓兄弟，踏着狩猎、探矿等前人的足迹，以伐薪烧炭、放养"鸭嫲"等方式，逐渐落户在罗坑较为平坦的草甸、山厮、水坝之间，形成第一次迁徙高潮。这类地方便于耕作与放养，都以"先到先得"结草为记，后到者只能逐次而择以至居山守木。各村居多以姓氏或以地情风貌冠名，以便区别与往来联系。其中，清早期的"中心坝"实为如今老何屋专称，后因何姓人家人丁兴旺遂与其他村姓错落而居，"中心坝"慢慢变成局部泛称，直到现在扩展成为整个"中心坝村委"的统称。仔细考量附近村乡的称谓来历，也多有类似情况（如峰山、昂天堂、战牛排、峡背、日升山等），并且赋予美好的传说与愿望，后人细思，都会钦佩与致敬先人的勤劳智慧和富有辨识性的精准冠号。

直至明末清初及至民国后期，仍陆续有喜山林者，坚持从英德、翁源、新丰、和平等地迁入罗坑（二十世纪六七十年代，仍有英德张姓、广宁李姓人家在横岗岭、奖公村落户，这应该是最后一批尝试迁徙罗坑的外乡人）。随着人口逐渐增多、人气开始活跃，先民也慢慢发现身边山水丰沛安然，尤其是雨后云烟美若仙景，遂把罗坑划分为类似"仙峒"（今新洞村委）、"仙塘"（今新塘村委）等区域，寓意乡民勤劳怡乐，像"仙人"一样无忧无虑地生活。仙峒山麓碧绿清幽，农林作物丰裕娟甜，番薯和生姜等山林特产远近闻名。而毗邻的仙塘等村得天独厚，物产丰富，素以稻田和山林风光而知名。

筚路蓝缕，有瑶先行

罗坑是一个汉、瑶民族杂居的山区。除上述汉族外，罗坑境内还居住着原属"过山瑶"的瑶族同胞，这支瑶族人的数量一直占曲江瑶族人口的50%左右，分布在13个自然村。据山林调查，花蕉岩、棉地、猴寨等部分瑶族先人，甚至早于宋代就进入罗坑，他们和邻县乳源瑶族人一样，从唐代、宋代开始翻山越岭、披荆斩棘，以刀耕火种的"散瑶"精神，默默地维系着瑶家人质朴的文明灯火。过去，瑶民均居住在深山或半深山中，生存环境恶劣，"一根竹竿当衣笼，两块木板作床铺。三块石头垒成灶，四根柱子撑起家"是瑶家人普遍的随遇而安的写照。他们传统上以狩猎或采集茶

罗坑上斜村瑶寨俯瞰

叶、冬菇、木耳、蜜糖等山林特产为生，在艰辛中繁衍生息，并始终以特有的方式敬畏天地，代代守护着青山绿水。

新中国成立初期，罗坑瑶族曾一度划分为"上瑶乡""下瑶乡"，后合并为一个瑶族乡。到"公社化"后改为瑶族大队，"文化大革命"期间改成"红山大队"；1986年变为瑶族管理区，1994年转为瑶族行政村；至2023年底，瑶族村委共有220多户、1 300多人。近10年，尽管在诸如山林纠纷、生态保护与发展上仍有不少诉求，但在党和政府的关心支持下，瑶族群众"退山还林"，立足资源顺势转型创业，生产生活条件显著改善。

如今，大部分瑶民已下山住进瑶族新村，实现了千年期盼的安居乐业梦想。在民族大家庭里瑶族同胞仁义友爱，共同世代守望和建设罗坑家园，是值得理解珍重的家庭重要成员；瑶族之花立根山崖、披风沥雨，是罗坑人文长盛不衰的一大特色。

建制溯源，来处从流

民国时期，罗坑主要以乡保建制为治，即在县治区乡之下设保，保之下为甲（相当于自然村）。全乡设一保、二保、三保、四保，先后属曲江县八区、六区、二区管辖。其时，虽有形制而管治粗糙松弛，民生与乡村治安堪忧。但乡保社会形态及其内部区域的划分，为后世提供了必要的参考。

由于地理和经济体量的关系，新中国成立初期罗坑未设区，是一个乡的建制，直到成立人民公社之前，罗坑就是个"小特区"，县、区党政给予了适当倾斜支持。从 1950 年至 1974 年，先后设罗坑乡、仙（新）塘乡、瑶族乡，同属樟市区（公社）管辖；1974 年 4 月正式成立罗坑人民公社，下设罗坑、新塘、中心坝、新洞、瑶族 5 个大队；1983 年 11 月"改社建区"，各大队改为乡，小队改村；1986 年 12 月"撤区建乡"，各乡改为管理区；1994 年 1 月"撤乡建镇"，管理区改为行政村，罗坑行政区划的镇级建制正式得到了完善统一。2023 年底，全镇有 5 个行政村和 1 个街委会，村民小组共 99 个。

目前，全镇国土面积有 245 平方公里（29 424 公顷），耕地面积有 11 348 亩（756.91 公顷），含水田面积 8 045 亩（536.6 公顷），是曲江区山地面积最大的乡镇。总人口 12 000 多人（2 121 户），人口密度为 38 人 / 平方公里。其中，农户单元 1 800 户，农业人口约 8 750 人，总劳动力近 5 820 人。往前看，全镇如扣除外出经营、务工人口，有效劳动力尤为短缺，农林业产业结构有待

罗坑河社区主道俯瞰

调整。罗坑是一个全省中型水库移民区。从1975年开工建设罗坑水库起，为顾全大局先后有20多个原生自然村，从库区迁移、调整到他处，被淹农田2 000余亩和山坡地约万亩，移民1 000多人总体得到了政府较好的安置和后续关怀。

长期以来，罗坑由于交通、通信闭塞，经济单一落后，是集"老少边穷淹"于一体的典型山区，一度成为曲江"贫困落后乡镇"的代名词，几乎没有外地人愿意到罗坑工作生活，本地青年和有条件者更是远离家乡。唯坚守者，在贫弱隐忍中守望与爱护着故土。直到改革开放和脱贫攻坚阶段，罗坑乡亲在党和政府关

13

怀下，以顽强的精神逐步打开山门，坚持以生态建设为抓手，找到了以茶业为主的符合自身发展的产业之路，在乡村振兴和生态发展的背景下，以绵绵的内生力推动千年山乡的变化。

山水胜地　物种珍奇

造化地貌，气候特殊

罗坑地处北回归线以北，属中亚热带湿润性季风型气候区。全年盛行南北气流，春秋季风中偏南风与偏北风互为交替，夏季以偏南风为主，冬季以偏东北风为主。由于受局部地势高低悬殊和"南高北低"特殊的盆地地形的双重影响，区内气候具有明显的山地气候特点，形成雨量丰沛、湿度大、无霜期长的山区气候特点。据曲江气象资料，罗坑多年年均降水量为 2 115.8 毫米，比曲江年均降水量 1 640 毫米高 475.8 毫米，降水多集中在 3—10 月间，横跨"龙舟雨""梅雨季"和"台风水"的降雨时段，被称为韶关有名的"水窝子"。罗坑气候特征复杂而大体温暖，属古老湿润地区，四季分明，多年平均气温为 20.4℃，极端最低气温为 –4.3℃，极端最高气温为 40.3℃。年平均无霜期 310 天，盛夏的罗坑犹如一个大空调室。相较而言，空气非常清新，曾测定每立方米负离子达 2.16 万个。

罗坑处于两市、四县（区）交界中心之地，与四地的毗邻差距几乎相等，全镇国土面积宽大，人口密度较低，是天然而有纵深的自然保护区的理想之选。罗坑自然保护区地层发育健全，是粤北地区发现有上元古宙震旦系（约 5 亿年）出露的由灰绿色浅变质石英砂、硅质岩等组成的最老山石地层的少数地方（于瑶族大坑村旁）。至今区内砂岩、石灰岩地带明显，有大小溶岩洞 20 多个，不少岩洞一体相通。区内成土母岩土壤普遍呈酸性反应，盐基饱和度普遍较低，山地土壤腐殖质层深厚，肥力水平较高，适宜各类林木生长（对茶树生长尤好）。保护区山地土壤所受人为活动干扰较小，土壤形态和结构较为完整，是研究南岭南麓山地土壤发育和形成条件的理想场所。

同时，区内地势四周高、中间低，略向东倾斜的盆地地形特征，从多方面构成保护区自然资源丰富多样的形态。尤其是境内船底顶为全县最高峰，最低点为罗坑水库坝下海拔196.5米，相对高差1 389.5米。天然造化的地形地貌，既益于集雨蓄水又利于顺势排涝，为人类的认识和科学利用奠定了基础。诚然，罗坑地表殊俗，形小器大，尚待系统深识。尤其是丰富多彩的气候特征，值得多方重视，形成必要的观察平台机制，记录、研究和交流应用好罗坑特有气候资源的转化。

森林王国，孕育珍稀

如前所言，罗坑特殊的地表与气候，孕育多彩珍稀物种，正是自然保护区的理想之选。自1998年广东省人民政府批准（粤府函〔1998〕495号文件）建立"广东曲江罗坑省级自然保护区"以来，保护区管理处在自然资源保护、珍稀濒危物种保护和基础设施、科研宣传等方面做了大量工作。尤其在保护以野生鳄蜥为典型的珍稀濒危物种和水资源上，举措得法、协同持久，收到了广为人知、群众自觉遵从爱护的效果。

鳄蜥是远古爬行动物，在分类上属独科、独属、独种的稀有生灵，是国家一级重点保护野生动物，保护价值堪同大熊猫、华南虎等。因此，"史前活化石"——鳄蜥为罗坑最有名气的保护物种。根据多年调查和监测，罗坑自然保护区鳄蜥种群数量约850只（2020年），是目前国内已知最大的野生鳄蜥种群。且广东和广西的鳄蜥在形态特征上有一定的差异，这对于探讨鳄蜥种群的地理变异和物种进化等具有重要的科学研究意义。罗坑自然保护区是一处具有全球意义的野生动物类型保护区，以国家级自然保护区的规格，加强对这一世界级濒危物种的保护具有重大意义。

罗坑自然保护区野生动植物资源丰富，迄今已知有野生脊椎动物 341 种，其中：国家一级保护野生动物 6 种，国家二级保护野生动物 33 种。当地瑶汉群众普遍知晓的石猴（藏酉猴）、果狸（果子狸）、鹞鹰（红隼）、角鸡（黄腹角雉）、雉鸡、白鹇等，以及数量比例较高的蛇类，如过山风（眼镜王蛇）、银环蛇等，以及在外地人和不少专家看来稀少的爬行动物，在罗坑山区也时有遇见，不知是否与当地鳄蜥有关。还有各种蜂类、蝴蝶、步甲类等，大都来自远古。目前，大多数都已被视为珍贵濒危的动物，按不同等级纳入国家保护范围。

而在罗坑自然保护区内，同样珍奇的野生维管植物也多达 1 503 种，其中国家一级保护野生植物 2 种，国家二级保护野生植物 15 种。维管植物是学术用语，指的是具有维管组织的广泛植物，而维管组织是由木质部和韧皮部组成的输导系统，以将水分、无机盐和有机物质在植物体内进行传输供养。维管植物包括种子植物和无种子（孢子）植物。通俗地说，目前陆生植物分为苔藓植物和维管植物，故维管植物成为最繁茂的陆生植物。

显然，在罗坑境内两大类植物比比皆是，其世代交替过程及其与人类的关系，值得后人慢慢分类研究。野生仙湖苏铁在全国数量稀少，而在罗坑水库南岸则有不少野生仙湖苏铁群落。罗坑自然保护区是南岭山脉特有生物物种基因库，所拥有的植物包括红豆杉、仙湖苏铁、华南五针松、广东含笑、长苞铁杉等，充分体现了保护区的生物多样性。保护区内众多维管植物所具有的生态价值、药用作用都有待认知和挖掘。

此外，罗坑自然保护区地处南岭之麓，是广东省重要河流——北江的主要支流之一，也是广东省重要的绿色生态屏障。境内有林地35万余亩，是原曲江县主要林区之一（1988年10月成立国营罗坑林场，后撤并归镇或并入自然保护区），森林覆盖面积达78%，最大贮水能力为3 494万立方米。罗坑雨水充沛，接近南美洲亚马孙河流域降雨水平，是韶关中南部和珠江三角洲重要的水源涵养区和生态屏障。保护好罗坑这块生态绿洲，不但对当地水文、气象、生态等产生现实影响，而且对北江、珠江流域的经济社会发展具有战略意义。因此，保护水源涵养林已成为罗坑自然保护区三大职责之一。

茶香杏韵，助推乡振

罗坑虽面积不大，但娟美风物很多。如冬菇、木耳、蜜糖等传统山林特产，其有益物质含量往往高于同类。由于生态环境好，几乎所有食物的品质、口味都比其他地方更胜一筹，是公认的乡土特产产区。

如今罗坑茶叶，又是另一张不老的名片。罗坑茶是地方传统小特产，历史上有过传承和文字记载，主要为瑶族人手工采摘、烟熏炒制和小范围低价交易，以维持日常生计。新中国成立后直至改革开放，罗坑茶曾有多次扩种、改良，种植生产有所发展。可惜始终与流通市场脱节，没有形成商品化、规模化，错过了一次次发展、提升的机会。

进入21世纪后，在政府和热心乡贤推动下，历经工艺转型、培育茶企、品牌打造等一系列不懈努力，谦恭而备受期待的罗坑茶终于挺身粤北，走出山外。尤其是罗坑首创野生古树红茶一鸣惊人，其特有的天然"杏仁香"和琥珀般的色韵，被权威专家赞誉为"世界一绝"。瞬间引起广东及至全国茶界关注，罗坑茶及其产业发

山乡采茶

展进入新的历史阶段。2015 年后，罗坑被评为全省十大茶乡，拥有三个省级重点农业（林业）龙头企业。至今，以"雪花岩""猴采红""大甘春""仙塘红""大窝山""仙露名珠"等冠名创新茶业，与其他行业（项目）一起默默打造"生态名镇，茶叶之乡"的绿色品牌体系，加上近 30 户中小茶企、作坊，以"绿色生态"支撑起全镇基础产业，真正成为农户自主、内生力强的乡村振兴生动模式。

总体而言，罗坑高山小盆地、小山岩、小气候溢出的"能量"，对农林作物及居民生活等的影响仍在蔓延，如何根据国土空间规划，处理好保护与开发的关系，做到扬长避短，"以特出特"，仍需各方共同探索努力。

深山老区　红风激荡

在罗坑山口的大窝山茶厂附近，一块书写着"红色翡翠·鳄蜥故乡欢迎您"的大型宣传牌，标示这片翡翠般的连绵山陵，正是曲江知名的革命老区。

1992 年，经广东省人民政府批准，罗坑镇被评为革命老区镇，是曲江 4 个革命老区镇之一（其他 3 个镇为乌石、马坝、小坑）。全镇有 47 个自然村被评定为革命老区村（由县政府颁发证书、牌匾），约占全镇 99 个自然村的半数。从严格的评定标准、事迹核定、审批程序等环节可看出革命老区的称号

"红色翡翠"罗坑宣传牌

与荣誉，是罗坑人民以巨大贡献和牺牲精神换来的，每一个"革命老区村"牌匾背后都有着光荣而心酸的斗争故事。

大革命燃起的山乡星火

翻开山水岁月，罗坑的红色革命，可追溯至第一次国共合作的大革命时期。据乡情记载，自 1925 年至 1927 年乃至后期更长一段时间，受梁展如、叶凤章等影响，有共产党人公开到罗坑组织"犁头会""太平会"等革命性民间组织，半坑、峰山、坳顶和下瑶山均有人参加，一度开展抗匪救济活动。到土地革命时期，时常有人以教书、演戏、算命为名，深入罗坑山乡宣传、串联革命，为随后抗战和建立根据地打下了一定基础。

到了抗日战争时期，中共英曲边区工委肖少麟、包华等从英德到罗坑、樟市等地开展抗日救国的宣传，得到仙塘、中心坝等村保的配合支持。1945 年初韶关（曲江）被日军侵占后，曲南地区迅速组建了"曲江联乡抗日自卫委员会"，副主任委员杨维常（地

下党员）来罗坑宣传和组织抗日，中心坝杨宜培、杨平、林承欢等先后到马坝、沙溪参加抗日联乡活动。其中，杨宜培作为马坝税站手枪队员，于同年9月在马坝"中华亭"牺牲，成为罗坑光荣的抗日烈士。1947年春，范家祥、杨宜华等参加"曲南大队"，河西游击队（武工队）随之成立。

偏僻山乡建立革命武装

1945年9月和10月间，杜国彪担任中共曲（江）乳（源）特派员时，为开展武装斗争从英德大湾、洀洸进入罗坑，开始在曲江恢复地下党组织。杜国彪深入乡村、学校后，发现罗坑地处偏僻，当地民众虽贫困但热情好义，又是曲江与英德、乳源三县交界中心，很适合建立革命根据地。

于是，范家祥着手将罗坑国民中心小学校董杨宜华培养为"抗日青年同盟会"会员（后为中共党员），开始进行抗日反蒋宣传活动。东纵北撤后，又选派陈先信、叶树青、陆素、胡军等一批青年教师（地下党、团员）进入罗坑，有计划开展"反三征"和组建地下游击武装，正式在罗坑创立革命根据地。游击队员一方面以教书作掩护，宣传发动民众积极加入农会以及民兵、武工队组织，多种形式地开展"反三征"斗争；另一方面利用当地乡保内部矛盾策反敌人，做好争取乡绅统战工作，建立"白皮红心"乡保政权。

同时，据史料记载和老游击队员回忆，杜国彪经常在罗坑等地主持会议，研究曲江武装暴动等问题（包括1947年农历8月间白沙起义），以及组建曲江人民武装队伍等重大事项。1948年初成立的曲英乳人民义勇大队曾进驻罗坑，并在此立足和发展壮大（后来，何远赤、陈克率领曲英乳人民义勇大队发起了阻击国民党第三十九军一部"进剿"罗坑等战斗），为罗坑和曲江留下了红色遗迹与宝贵的精神财富。

迎接解放广东的"南下大军"

1949 年 4 月，中国人民解放军渡过长江，解放南京，宣告国民党反动派统治的覆灭。解放军继续挥师南下解放广东，粤北重镇的曲江人民在地下党的组织动员下纷纷捐资、捐物迎接南下大军。罗坑人民在遭受连年天灾人祸的情况下，依然捐出稻谷 2.3 万斤、木材柴火 10 万余斤及茶叶特产等物品一批，为解放粤北、广东做出应有贡献。

支援抗美援朝

正当全国人民满怀喜悦建设中华人民共和国之际，1950 年 10 月抗美援朝战争爆发，经受过战争考验的罗坑人民和全国上下一样，同仇敌忾，迅速响应党中央、毛主席的号召，主动报名参加中国人民志愿军奔赴或候命奔赴朝鲜战场。

一个粤北小山乡，5 000 多人口，两年多时间就有约 30 名乡村优秀青年走出山乡参加英勇的中国人民志愿军，既有真枪实弹在战场上负伤血战的杨清排长，也有凭借文化技能成为中国人民志愿军海军的林玉明，还有加入公安部队随时入朝作战的边防志愿军钟桂洪、黄常典等，参军人数比例之高，涉及兵种之多，当居曲江县各区乡前列。

军民结合英勇剿匪

正当韶关人民迎接南下大军和抗美援朝之时，新成立的罗坑乡人民政府却接连受到以当地匪首傅桂标为主的"粤湘赣边反共救国军第四军第十二师第三十六团"等 600 多名土匪的滋扰与破坏，全乡土改工作无法进行，学校停课一年。为此，北江军分区一部与曲江县人民政府武装大队在罗坑开展大规模剿匪活动，一场反匪剿匪斗争全面铺开。

经过近两年不间断的奋战，在人民群众的全力支持下，罗坑反匪剿匪工作取得决定性胜利。1951年4月28日晚，傅桂标一伙在罗坑西牛塘被发现，并被追踪至龙归罗厂村附近石洞，5天后傅桂标投降归罪，罗坑大规模的剿匪战役胜利结束。随后，于1953年底，罗坑乡土改任务也在紧迫中顺利完成。

值得提出的是，1965年1月5日，一个狡猾、漏网的瑶族土匪吴炳英终于在几经周折和连年追踪伏击下，在其活动老巢被击毙。参与剿灭吴匪的瑶族武装民兵邵石发、付来成荣立二等功，人们不会忘记老一代瑶汉乡亲在邪恶面前的忠诚大义。

曾经偏居一隅、多灾多难的小小罗坑，在半个多世纪里经受了大自然风浪和时代潮流冲击的严峻考验，终于迎来了新时代与新的生活。而山乡人民及其优秀子弟的热血与赤胆忠诚，更是全国同辈英模的缩影。从中可以看出中华人民共和国成立的广泛民众基础，也可感悟到中国人民的无私品格与力量源泉。

今天，在生态文明的引导下，罗坑处处流水潺潺、花俏鸟跳，一场硝烟远去后，绿绿葱葱的自然生态景象，无不彰显出和平安宁的弥足珍贵。

山清水秀　红岩古石 ※※※※※※

罗坑，一个正受着呵护的古老神奇山乡。

亿万年山川巨变，形成了这般碧螺峰翠、重峦叠嶂的地形地貌，至今仍在不知不觉地推进演化中。

溪流环绕的山群

岭表南麓江右，丘陵缓坡，山乡炊烟袅袅。而罗坑一侧经亿万年地质构造，形成鲜明的千峰竞秀、溪涧遍布、溶洞称奇的小地域特色。

云端下俯瞰曲江山川，现有 20 余座海拔 1 000 米以上山峰，13 座挺立在罗坑境内。"山岳配天"，长期的地质冲积演变，使得高山之间陡缓相连，坡度多为 25°，局

罗坑河注入水库接口

部达 60°以上。以海拔 1 586 米的船底顶（韶南第一高峰）为骨干，形成"山字架构"下与邻为睦的绵绵群峰。

梅花顶：1 384 米，坐落于东面，与樟市镇交界。

后山：1 376 米，坐落于东面，与樟市镇交界。

高嶂顶：1 306 米，坐落于西南面，与英德交界。

樟背：1 304 米，与英德交界。

兵营山：1 297 米，坐落于西面，与乳源交界。

闸子崎：1 225 米，坐落于西北面，与乳源交界。

黄泥坳：1 206 米，南与英德交界。

高山顶：1 158 米，坐落于东面，与樟市镇交界。

船坑顶：1 042 米，上斜村附近，本土山峰。

中心岐：1 037 米，与江湾、乳源交界。

24

天堂顶：1 016米，坐落于北面（牛角窝附近），仙塘与仙峒交界处。

磨石架：1 010米，上斜村附近，本土山峰。

还有8座700米以上1 000米以下的山峰：火烧石（近中心岐）、捡银坳（近门峒）、大岗岭（林屋村南）、胜靠岭（张王屋后）、门前山（近圳头）、崩山（近麻竹坑）、墩子背（近西牛塘）、鸡公就谷箩（近奖公）。

这么多不屈的山陵，必有迷人风光和红色感人故事。的确，罗坑自然保护区内有众多溪谷，流水或叮咚清脆，或轰声雷动。溪水冰凉清澈，溪谷两旁山峰耸立，阳光透泄。

其中，位于境内东南方的"猴寨灵峰"和"远岫屏列"等胜景，时常朝霞弥漫、云海苍茫，黄昏倦鸟归林幽静宁远。加上幽谷、溪泉、瀑布等互相唱和，形成一幅优美的山水画轴。"花蕉飞瀑"和"龙潭幽谷"两景也尤为出色。

在"兵匪错乱"的战争年代，瑶山一带曾是曲江县地下党组织和游击队转移、活动的地方。如今，即使枯水季节也可以通过溪滩入内，幽谷狭长深切，古树虬枝布满峭壁，如入仙境。

北江上游丰富的水资源

罗坑自然保护区内山水相伴，除四周相望山陵外，拥有"河、溪、坑、圳、濑"等不同类别的河溪之流18处之多，构成北江水系上游的次级支流。其中，规模较大的有罗坑河、仙峒河（江湾河）、奖公水（龙归水）等，这3条河流呈放射状流出罗坑东、北和西北三个方向。

罗坑河：发源于船底顶一带，是区内的最主要河流，沿山蜿

深春远眺罗坑水背河

窝流经天堂顶—磨石架顶（部分分流江湾河）—船坑顶等山陵，自西向东构成一个完整的小流域。流域面积达 115 平方公里，占保护区总面积的 53%，河道长 19.8 公里。主河道自西南向东流向，汇入罗坑水库。

仙峒河（江湾河）：发源于峡峒、大坝山一带，是区内第二大河流，自南向北流经保护区的西部偏北区域（流向江湾锅溪），在区内形成一个完整的丘陵小流域，这个流域正是鳄蜥的主要栖息地。由于区内森林植被茂密，境内的河流溪水水质洁净，最宜饮用、灌溉。

奖公水（龙归水）：发源于小天堂顶一带，分布在保护区的北部地区。沿分水坳—墩子背—黄峰山分水界与仙峒河相向而又分隔，流向龙归续源，白成另一个小流域。

较大的溪流还有下瑶溪，发源于芦溪（梅花山西），流经大坑坪、棉地，注入罗坑水库。全长约 7 公里。

塘底河发源于天堂顶北侧，流经牛角窝、曹岭、水背、蕉子坝、桂龙岩，在马鞍寨与罗坑河汇合注入罗坑水库，全长约17公里。

旱溪发源于细崆山一带，经大石古（罗坑河）、榕树下、细林，注入罗坑水库，全长约7公里。

南溪发源于茶岩顶、上坑西，流经梅山、冯屋角、横岗嘴、新下曾，注入罗坑水库，全长约6公里。

黄竹河发源于雪花顶、猴寨一带，流经棉地、枫树坪，注入罗坑水库。

坳下溪发源于分水坳一带，流经坳下坝、张屋、钟屋、曾屋等，注入罗坑河，全长约5公里。

峡背坑发源于西牛塘山一带，流经峡背（庙下潭）、白马庙等地，注入罗坑水库，全长约5公里。

碓陂坑发源于海云山，流经峡背、下何、细坳、枫树头，注入罗坑水库大坝下端的罗坑河，全长约6公里。

"上善若水，水利万物而不争"，罗坑溪流"随形就势"走出深山峭壁，很有灵性地滋养四方。

如中心坝峡背村（今又称夹背村），因村前"门口坑"与村西旁坑流汇集，形成"两水合金"穿过"庙下潭"东西两边的鲤鱼山、鸭嫲山的山石。至今，两山石交界最窄处约30米，成为罗坑出樟市的主要交通峡口，也是峡背村成名的

中心坝峡背村石楼

地理依据之一。而且淙淙不息的"坑流"从北向南迁回古村，天然地构成峡背村优良的水系，既保障全村耕作、生活用水，又防御风霜雪雨的侵害。为此，有记载以来，不管村外遇到怎样的洪涝灾害，峡背村都是"风调雨顺"，从未遭受天灾影响，这可能是一村"三坑"孕育的良田桑梓，也说明峡背村（以及类似峡背村的其他村落）先人小处着眼，积福有德，历经岁月艰辛为后辈觅得了风水宝地。

基于"水向东流"的自然引力，罗坑区内河流大都汇入罗坑水库。罗坑水库位于保护区东部，于1977年建成蓄水，是一个顺势而造，具有防洪、灌溉、发电等多种功能的省内中型水库，也是新中国成立后曲江水利工程建设的一个里程碑。由于罗坑水库周边环境极佳，高山平湖波光粼粼，与青山绿树相得益彰，加上近年知名的"罗坑大草原"，形成了粤北新的农旅、文旅热门"打卡地"。

重要的是还应该看到，类似"高山清泉"等区域性稀有资源，对人们生产、生活的特有作用远未发掘和发挥出来。罗坑丰富优质的水资源虽然已在灌溉、饮用、生态等方面发挥了基本的作用，但如何通过"山水"介质的突破，转换生产动能、提升文旅及人居生活质量，依然是摆在人们面前的另一个问题。

大岩洞霞光

秀丽的红色岩洞

岩洞是亿万年前，由天然水流冲切可溶性岩石而形成的地下空间（地文景观）。罗坑自然保护区内有岩洞20多个，最有名的有大岩（又名普济岩）、桂龙岩、书房岩、白石岩、乒乓岩、狮子岩和暗岩等。其中，大岩与桂龙岩相邻的一大一小两溶洞，并称为"磨盘溶洞奇观"。而书房岩尤具红色传奇色彩，青山溶洞被赋予了生态与人文景观的意义。

大岩景观

大岩洞口宽 50 多米，高达 20 多米，主洞深 1 500 米。洞内熔岩在冰川自然力作用下，形成各种各样与人间井灶相映衬的大小景观，似石兽、如石带、像石幔，形态各异，栩栩如生。同时，洞内常年清流淙淙、绿碧萦回，犹在盛夏暑气不侵。可以想象，在特殊境况下，这里就是天然防空洞、避难（险）所，也是旧时土匪、刁

书房岩远景

上编　绿美罗坑

民作恶遁匿之巢。出入其中，总给人洞内、洞外"两重天"的浑然感觉。

书房岩与大岩、细岩同处罗坑河北岸，其相对独立且有村落靠近。洞内的形成及境况，与其溶洞大体相同，洞中有一形似卧龙的地表，常常吸引好奇的人打着手电筒造访。民国初期，附近上杨、下杨等村共同在岩洞口开设学堂启蒙村童，故称为"书房岩"。1946年，东江纵队"北撤"山东后，秘密留下的少数人员疏散到粤北各地，其中一部分以教师为名被安排在罗坑开展地下工作。1948年初，刚刚成立的曲英乳人民义勇大队（大队长何远赤、政委陈克）进驻罗坑一保时（今中心坝村），大队部就曾设在书房岩，留下了宣传发动群众、组织农会和民兵组织开展"反三征"等红色活动的足迹，成为曲江党史及武装斗争史的重要内容之一。

其他的岩洞，大小各异分布在区内各处，都有类似而又迥异的来历和特征。其中，细岩曾居住过上何屋贫雇农何德清一家。

1947年秋，邻村的中共地下党员、河西游击队副队长杨宜华，两次来到洞中动员年轻倔强的何德清参加游击队。何德清很快成长为罗坑游击队骨干，在后来的迳口—枫树坪阻击战及剿匪、土改中英勇善作。新中国成立初期，何德清曾在广东省委机要部门工作，后工作几经变动直至在广州离休。可见，岩洞是天然的，又是人间的，值得由表及里深入考察。

高山之巅的湿地

"天下大旱，我家半收。"

在罗坑自然保护区内，由于常年降雨量大，水资源丰富，"罗

坑一峒"几乎都属烟雨朦
胧的湿地区域。其中，还
有广东境内仅存两处之一
的内陆高山沼泽湿地（另
一处为粤西吴川市），称为
"峡峒高山湿地"。该湿地
位于船底顶山裙峡谷地带，
属草本沼泽，面积约524

牛背鹭

平方公里，海拔高度1 000米左右，原为高山下的一片缓坡，早
年曾有山民开垦为稻田，勉强能一年收成一造。

　　由于山路崎岖，远离村镇交通不便，且山高气候寒凉，种植
水稻等作物产量低，难以维持生计，故原有村民逐步搬迁，这里
进而荒废成草本沼泽之地。在船底顶高山气候的影响下，峡峒、
门峒一带常年多雨积水，最低处水深约1米，平均水深0.3米左
右。由于人烟稀少，这一带反而为各种水生生物提供了良好的生
存环境，具有较高的观赏与科研价值。森林被称为"地球之肺"，
湿地则可称为"地球之肾"。这里所形成的独特的高山湿地生态系
统，已被列为广东省重要湿地观测站之一。

　　除峡峒高山湿地外，船底顶高山下的罗坑水库周边也有众多
小河滩，与近邻陆地生态系统形成大面积的混合区，孕育了种类
丰富的湿地动植物资源。尤其是水库和河滩里的鱼、虾、螺、蚌、
蛇、蛙等，为野生水禽提供了丰富的食物来源，形成罗坑自然保
护区特有的生物链。良好的自然环境，把各种鸟类纷纷吸引过来，
大雁南飞，白鹭起舞，水库岸边经常呈现迷人的诗意景象。

荧闪岭南文明曙光的桂龙岩

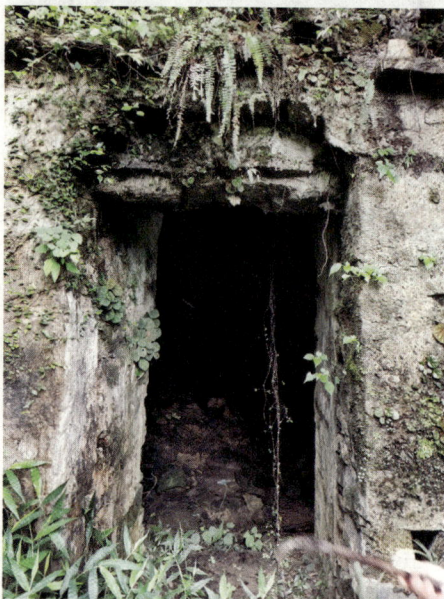

桂龙岩洞口

桂龙岩与大岩相通，早年因地形变化而堵塞。洞口坐东北向西南，历经春秋，坚固中透着斑驳，洞口高约 5 米，主洞深约 250 米，可观察面积约 1 000 平方米。规模虽小于大岩，但洞中遗痕具有物候研究价值，曾一度成为探索岭南地区人类发祥与演变的热点之一。

在讲述桂龙岩发现古动物化石及罗坑远古人踪迹之前，我们先把目光投向附近的马坝狮子岩。1958 年"大跃进"期间，马坝公社书记吴思浪带头挖掘肥土时发现"马坝人"化石（及打制石器），使得"马坝人"露出掩埋千万年的真容，成为轰动中外考古界的历史性发现，证明广东的人类历史可上溯到"石器助耕"的原始群时代。"马坝人"作为介于中国猿人和现代人之间的古人类，来自 12.9 万年前的旧石器时代，这里也是迄今为止广东发现的唯一一处古人类化石遗址。1972 年，即发现马坝人遗址后的第 14 年，又在"马坝人"出土地点狮子岩的两山之间发现了距今四五千年前，新石器时期的文物遗址，后被命名为"石峡文化"，这更使马坝狮子岩名声大震。石峡文化作为岭南地区新石器时代的晚期文化，与岭南土著文化明显有别，这是一种已跨入了

"文明门槛"的人类文化遗存，为进一步探索岭南地区从原始社会至秦汉以前的社会文化发展找到一把重要的钥匙，也为探索岭南地区原始社会的解体与演进提供了重要的实物资料，实为可贵。

在粤北地区，尤其在韶关周边，除狮子岩外，在马坝河两岸的众多山岗、岩洞上也有不少类似"石峡文化"的遗址、遗存。在曲江境内的樟市、罗坑、枫湾等地都陆续发掘、发现有古人类遗址，充分说明粤北是岭南地区人类文明重要发祥地。

罗坑地处曲江、英德、乳源三县（区）交界地区。距20世纪80年代考古专家发现，拥有打制石器、古人类腓骨、臼齿、右下颌骨残段、上臂骨等化石及水稻胶质体等古文物的英

桂龙岩内景

德云岭牛栏洞距罗坑不足20公里，共同成为这片文化发祥地的腹地。1986年3月的一天，罗坑仙塘村民李自源来到罗坑墟东北角约一公里处的崩山东南麓山坡上的桂龙岩，在岩洞中无意发现了一些古动物化石。消息不胫而走，罗坑文化站得知后马上报告曲江县文化局和博物馆，县博物馆又及时向广东省博物馆报告。同年4月至翌年6月，广东省博物馆数次派出专家会同曲江县博物馆和中山大学相关学者前往现场进一步调查与试掘，先后获得了一批种类丰富的动物化石（含发现类早期古人头盖化石），如翁氏鼩、马铁菊头蝠、南蝠、小巢鼠、中华缟鬣狗等近40个种属动物化石，经考证均属遥远的第四纪哺乳动物群种，包括不少已绝灭、由华北南迁的北方种属。

科学家发现距今约 16 万年前曾有一次气候变冷的过程，寒冷使北方动物纷纷南迁，加入温暖的华南地区的"大熊猫—剑齿象"动物群中。中山大学人类学系张振洪教授等进一步研究确认，较"马坝人"及马坝动物群时代稍早的罗坑动物群组合，正好反映了这一时期的特征，具有宝贵的考古和科学价值。桂龙岩溶洞出土的化石都曾在"马坝人博物馆"展出，令人对罗坑有更深的感触与认识。

从地理地形来考察，罗坑是石灰岩地区，溶洞遍布，而先人们正是以穴居山洞为主。溶洞内冬暖夏凉，湿润舒适，洞里一般可容一二十人至几十人栖息。洞穴前面一般有开阔谷地，附近有小河及岗丘林木，使他们能狩猎、捕捞和采集天然资源。中心坝的大岩、细岩、桂龙岩等相邻，年代、地质和文化痕迹相同，形成了相

桂龙岩动物化石样本

互稳定的古动物圈群。尽管这些古动物在生存发展上出现过位移，但以鳄蜥为代表的史前物种横穿亿万年时空，至今繁衍不绝，说明罗坑这片古老的土地一直荧闪着岭南文明的曙光。可以说，溶洞是众多古生物天然栖身繁衍之所，同样也是原始先人最早、最质朴的摇篮。

历经千百万年留下的"候物"，十分值得后人征掘、考究与缅怀。如果我们有意识地摸清古迹情况，争取纳入政府实施的"早期岭南文明探源工程"，罗坑也可能在百万年人类史、一万年文化史、五千年文明史的探究中占有一席之地，为当下和后人挖掘出具有文物与文化遗产价值的标识，让山乡文物活起来、动起来，使亘古万年的岭南文化可感可知，更好地满足人民群众对精神文化生活的新期待。

多彩的"动植物基因库" ◇◇◇◇◇◇

物竞天择。唯有千万年守望这里的耆古而常新的动植物——鳄蜥、蟒蛇和桫椤、苏铁、红豆杉等，伴随着时间之舵，以多样化构成自然的绿野生态系统，给人间装扮了一个平凡中透出神韵的山水胜境。

岭南最大的自然保护区群

"胜境由来人共传，君到南中自称美。"这里保存了最原始的风貌，有着最为纯粹自然的生态环境，故"虽偏远，护心已致"。

1995 年，罗坑被确定为韶关市市级自然保护区，成为具有战略意义的保护自然生态的一项决策。1998 年 12

月，经广东省人民政府批准，曲江罗坑省级自然保护区正式建立，整个罗坑镇区域均被划入。为进一步保护国家濒危重点动物鳄蜥，2013年6月经国家林业局批准，更名为"广东罗坑鳄蜥国家级自然保护区"。

目前，罗坑自然保护区总面积约18 813.6公顷，南北宽约17公里，东西长约23公里，是一个野生动物类自然保护区。罗坑自然保护区的南向和西南向与英德石门台国家级自然保

罗坑自然保护区管理处

护区接壤，西面与乳源大峡谷省级自然保护区毗邻，形成岭南规模最大的自然保护区群。可以预期，罗坑自然保护区还将成为更大规模的南岭国家公园的组成部分，与现有自然保护区群一起展现更大的胸襟与格局。

罗坑自然保护区被批准建立后，专门成立了处级建制管理机构，实行曲江区和省林业局双重管理，下设综合科、保护管理科和科研宣教科，以简约的组织形式实行有效运作。同时，在合理区段设立了大竹园、坳顶、枫树头3个保护管理站，共同履行护林防火、保护动植物等职责。多年来，在地方党政和区内外群众的支持配合下，自然保护区各项工作井然有序，"罗坑一峒"四季分明而又郁郁葱葱。

保护区内物种资源十分丰富，有野生维管植物1 503种，属于国家一级重点保护的植物有仙湖苏铁（广东首次发现野生）、南方红豆杉两种；二级保护植物有五针松、伯乐树、福建柏、桫椤、

樟树、伞花木等；省级保护植物有南方铁杉、穗花杉、三尖杉、银钟花、白桂木等。同时，区内陆生野生脊椎动物 301 种，隶属 29 目 96 科，其中兽类 43 种，鸟类 175 种，爬行类 50 种，两栖类 33 种。国家一级保护物种 5 种，包括鳄蜥、黄腹角雉，黄胸鹀、中华穿山甲和小灵猫；国家二级保护物种 34 种，包括平胸龟、白眉山鹧鸪、白鹇、黑翅鸢等。

基于动植物资源的丰富与多样性，罗坑自然保护区每年都要接待来自国内外的考察专家，并与广西师范大学、四川大学等高校和研究机构合作，开展对鳄蜥的长期野外观察和人工饲养的研究工作等。今天的罗坑自然保护区，已逐步成为开展国际交流和科学研究的重要基地。

珍稀动植物的"避难所"

罗坑峒（盆地）是个小地方，似乎与其他乡镇没有太大差别，甚至在过去因偏僻闭塞，而给人贫困落后的印象。但如上所述，罗坑不但在地质地貌上拥有独特的"小环境"，而且具备优良的生物自然选择条件。

鸳鸯

从古生代以来发生在广大区域的大地构造运动（如加里东构造运动、燕山运动等），使南岭之麓的罗坑也经历了地壳上升与隆起的变化。在强烈的岩浆活动和岩层褶皱断裂的影响下，区内形成峻岭与丘陵相融的山地景观，从而奠定了罗坑的山川地貌和物候形态。

尤其是罗坑山脉北高南低，与一般的地形构成相反，因而挡住或减弱了来自西北方的寒冷气流，而"南低"及诸多坳口（如穿风坳、分水坳等）又容易接纳南海温暖潮湿的气流。加上西窄东宽的"葫芦形"地貌和四面环山，封闭性很好。然而，它又有外流型小盆地特征，东西南北都有坳口出入（罗坑河直通北江），形似封闭而不闭塞，多种因素促成特殊的小气流"低涡"气象。

由于溪流多、湿地广，属于亚热带季风性湿润气候区的罗坑，又显示出一些温带海洋气候的现象，故与邻乡相比，其变化"咫尺千里"。春季山下潮湿生发，山顶大雾弥漫；冬季山下阳光明媚，山上冰霜压顶；夏季昼热夜凉，而无酷暑之虞。罗坑自然保护区常年气候温湿，平均气温比县城低 2℃ ~ 3℃，有着典型的山区盆地的气候特征。

罗坑自然保护区与石门台、大峡谷自然保护区相连的南部和西部区域人迹罕至，自然资源和生态环境基本处于次原始状态。保护区的西北区域虽有少量人为活动，但对自然生态干扰较少。在这个无环境污染、远离城市喧嚣的世外桃源，气候温和湿润，日照时间长，绿色原野在大地上起伏伸展。细细掂量，这样特有的地形气候，使罗坑一峒成为一个尚待认识的"大发酵池"，生长在其中的农林作

领角鸮

物及农副产品尤为珍稀可贵，认识和应用的空间很大。

独特的地形地貌和气温气候，必然带来生物的多样性、特质性，并提高生物适应演化的竞合力。也许鳄蜥和桫椤、苏铁等动植物化石，在世界各地都能找到，但活体只在罗坑存在。唯有保持得天独厚的生态条件，才能确保各种野生动植物在此繁衍生息。尤其是在船底顶和天堂顶一带，因为分布着大面积原始多样的植被，这里成了野生禽兽的天然栖息地。

蟒蛇是世界上较原始的蛇种之一，体色黑，有云状斑纹，背面有一条黄褐斑，两侧各有一条黄色条状纹，现为国家一级重点保护野生动物，长达3~7米，重数十公斤，属无毒蛇类。蟒蛇属于树栖性或水栖性蛇类，生活在热带雨林和亚热带潮湿的森林中，为广食性蛇类，主要以鸟类、鼠类、爬行动物、两栖动物为食。由于捕杀等原因，在罗坑只是偶尔发现其踪影。

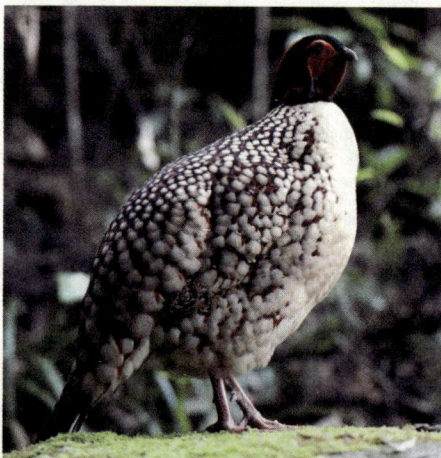

黄腹角雉，别名角鸡、吐绶鸟，是中国特有的一种鸟，主要分布在浙江，在福建、广东、湖南亦有分布。食物主要是蕨类植物的果实，长50~65厘米。飞羽黑褐色带棕黄斑，下体为纯棕黄色，因腹部羽毛呈皮黄色，故名"黄腹角雉"。黄腹角雉生活在罗坑自然保护区内海拔高于600米的森林里，大竹园、黄泥坳等地都可觅到其踪影。

黄腹角雉

中华鬣羚又称苏门羚，是国家二级重点保护动物。体高腿长，

40

毛色深，具有向后弯的短角，颈背部有长而蓬松的鬃毛形成向背部延伸的粗毛脊。有显著的眶前腺，尾短被毛，身体毛色黑灰色或红灰色，特别在长鬃和腿部，毛粗，毛层较薄。因为它的角像鹿不是鹿、蹄像牛不是牛、头像羊不是羊、尾像驴不是驴，所以也叫"四不像"，在罗坑船底顶—坪坑—大坝山一带活动。

白鹇，广东省省鸟，国家二级重点保护动物。喜欢生活在森林茂密、林下植物稀疏的常绿阔叶林和沟谷雨林、针阔叶混交林和竹林内，以植物幼芽、块根、果实和种子为食，也吃金针虫、鳞翅目昆虫和甲虫、蚂蚁、蜗牛等动物性食物，雄鸟上体和双翅为白色，自后颈或上背开始密布近似"V"字形的黑色斑纹。雌鸟上体棕褐色或橄榄褐色，羽冠褐色，尾下覆羽黑褐色且具白斑。

白鹇

小灵猫，国家一级重点保护动物，长 48~58 厘米，尾长 33~41 厘米，体重 2~4 千克，比家猫略大，从肩到臀通常有 3~5 条颜色较暗的背纹，背部中间的两条纹路较清晰。尾巴的被毛通常呈白色与暗褐色相间的环状，尾尖多为灰白色。性格机敏而胆小，行动灵活，会游泳，善攀爬，能爬到树上捕食小鸟、松鼠或采摘果实。常在罗坑高山密林中出没。

苍穹之下，万物繁衍。这片平凡而神秘的土地，很值得珍视和细加保护。

"史前活化石"——鳄蜥

罗坑自然保护区内，有国家和广东省重点保护的珍稀野生动植物，其中"瑶山鳄蜥"最为有名，这里应作专门的介绍。

1928年5月，中山大学动物调查队的一群师生在广西金秀县大瑶山进行野外考察，意外地捉到28只陌生的爬行动物，仔细观察之后他们感到异常惊奇，因为他们从来没有见过，也完全不知道眼前究竟是什么动物：它有着一条如同鳄鱼一样的尾巴，可是躯体和脑袋却非常像蜥蜴。后来，他们将其中一只动物标本寄到德国柏林动物博物馆。1930年，著名动物学家Ernst Ahl经过仔细鉴定之后，断定这是一种从未出现在人类视野中的新物种，并将其命名为"鳄蜥"（像鳄鱼的蜥蜴），隶属于爬行纲有鳞目蜥蜴亚目鳄蜥科鳄蜥属，为独科、独属、独种，由于发现于瑶山，故又称为"瑶山鳄蜥"。

鳄蜥

1996年，多年跟踪研究鳄蜥的广西师范大学张玉霞教授证实，鳄蜥是一种古老原始的蜥蜴，并推断鳄蜥是1亿年前第四纪冰川末期残存在华南地区的物种，并作为原始蜥蜴未能充分演化发展的独支。剑齿虎、猛犸象、巨貘……无数的庞然大物都在第四纪冰川期彻底消亡，小小的鳄蜥却生存下来，主要原因是第四纪冰川期对华南地区影响不算太大。由此从某种程度上说，鳄蜥能够活到今天，既是生命进化史上的奇迹，也是自然界演化的偶然。

2001年华南师范大学生物系的两栖爬行动物专家黎振昌教授来罗坑考察，他听说这一带的大山有一种名叫"五爪金龙"的动物，常被本地人当作普通爬行动物捕食图利。在当地有名的罗坑桥头饭店里，店主罗某把已经剁下抛弃的"五爪金龙"头部递给黎教授看，他大吃一惊，"这应该是珍稀动物"。随后，黎教授展开进一步的活体研究调查，最后得出结论，"五爪金龙"原来就是鳄蜥。它全身覆盖颗粒状鳞片，骨骼由间椎体构成，身体呈圆柱形状，四肢具黑褐色横纹，尾巴侧扁，有多个黑褐色环斑。成年雌性鳄蜥腹部呈黄色或浅黄色，体侧及腹面具黑色网纹，且散布有零星红色斑点。

而成年的雄性鳄蜥比雌性颜色更鲜艳，体侧间有红色斑块，腹部呈浅黄色或灰白色，无斑，加上四个爪子都是五指，所以又被称为"五爪金龙"。黎教授在确认了"五爪金龙"即为鳄蜥后，随即进行了大范围搜寻调查，发现

雄性鳄蜥

罗坑自然保护区的鳄蜥分布在大竹园、西牛塘和奖公三个区域。其中，以大竹园最为重要，鳄蜥种群数量有300多只，西牛塘和奖公两区域数量则较为稀少，分布区域狭窄。与广西各个分布区的鳄蜥数量相比，罗坑自然保护区有着最大的野生鳄蜥种群。

在很长一段时间里，世人一直认为鳄蜥为广西所独有，鳄蜥也因其"史前活化石"的珍稀身份，跻身为国家一级保护动物之

列。2020年调查数据显示，罗坑区域野生鳄蜥数量为775～877只，约占全国野生鳄蜥种群数量的2/3，是中国野生鳄蜥分布较集中、数量最多、栖息环境最好的地区。自此，罗坑进入了世人的视野。

那么，鳄蜥究竟是怎样的一种动物，能经亿万年沧桑变迁而保持原始的生命力？为什么它们选择罗坑这片大山作为栖居地？

鳄蜥头似蜥蜴，全身上下长满坚硬的鳞甲，尾巴上满是棱角和横纹，酷似微缩版的鳄鱼。鳄蜥不仅在体型上，而且在习性上兼有鳄鱼和蜥蜴的特点，喜欢栖息于水质优良的溪谷树丛里，擅长游泳和潜水，以昆虫、蚯蚓、蝌蚪之类的小动物为食。当鳄蜥发现猎物时，总是一边窥伺着猎物，一边悄悄地匍匐前进，逐渐靠近猎物，猛然向前张口咬住，然后慢慢将猎物吞下，饱食后则静伏不动。

白天，鳄蜥一般栖息于距离水面1米左右的树枝上，也有躲在水里将头贴着石壁露出水面的，长时间保持静伏状态。如果受到惊动则跃入水中，潜藏在岩石下或洞穴里。因此，也被乡民形象地称为"落水狗"。夜间，鳄蜥多匍匐在岩石或树枝上，头部靠在树枝上，四肢紧紧抱住树枝，闭上眼睛，终夜寸步不移。鳄蜥除觅食外少有攻击性，除非触碰它的头或口，它觉得受到威胁时，才会开口攻击。一般来说雄性鳄蜥活泼凶恶，而雌性鳄蜥比较迟钝温顺。

鳄蜥喜欢懒洋洋地长时间蛰伏于小溪上方的绿叶丛中，每天至少要睡10个小时，还要冬眠6个月。因此，瑶山乡民根据它的习性又称之为"木睡鱼""大睡蛇"。但鳄蜥也很"狡猾"，一旦它发现自己被生擒活捉便会"诈死"。无论你如何摆动它的身体，它都一动不动的，仿佛死去一样。假如敌人抓住它的尾巴不放，它还会如其他蜥蜴一般猛地将尾巴挣断逃之夭夭，而新尾巴很快又会长出来（但与原来的尾巴有较大差别）。

阔叶林是鳄蜥最喜欢的生存环境，因为阔叶林为鳄蜥提供了丰富的食物来源，而鳄蜥的体温稍低于环境温度，栖息于阔叶林中也有利于调低体温。鳄蜥是变温动物，也被称为冷血动物，温度低于18℃便进入冬眠或亚冬眠状态，每年要从10月冬眠到次年3月，冬眠期间不吃不动。

鳄蜥野外生长图

每年夏末秋初，是鳄蜥交配的时节。鳄蜥属于卵胎生，交配前，雄性鳄蜥通常抬高身体，显露胸部，头部机械晃动，在雌性鳄蜥面前炫耀，同时用头部触碰雌性鳄蜥试探对方反应。一旦雌性鳄蜥接受，雄性鳄蜥便咬住雌性鳄蜥的颈部，爬在雌性鳄蜥背部，尾巴相互缠绕交配。每只雌性鳄蜥产仔少则一两条，多则 10 多条不等。刚产出的幼蜥，体外有羊膜包住，不久幼蜥就用前肢破膜而出，并能很快地自由爬行和游泳。对于幼蜥，鳄蜥父母基本不管。幼蜥长大成熟需要 3 年左右。据专家观察，鳄蜥的自然繁殖率并不高，雌性鳄蜥每年只产仔一次，有的雌性鳄蜥还会出现不孕现象。此外，幼蜥还会出现非自然死亡，死亡率往往占到出生率的 60% 左右。

然而对于存活了两亿多年的古老动物来说，真正的威胁来自人类。自 20 世纪 50 年代末以来，由于开荒造林、开垦农田、开山采矿以及修建小水电站等人类活动，千百年来没有发生太大变化的山林，在不同程度上受到砍伐或焚烧，有些地方的山林几乎都被砍光烧净，造成山溪断流，鳄蜥失去了生存之地。

二十世纪八九十年代这种情形尤为剧烈，鳄蜥数量锐减成为濒危物种，除了栖息地遭到破坏外，非法贸易和过度猎杀更成为它们生存的噩梦。有媒体报道，2000 年上海破获的首宗倒卖鳄蜥案中，涉及 4 只成体鳄蜥，每只价值 37 500 元。在罗坑自然保护区成立之前，有人经常上山随意捕捉鳄蜥，罗坑自然保护区原研究员于海说："10 年前，一些人喜欢用鳄蜥煲汤，3 块钱就能买一只。"

庆幸的是，1998 年罗坑自然保护区建立后，通过广泛宣传和采取措施，非法猎捕鳄蜥的现象得到较好控制，现在只要跟乡民一说起"五爪金龙"，大家都知道这是"国宝"，不能随意捕杀。

与此同时，罗坑自然保护区还进行了一项前所未有的创举——开展鳄蜥人工繁育研究。笔者屡次借回乡之机探访罗坑鳄蜥人工养殖基地，看望这些"丑中透美"的可爱小动物，每次看

鳄蜥人工驯养观察池

到小鳄蜥抢食喂养的蚯蚓时，都深感把人工养殖和野外监护结合起来，应该是拯救鳄蜥的重要之举。

保护区研究人员曾告诉笔者，从 2002 年开始，保护区开始尝试人工饲养鳄蜥，2005 年建立了鳄蜥救护和繁育场所。2007 年，完全模拟野生鳄蜥的栖息环境，在露天半自然条件下按照野外环境进行饲养观察。这一方面是为了更好地研究和了解神秘的"史前活化石"，另一方面也是希望能以人力扩大鳄蜥的种群数量。随着研究的深入，解决了鳄蜥人工繁育中出现的问题。在科研人员的精心呵护下，幼蜥出生率不断提高，成长也很正常。

在此基础上，罗坑自然保护区又开展了饲养鳄蜥的野外放归活动，选择了食欲旺盛、活动敏捷、无疾病、无外表损伤的鳄蜥个体作为放归对象。同时，在省林业局支持下采用电子设备监控与人工调查相结合的手段，对放归的鳄蜥进行持续 2～3 年的监测。通过这种长期的野外定点监测，及时掌握鳄蜥种群数量的动态变化，为保护和发展鳄蜥资源提供科学依据。可以说，鳄蜥是罗坑自然保护区特有的"复古基因"。这一跋涉了两亿多年的珍稀濒危生命体，作为罗坑自然保护区的专有物种，将克服种种困难在罗坑山川上延续壮大。

植物生长的天然胜地

走进罗坑自然保护区，让人感受深刻的就是清凉与绿韵，山岗上、溪流畔、道路边，凡极目所望处，无不郁郁葱葱、翠绿欲滴。这种优越的生态条件，与特定的地理与物候环境密不可分。

罗坑自然保护区的野生植物有逾千种，品种丰富，类别繁多，有观赏类、药用类、用材类等。其中，最值得重视的是野生珍稀濒危类植物，它们是这片群山深处的古老生物与无价瑰宝。

仙湖苏铁

仙湖苏铁是苏铁植物的一种，苏铁植物被誉为"植物界的大熊猫"，是当前世界重点保护的珍贵濒危植物。《中华人民共和国野生植物保护条例》将我国全部苏铁物种列入一级重点保护对象。仙湖苏铁是一个古老的物种，却又是由深圳仙湖植物园王定跃近年发现并命名的一个新物种，其野生植株主要分布在深圳塘朗山、梅林。当前，仙湖苏铁已处于严重受威胁状况。罗坑、樟市有少量分布（罗坑的仙湖苏铁仅分布于罗坑水库上游东面侧山）。其濒危原因主要包括两个方面，一是由于苏铁观赏价值高，经常被人为挖掘，导致数量剧减；二是仙湖苏铁种群自身年龄结构老化，出现演化能力衰退和繁殖能力低的现象。因此，对于这些落户罗坑的珍稀植物，自然要纳入保护范围，努力让这些"植物界的大熊猫"重启生机。

桫椤，国内唯一的木本蕨类植物，堪称国宝。桫椤是古老蕨类家族的后裔，可制作成工艺品，也是珍贵的中药，还是很好的庭园观赏树木。桫椤对生长环境要求较高，需要森林覆盖率75%以上、气候温和、日照时间短、无人为破坏的环境。在距今约2亿万年前，桫椤曾是地球上最繁盛的植物，与恐龙一样同属"爬行动物"时代的两大标志。经历过无数沧桑的桫椤，由于人为砍伐或自然枯死，现存世数量已十分稀少，目前已处于濒危状态。由于桫椤随时有

桫椤

灭绝的危险，而桫椤对研究蕨类植物进化和地壳演变有重要的科学意义，所以世界自然保护联盟（IUCN）将桫椤科的全部种类，列入国际濒危物种保护名录（红皮书）中。罗坑自然保护区桫椤数量也比较稀少，仅分布于上其坑、上斜村等地。

广东含笑，又名黄金含笑，为木兰科含笑属常绿灌木或小乔木，其嫩枝、叶背及叶柄、花蕾均密被锈金色柔毛，成熟叶片圆润有质感；花洁白如雪，花量大，芳香四溢，兼之树形优雅，是难得的长效观花观叶园林景观树种。2004年，由中国科学院华南植物园研究员邢福武课题组正式发表，模式点为罗坑/英德船底顶，生于海拔1 250～1 400米的中亚热带山地常绿落叶阔叶混交林及山顶灌丛中。根据近年的调查，广东含笑为广东省韶关市特有品种，仅在船底顶（约1 100株）、石门台保护区红珠岩段（30株）、英德上天堂（20株）及乳源大峡谷自然保护区焦窝段（30株）有发现，总数不到1 200株，属于典型的极小种群植物。

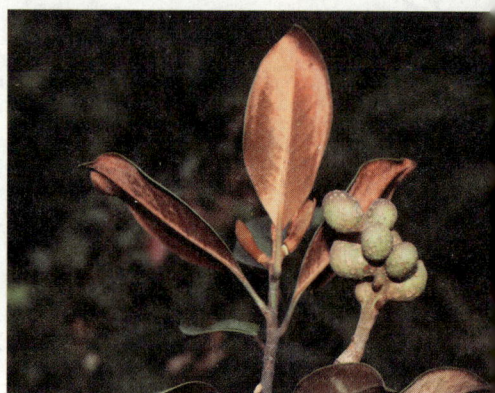

广东含笑

　　2018 年，广东含笑被列为广东省重点保护野生植物，2021 年 9 月 7 日被国务院列为国家二级重点保护野生植物，依据 IUCN 全球物种濒危等级评估标准，广东含笑属于濒危物种（EN）。广东含笑树体较小，适合在公园、小区的大树下种植或在办公楼和别墅前孤植或群植作庭院观赏树，也可进一步矮化作盆栽，在花期供室内观赏。同时，广东含笑也是培育含笑属新品种的优良亲本和改良含笑属叶片观赏性状的重要遗传资源。通过人工杂交，目前已选育出"香绯"和"香雪"两个新品种。"香绯"花纯白色，基部略有红色晕染，盛开时花瓣略卷；"香雪"花雪白色，花瓣圆润规整，盛开时如微型白莲。两个品种均具有株型矮化、开花繁密、花香怡人、花期长、抗逆性强和适应范围广等优点。

　　高山野茶，属于国家二级保护山茶科植物。山茶科植物在第四纪多次冰期中存活下来，适应不同自然条件而演化成今天纷繁多样的现代茶组植物。"全新世"以后，野生茶树的使用价值被人类发现，之后逐步被驯化并大规模栽种。作为人类利用历史最为悠久的品饮植物之一，今天在世界各地广泛种植的茶组植物，包含纯种、变种以及它们之间的杂交后代。现有的研究指出在严酷的冰期，南岭山系冰寒程度较岭北地域低而成为生物的"避难所"，使不少古老的植物得以保留于此。属于山茶科的自然型大叶种罗坑野生茶树，正是幸运地躲避在南岭山系才得以留存至今。依托山崖上古老野生茶的优势，2015年罗坑被高票评为"广东十大茶乡"，专家评定罗坑是广东古老茶文化发祥地之一。因此，对野生茶资源应当倍加珍惜、合理采摘、杜绝伤伐，并培育转化。

罗坑珍贵的植物还有茶岩顶的猴头杜鹃花、船底顶的白豆杉以及随处可见的中草药、中药材等。可谓平常而品名众多，令人惊讶，值得人类珍爱保护和繁育应用。

抚慰心扉的鸟鸣"音药"

优良的自然环境，让各种鸟类在罗坑栖居下来。因此，在罗坑全年都能遇见各种珍稀鸟类。据统计，区内鸟类超过400多种，多于全省鸟类的三分之一，堪称百鸟乐园。一踏入罗坑自然保护区，各类鸟儿欢快地飞舞着、嬉戏着，热闹非凡。盛夏的罗坑河两岸风景似画，身边郁郁葱葱，耳畔泉水淙淙，鸟鸣声声犹如人间"音药"，使人闻之宁静而返璞归真。

"只解千山唤行客，谁知身是未归魂。"在南方常听到的50种鸟叫声，在罗坑全都能听见，如画眉、红燕、花八哥、斑鸠、四声杜鹃、鹧鸪、竹鸡、白头翁、猫头鹰等的叫声。有的鸟叫声好像本地方言"割麦插禾""刚点苞谷""噶冬噶冬"，越听越感有趣。尤其在春夏间的山林阡陌里，似乎鸟一叫，山水、村舍就醒了过来。如诗如画、如古如春的鸟声，让人心生青春的喜悦，脑海一片万物复苏的景象。

罗坑雉鸡

一时"内卷"而不甘"躺平"的世人,当可想象变作一只归鸟,歇歇脚再作飞天。不管是来体会"温暖"还是寻找"共鸣",你都会有一个入心的好处。可惜,身在其中的人们往往司空见惯,在过去甚至经常肆意捕杀,只有明文保护后才有了鸟类的安生与希望。

棕背伯劳

华南斑胸钩嘴鹛

白鹭

白鹡鸰

这个山乡,不止一面。灵妙的生物、迥然的景观、先辈的足迹,使得罗坑自然保护区每时每处都在演绎着不一样的精彩。仰可"远观",俯可"亵玩"。当动物能放下戒备与人亲近,便是对人与自然和谐相处的最好说明,也是"红色翡翠,多彩罗坑"以及美丽中国的最佳诠释。

西京古道与千年"铁屎岗"

罗坑位于韶关西南青山云水间，南连清远英德石门台，西接乳源县大峡谷，东与樟市宣溪水相连。"物竞天择"，作为韶关、清远两市的山水腹地，罗坑不经意间成为岭南人类最早发祥地的组成部分，具有古老而多样化的人文风物。

山乡不老的流年

1983 年春，当地村民在桂龙岩溶洞发现了古动物化石和打制石器，经考古专家研究认为比"马坝人"时代稍早，证明罗坑早在 10 多万年前的旧石器时代就有先人居住活动，这是从动物化石推论的结果。而进入新古时期的罗坑是南北走廊一个过渡要塞，其行政归属随曲江、英德（浈阳、含洭）可追溯至秦汉之时。

据《水经注》和《史记》记载，秦末大将任嚣、赵佗进兵攻取岭南地区，曾在溱水（即北江）与洭水（即连江）汇合处设"洭浦关"和"万人城"，辐射领地周边乡邑，罗坑当属其中。到了秦二世时代，由于连年征战加上残暴统治，引发了陈胜、吴广领导的中国历史上首次农民大起义，中原陷入战乱。这时，拥兵数十万的赵佗与北方的冒顿单于并称"北强南劲"。赵佗按照任嚣关于"秦为无道，天下苦之……番禺负山险阻，阻南海，东西数千里……可以立国"的临终嘱咐，迅速实施封关绝道之国策，筑起了三道防线，趁机聚兵自卫自立。

任嚣所说的"番禺负山险阻"主要是指横卧江西、湖南、广东、广西四省边境的五岭，即江西大余县与广东南雄市连界的大庾岭，湖南郴州与广东交界的骑田岭，湖南蓝山县与广东西北交界的都庞岭，湘桂交界的萌渚岭，广西兴安县和湖南交界的越城岭。赵佗洞悉番禺防御要领，为了防止北方战乱南延，加强对岭南的控制，严封五岭的四关：横浦关、洭浦关、阳山关、湟溪关；断绝四条新道：江西入广东南雄一路，湖南入广东连州一路，湖南入广西贺县一路和湖南入广西静江一路。北兵要逾五岭攻南越，不破上述四关、四道是到不了番禺的。而曲江罗坑即处于五岭之一的骑田岭南麓中下段，也是湖南入广东连州、含洭之间四条新道之一的南段。公元前208年，赵佗封关绝道，三年后兼并桂林、象郡，从而统一了岭南地区，四年后正式建立南越国，定都番禺（广州），五岭之南出现第一个京都。可以说，这是秦末汉初时期罗坑山外发生的重大历史事件。

据传，六百多年前（即明朝初期），罗坑始有范屋、下罗客属两家，从外地迁徙罗坑，靠烧炭和养鸭为生，兼种花麦、小米等自给自足，逐成初地代有繁衍。至明朝正德年间，又有较大量人口从福建、英德、新丰等地迁入，为罗坑肇发生机。而早于元末明初，逐有赵、邵、傅姓等过山瑶先民，开始到猴寨、榕树角及仙峒三坑居住，以刀耕火种方式维系生活。

除远古时先人活动情况有待考察外，近代的罗坑虽有所发展，但仍属山高林广人稀之地。据载，到民国十九年（1930），罗坑人口仅约 3 000 人；1950 年，为 4 539 人；2003 年，全镇总人口9 226 人，人口密度 38 人/平方公里。2004 年 5 月，国务院批准调整韶关市部分行政区划，罗坑镇仍属韶关市曲江区。罗坑是粤北一个边远山乡，是居山汉客、瑶客共同开拓耕耘的一片山地，历经磨炼积淀，留下了不少具有特定意义的人文风物。

西京古道出罗坑

《后汉书·循吏列传》载："先是含洭、浈阳、曲江三县，越之故地，武帝平之，内属桂阳。"说的是当时的含洭、浈阳（均为现在的英德）、曲江三县同归长沙国域桂阳郡。相对郡县管治幅度而言，上述三县"去郡远者，或且千里"，而民居深山溪谷，习其风土，不纳田赋。但有史事往来或催租传役，往往"徭及数家，百姓苦之"。

为解治理与抚民之需，东汉光武帝建武初年，"飒乃凿山通道五百余里，列亭传，置邮驿。于是役省劳息，奸吏杜绝"（见于《后汉书·循吏列传》）。即当时"因政有名迹，升为桂阳太守"的卫飒（？—51 年，字子产，河南修武人），在含洭、浈阳、曲江凿山通道，抚民益治，每年五十里，奋战十年始成官道，其路径大致起于

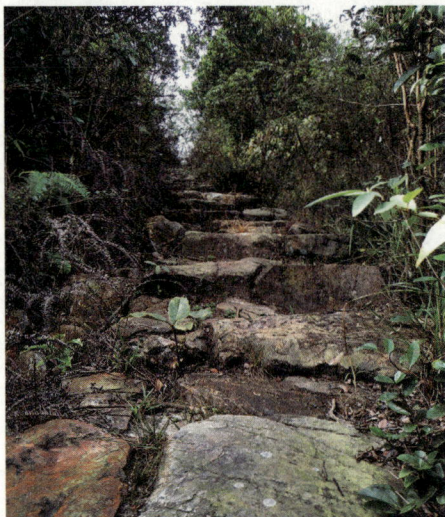
罗布古道一段（罗坑至乳源大布）

今英德石鼓塘，途经坳顶——罗坑街——仙洞（罗布古道），出乳源大布——大桥，入乐昌梅花等地，再转湖南郴州，径至长沙，逐达长安。

之前约150年，南越相吕嘉擅权谋反，不断骚扰、侵蚀长沙国。汉武帝元鼎六年（前111），韩千秋、樛乐率两千精兵"破数小邑"。后被吕嘉诱歼而败，惹怒汉武帝，并促使他下决心挥师平南。元鼎五年（前112）秋，汉武帝调遣罪人和江淮以南的水兵共10万人，兵分五路进攻南越。其中第一路卫尉路博德为伏波将军，率兵从长沙国桂阳（今湖南境内），直下湟水。汉军具体从何路出入越地史载不详，但伏波将军走的艰难之路，应当就是后来卫飒拓展途经罗坑的南北干线。

此通道后来逐渐成为岭南与中原往来的交通要道之一，也为唐、宋之后部分客家人从福建、英德等地逐步迁入罗坑繁衍生息提供了通道，沿途至今可觅层级石阶山路和亭驿遗迹，这就是著名的西京古道。其中，罗坑一段长约60里。可以想象当年的罗坑连同邻乡江湾和乳源，虽处地广人稀之地，但扼居于湘粤走廊，近靠英德眺望番禺，于军于民于贾，其地理位置皆十分重要，多少官吏、士人、流民、兵卒甚至强盗土匪，皆由此过关越岭，来往匆匆，留下代代相传的故事。

直至清朝咸丰五年（1855）年底，仿称太平军的陈金钉一部从湖南撤经罗坑峡峒、仙峒、坳顶转往英德大湾、洽洸等地。咸丰九年（1859）农历六月，太平军石达开一部由龙归、白沙、樟树潭经罗坑抵英德横石塘，进迫县城，途经的也是这条南北古道，残径犹存，岁月风烟。

千年遗风"铁屎岗"

罗坑境内蕴藏多种有色金属，如金、银、铜、锡、铅锌、乌矿等，还有蜡石、水晶石。20 世纪 80 年代末至 90 年代初，曾有省地质队进驻罗坑勘探复查。当时，曾一度掀起淘金热，大坑（罗坑河）一路，从大枫潭到枫树头，每天有几百人在淘金。可见，罗坑山河遍藏金属，冶金探矿早有名气。而在当地最为有名的则是"铁屎岗"冶炼遗迹。

时光穿越到唐、宋年代，粤北因丰富矿产资源，吸引了全国众多炼丹金山客，也成就一方铜铁官营事业。其中，"韶州铜"在宋代时名驰天下，自北宋初年至宋神宗一百多年间，铜产量一直居全国之首。到宋仁宗时（1023—1063），韶州岑水铜场（即今韶关曲江大宝山矿）就有冶炼工匠一万余人（一说十余万人），其盛况可想而知。除韶州之外，在宋代及宋代以前就已有人远涉罗坑深山，在多处开办矿坑、矿铜，留下了如罗坑街旁一类的冶炼遗迹，罗坑之得名，当与此古矿冶活动有关。

"铁屎岗"位于罗坑街东边，是几个连绵起伏的炼渣小山岗。当地居民称炼渣为"铁屎"。"铁屎岗"炼渣堆积约一万平方米，附近村场如仙峒、沙子角、锡岗墩、大岗岭等地，远至英德亦有炼渣分布，各处炼渣颜色结构相差不大，唯"铁屎岗"炼渣块状大，眼可见硫黄铁矿及石膏。化验结果显示，"铁屎岗"炼渣含铝 3%、锌 0.7%、钡 1%，以及锌铜、锑、铝等元素，远较其他各处

"铁屎岗"炼渣

为高。据此推测，"铁屎岗"炼渣，是由一种以碳酸盐为围岩的多金属矿石冶炼而来，而其他炼渣由另一种原矿石冶炼而来。

"铁屎岗"炼渣何时遗留在此？笔者曾走访自称祖上是洪武年间由外地迁来的居民，都说祖上来时已有之。1982年，韶关市博物馆的同志曾于炼渣中采集到莲花碗、高足碗等宋代瓷器碎片。后来，笔者偕同乡表罗俊英亦在瑶山上斜的"老鼠围谷箩"岭地"铁屎"中，觅得唐后五代形制陶瓷"茶盏"和一片带釉瓷碗片。以此可证明，早在宋代和宋代以前罗坑就有冶炼铜、铁的历史。

"铁屎岗"冶铁遗址提示牌

据史料记载，罗坑所在的曲江（韶州）在宋代就以产铜而驰名全国。宋仁宗时，当地的岑水铜场为全国最大铜场，一度年产达1 280万斤，占全国铜产量的90%，而且所产铜质量最高，历来被用作铸造铜钱。皇祐元年（1049）至熙宁十年（1077），宋代的钱币都在韶州城西河的"永通监"铸币厂制造，其自然是当时全宋最大的钱币制造厂。

岭南是有色金属之乡，黑色金属也很丰富，且主要分布在山区，故矿冶历来为客家地区重要富业。岑水铜场这种景况、风尚，必然影响、激励邻近州县（如英州，今英德市）的采矿热情。据《元丰九域志》载，到元丰八年（1085）左右，作为广南东路的英州已有近 10 个银场、铁场。有诗云："江路分韶广，城楼压郡东。伎歌星汉上，客醉水云中。"可见，盛况空前。即使毗邻的罗坑也曾经是一幅"忙时种田，闲时采矿"的农耕图景。

尽管当时大宋财政困难重重，但这两句诗道尽了当时当地和矿山主们的辉煌及纸醉金迷实况，遗风可谓至今千年不变。罗坑恰处于曲江与英德矿脉带之中，其时两地因矿而盛，自然招致矿主们不辞劳苦满山探宝，在深山之处留下处处冶炼遗迹就不足为奇了。如果条件允许，可将尚不为人注意的"铁屎岗"等重点遗址规划保护起来，挖掘打造成一个新的观光研学之地，延伸罗坑幽谷魔力和农文旅链条。

自然真性罗坑茶

粤北韶关（古称韶州），山地连绵，产茶历史悠久。唐代陆羽所著《茶经·八之出》记载："岭南生福州、建州、韶州、象州……往往得之，其味极佳。"可见，韶州茶自古有名、珍稀。宋、明以后，韶州茶续有世传，但皆为当地士民零星计贾，缺乏成文记载，茶之种属、成性及具体出处不详。及至清代道光二十三年进士、知县黄培燦等编修的《英德县志》专述："茶产罗坑、大埔、乌泥角，香古味醇，如朴茂之士，真性自然殊俗"，对其特性风味有恰当记载。随后，光绪、宣统年间《曲江县志》和《韶州府志》均把罗坑茶列为"茶属"首位，称其"色红味醇，经宿不变，功专消暑"，进一步概括了罗坑茶的特征和功用。除曲江罗坑外，韶州其他属县如翁源、乳源仁化、乐昌、始兴、南雄等均有茶产，亦为当地所崇，但探名访古皆随其后。可以说，罗坑山茶乃韶州府茶属主要代表，粤北山林特产精髓，至今欲发未发，亦欲掩而露。

罗坑高山茶成名经传，得益于得天独厚的地理环境。罗坑自然保护区位于北回归线稍北，南岭山脉南段位于东经113°11′18″～113°25′55″，北纬24°29′24″～24°32′40″之间，全区四面环山，区内山高林密，云缠雾绕，属亚热带季风型气候区，常年气温比区外低3℃～5℃，年均降水量约2 200毫米，亚热带常绿阔叶林和各种珍稀动植物资源丰富。同时，区内山地起伏连绵，坡度多在25°以上，局部达60°以上。独特的气候加上"山高水冷石头多"的地形地质特征，为茶叶生长提供了无可替代的生态环境。

据当地瑶民介绍，一直以来，罗坑高山茶不但是当地山民三大生计来源（即冬菇、茶叶、蜜糖），而且距今近300年前就有江浙茶商循入深山，承租采制罗坑山茶，与当地居民一起发展味醇、价低、制作简单的茶品，使罗坑茶扬名江南，远销珠三角，也成为州府仅有专项拨饷差丁征收的贡品。民国初年，当地奖公村所产高山茶、冬菇和竹木原材等曾由本村一王姓人家（人称王百万）统收，为解决物资等引起的村岭纠纷等治安问题，州府派出10名差丁佩戴武装护其征运茶叶山货。

直到新中国成立，罗坑农林业得到很快的发展，以瑶山为主的茶业开始告别刀耕火种，取得很大进步。特别是改革开放后，又迎来一轮新的发展，全镇扩种6 000多亩园茶，引进生产设备和先进制作方法，"一乡一品"模式开始成型。但由于基础薄弱，管理失范，加上受市场作伪等影响，罗坑茶受到严重冲击，茶农无利可图，数千亩茶地渐次荒芜。尤其是曾经闻名的高山茶，因山高路险（一次往返需 5~6 个小时），量少价贱，年轻山民多外出务工，天赐好茶几乎无人采制。幸于近几年，有好茶乡贤鼓励山民踏山重访"茶树头"，并按照乌龙茶（青茶）的大致程序：萎

千年古茶树

凋—揉捻—烘干—毛茶—精选—复烤，将高山茶炒制成色泽红褐的条形茶，取适量沸水焗泡，汤色赤黄明亮，滋味浓醇润喉回甘，盛饮之往往耳热发汗，提神醒脑，总体品质如古人所鉴述；且泡饮后余茶放置 3~5 天甚至更长时间，亦无霉变或馊酸味，山民口渴时照饮无虞，堪称茶中神奇。

　　纯正罗坑高山茶产量不高，但茶味随不同山峰相差较大。主要以 17 公里长罗坑河为分界，北面山岭以奖公山、大陂山、上峒、下坪十万亩山地为主，土质优良，水源丰富，少见砾石，所产山茶茶味浓厚，甘苦脱俗，每当清明—谷雨之间进入盛采期，瑶汉山民皆适时进山采茶，奖公茶（黄茶）在当地一直驰名；南面山高石多，主要以花蕉岩、南岗山、梅花顶及至芦溪山等跨境岭峻为主，散落山崖的茶树甚为珍贵，茶体叶貌与北山无大异，

既有尺径数米高者（乔木茶），又有枝摇而叶粗者。但以同法炒制，其味淡雅，初感草青气，后经精制提纯，古香醇甜而兼石韵，尤以"杏仁香"红茶令茶界瞩目。相对于仅数公里之距的北山，南山茶采摘期稍迟半个月左右，与粤北梅雨季节相遇，山民登山采摘艰辛，是近年有效挖掘的高山茶源。

罗坑奖公——大陂山茶园

茶可解人，人茶同解。尽管罗坑高山茶自古存名，生生不息。但由于地处边远山区，经济基础和市场适应能力薄弱，加上一直缺乏对罗坑高山茶特有品属工艺、价值的分析与定位，致使其藏在深山等待规划开发。寄望在生态文明和乡村振兴的战略驱动下，政府和有识之士能共同激活、保护这一珍贵的山林财富。

云山石水　俯仰寄思 〉〉〉〉〉〉

——峡峒、门峒考访纪实

　　粤北五岭奥区，自古至今，有多少默默无言深藏于大山深处的地理人文，像一颗颗散落的遗珠，期待被掇拾与珍视。

　　在韶关西南边远的山区，曲江罗坑与清远英德交界，国土面积约 240 平方公里，常住人口一万余人。这里偏居一隅，地虽不名却山弯水绕富有灵气，蓝天白云下有许多被称为"峒"的村庄，比如仙峒、峡峒、门峒、石峒等，掩落在不同山冲上。这种由四周山岭拢聚的"峒"，不同于江河冲积的洼地，更不同于人们熟知的山洞、岩洞，而是远古洪荒时期地质作用形成的高山小盆地，大多数在宋、明、清年代得到汉、瑶先民的开发利用，逐渐成为人类文明的集聚、繁衍之地。

笔者是本乡本峒人，在独特的地理环境中度过粗粝的童年时光。后来转学县城，直到省城读书、工作，在外面走了不少地方，依然很热爱自家山山水水，攀爬见识过海拔千米以上典型的南岭风貌，却一直未拜访深藏其中的"峒盆"斯地。只是常常举头西望，一边吟咏古人念乡诗句，一边消磨着民间有关峡峒、门峒的描述和隐约"古论"，坚信这些稍逊胜迹的深山老林，与我们必有某种联系，一定要亲临其境。

溪谷邂逅

春雨过后的端午节前一天。当天恰巧天晴，早上七点半，带上事先约好的当地瑶、汉好友文星、阿光、阿燕、开福、过省、

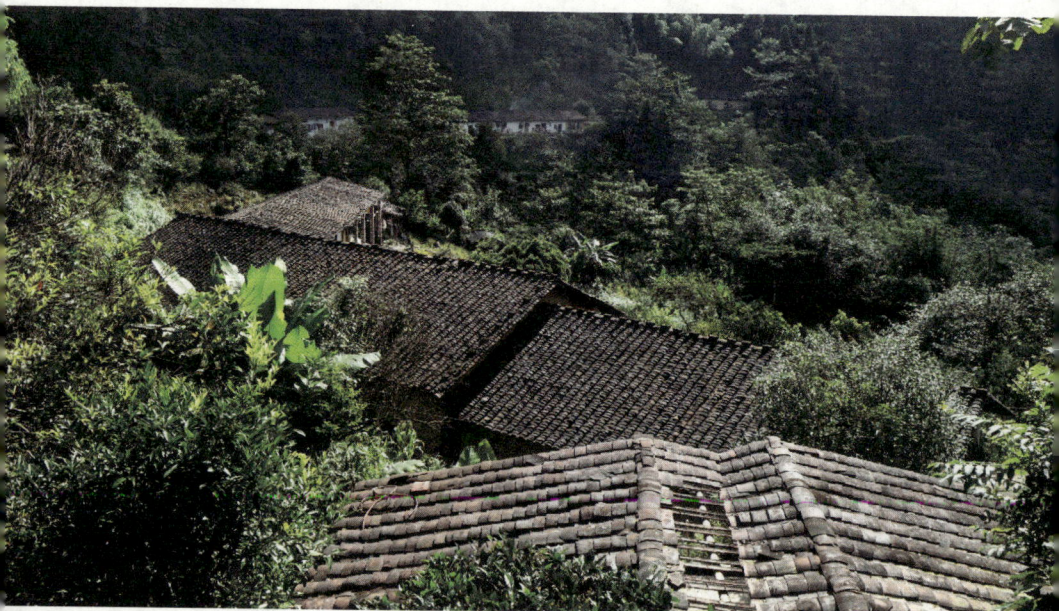

上斜村瑶寨

胜牯等，集中从镇上分乘摩托车前往离峡峒、门峒最近的上斜村瑶寨。

大约经过一个小时的盘山驰骋，便在三面环山、岩峰近约的上斜村瑶寨，见到了已等在家中的邵书记，他热情地招呼着我们这些几近忘年的"老伙计"。想起 2007 年秋，也是由他作向导领我第一次宿营船底顶，当时的艰辛与兴奋记忆犹新。邵书记在 20 世纪 90 年代后期担任过罗坑镇党委副书记，现已退休 10 多年。他兼备瑶胞与镇干部两重身份，自然是个瑶、汉通，讲到瑶族的故事如数家珍，讲到山里的困境语多企盼、陈词深婉，无疑是瑶族村 1 200 多人的"长老"。这次，他听说我们要进山，二话不说便背起"瑶褡"，与我们一同徒步崎岖的山路。

不到 20 分钟，我们便转入村西南的大坝坑，走过一段人工砌墙，再往下走便来到了山谷溪涧，随着越来越清晰的溪流声，一条宽约 50 米的溪河就出现在眼前，淙淙流水清澈透明，滚滚溪石干净饱满，一阵山风吹过，我的心神迅速融入生态迥异的溪谷中。前方的小水电站正在"隆隆隆"地发着电，有两三个工人走出机房打招呼，指引我们绕路过河，他们诚然已猜出我们一行今天的目的地。按当地人意思，这个大坝坑是指以这段溪河为中心的一带山林，它的源头正是闻名广东的"驴友"胜地船底顶山岳。可以说，只有趟过大坝坑才能踏入峡峒—门峒地界。和邵书记交谈中得知，这条溪河历来丰盛不枯，生长着许多珍贵鱼类和其他水中物种。

但在 20 多年前开山、引流营建水电站中，河道变迁、流量缩小，整体生态环境发生变化，而且在往下奔流的不远处形成分岔口，大坝坑的大半河水流向邻近的江湾镇，小部分经人工改变流向，经仙峒、曹岭水电站汇入罗坑河，一路不断地发电、灌溉和湿润沿途植被，最后成为浩浩北江的支流。尽管大坝坑已有许多人工痕迹，但溪谷古韵犹存，夹带乱石枯枝的河段弯曲向前，两岸壁林层层叠叠随风摇曳，特别是眼前清澈的河水从散乱的河石间穿过，不时激起层层浪花，古朴的生态令人怡悦陶情。

水沐峡峒

顺着大坝坑"跳石"而上数百米后，转入右侧山林便是进入峡峒的一条古径。刚开始，仰头可看见前方及左右两侧山石风光，浓郁的树木遮掩着峻峭壁立的山体，阳光从山顶上倾泻而来，云雾蒸腾，整个山崖显得静谧俊秀。但眼前这条呈九十度角、几乎陡直而上的羊肠蟠道，让我们没攀登多久便汗流浃背、气喘吁吁，连说话也感到困难，原先的风景已无心欣赏。大约到了山体中部，有人提议休息一会儿。据邵书记介绍，路是十多年前修建水电站的老板开挖的，老板开渠引水的决心很大，即使山路坎坷陡峭也会用改造过的拖拉机输运材料。而我们登爬的则是古老石径，在二十世纪五六十年代他年轻时就经常由此上下山，很熟悉这一带情况。几十年逾百年过去了，除树木少了和修建了水电站外，曾经为瑶民服务的山路变化不大，只是爬山"游玩"的外地山友逐年增多。

我们8人各有分工，体力、精神也各不相同，有人急欲探路，有人行动缓慢，大家便建议分先后两组分头进山。阿燕、胜牯两人因有备餐的任务，带着工具先行出发，其余的人后面跟随，约好经峡峒到门峒目的地会合。众人挥汗前后赶路，全身心进入登爬状态，出发时准备的饮品早就喝光，好在遇见半山电站，补充茶水后再直攀山顶。攀越两片灌木丛林后，便仰见百米处一人工

门峒华南五针松

堤堰横亘在前。堤堰长有五六十米，两端嵌入南北突出的山体，俯视下方则是狭窄陡峭的山崿，而上方阵阵山风正从堰线向山崿涌来，这就是在当地流传不少故事、人称"飞虎寨"的峡口。正是在这俯仰之间，整个山形地貌迅速发生变换，我弓着腰沿着窄狭山路不断向前攀登，等爬上堤堰后山路渐渐变得平缓，仰头一看缀云的天空似乎就在眼前，这预示着我们已经抵达了山顶。

　　与登上其他山峰不一样，起初我们并没有感受到山顶的不凡，映入眼帘的是一个平缓而狭长的盆地（"峡峒"名字由此而来），少了沿途中的高峰峭壁。在盆地的东南侧千余亩平缓低洼积水处，即我们刚刚路过的人工截成的水库堤堰之下，一根逾一米宽的珠色水管沿山崿直通半山电站，一种亮眼的人工气势油然而起。这里，连片集雨的渍水地区往往吸引各种水上生物，形成丰富多彩的生态景观。难怪常有不少瑶、汉山民不畏高山，爬上这个特殊沼泽地捉鱼摸虾，静悄悄享受"山高皇帝远"的独乐时光。

"高山湿地，难得的高山湿地。"我脑子迅速冒出这个地质概念，口中也在念着这个正与物景相连的地方。多年以前，就听人提到罗坑高山上的湿地稀奇、独特。但对大多数人而言，"高山湿地"仅是专业用语，似乎与现实生活缺乏直接联系，当地人也对这些"烂湴地""湖洋田"，有一种说不清、道不明的边缘化感觉。我非专业人士，略知湿地的构成和作用很特殊，特别是高山湿地在生态环境和地质研究中有着重要价值。现在亲临其境，面对与高山湿地紧密相连的坡地、岭畴风光，自然兴致勃然。随着大家跳过一段水草和炭泥掺杂的滩涂，我爬上一个没有树木、只见茅草的山包上，极目望去，依稀可见"峡峒村人"留下的层层梯田，这些曾经的村居熟地，见证了农耕年代的安然与闭塞，如

峡峒高山湿地风景

今却在杂草掩埋下日益模糊，呈现荒无人烟的静寞时光。遥想远去的岁月，这个海拔近千米的高山小盆地，阳光、水土资源等都很好，即使刀耕火种也能让人类饱食、繁衍，只因远离"治所"信息闭塞，最终才被文明驱使、迁移。时光流转至今，现实中的环境压力又会使人反问：文明真的需要把这些自然"生灵"引出大山吗？

粗略看，眼前的"峡峒"主要由东、西两个高山小盆地组成，岭地缓坡方圆数千亩。北面是起伏的山地，原来的老村庄"大厅下""傅思堂"等三姓村庄就坐落在此；南面是毗邻船底顶的高嶂顶、牛头排山，中有山石路直上顶峰；从东往西翻过两个近邻山坳，再偏南斜走一段坡地后，可看到前方宽阔的山坡上茅草随风翻滚，恰似一阵阵海河波浪，偶然间不知从何处飘来几簇云烟，似雨似云，随风而动又临草而消；由远处宛然而来的山溪被葱茏树木相拥着，像挂在山坡上的一条条绿带缓缓伸展，绿带中最碧绿茂盛的要算大大小小的杨梅树。正值端午时节，杨梅初熟硕果累累，红的、橙的、黑的挂满了不同枝头。其中一棵树冠约三米宽的老杨梅树，愣愣地长在我们必经的溪头路旁，我跳上溪岸时迅捷抓起挡在眼前的树枝，结果是满掌殷红透汁的熟梅，"哎哟，吓死人，怎么那么多杨梅呀！"侧身路过的人几乎都同样脱口惊叹。可惜我生来怕酸，对这些云养雾供的鲜果也只是看了看、打个酸冷战，掏出相机尽快按下快门，便和阿省两人追赶前面有意放慢脚步的同伴。

当快要跟上众人时，我们顺着弯道又走进了一个更典型的"湿地"中心区，让人好奇而目不暇接。只见上百亩洼地绿草葱葱，绿草之下裸露着未被掩蔽的黝黑泥土，几只不知名飞鸟，从近处飞向远处草丛，一下子不见了踪迹。急步中我一脚踏入软草地，周围地块就像浮船一样晃动，用竹竿一插透过草层如入无底洞，草皮下的清水随即冒出。无疑，下面隐藏着丰富的水源，不远处的水渠正流淌着洁净的水，千百年来不断向外流去。曾听有经验者讲过，遇上类似"湖洋田"应该尽快离开，为避免陷入其中的危险，我照了张相后便匆忙离开。高山草甸的真容不但进入了镜头，也深深地刻入我的脑海。仰望蔚蓝的天空，这是本春季以来难得的好天气，阳光炽热澄碧透明，看着如纱的轻云在不远处飘过，我一直在想：在海拔这么高、接近山顶的岩石上，怎么会有那么多水溢出、流出，这些水是从哪里来？它和高山云雾有着怎么样的关系？它们真能年年如此从石缝里、草丛中流出，永不枯竭吗？

哦，"黄河之水天上来"，今天至此，才懂得李白大诗仙早就道破了千江万河的源头真谛！

门峒探真

时已过午，我撑扶着已经开叉的竹竿，艰难地爬上缓缓朝外的门峒坳口，放眼望去——门峒，一个比峡峒更为宽广的盆地展现在前方，疲惫的双腿似乎轻松了许多。但自峡峒往西，即使走过了那块草甸湿地，真正进入门峒，还需往下斜穿溪流上的一片竹林之地。

这片山窝竹林远看其貌不扬，但踏入其中才发现这是一片少有的原始竹林，每棵竹子都显得节骨硬突、斑驳苍老，而且竹与竹之间只有四五寸行距，密密匝匝、齐齐竞上遮掩着天空。阴森的竹林里唯有一条积满竹叶的凹槽路向外延伸，谁离开这条路都难以跨出此地，甚至有人提到这里还会说，即使发现十米外猎物，用枪射击也会被竹子挡住，可见竹子密集度非同一般。

快到尽头，我们遇上了上午先行出发的阿燕、胜牯两人，原指望他俩先达目的地后，抓鱼采菇煮锅好汤给大家解饥解渴，没想到他们怀抱着渔具匆匆往回赶，"门峒变样了。树木、草地都被烧了。""还修了一条公路，好东西都看不到了。"原来如此，看着脸上挂满伤怨和无奈的两位山友，我心里似乎明白了什么。他俩说

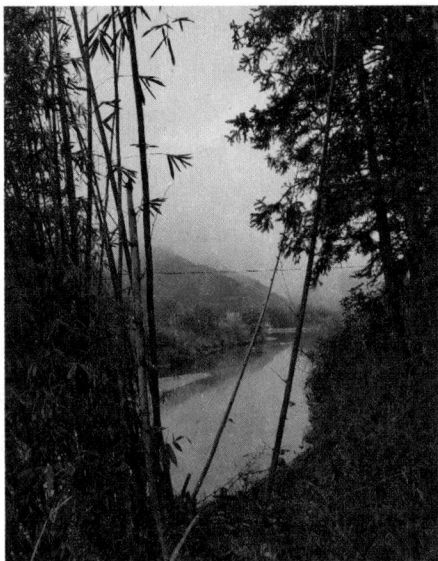

仙峒河（江湾河）一景

要趁早退回峡峒附近，看能否捕点山货赶夜宵了。我们几个还要往前走，便劝他们先行安全回去。匆匆分手后，一帮人马又变成两组各自行动（结果，他俩什么也没捕着，傍晚前忍着饥饿赶回了村里）。而继续跋涉的我们，终于迈进了传说中的门峒的大门。

眼前的门峒阔大如盆，峒边的经年草甸几近熟透，表层一片平坦葱绿，皇根卜同样隐含着丰沛水分的炭泥，十分适宜水栖生物的生长。果然，就在我们轻步跨越沼泽地时，突听到一阵"吧嗒、吧嗒"的响水声，我循声望去，在一窝混水中一条星光灿灿的"秤星牯"正使劲往草丛中钻去。这是一种堪称山地"鱼王"的鱼，硕者体长逾尺、口阔眼睁，而鳞片如秤杆上的刻星（故称"秤星牯"）。这种鱼喜欢结对生长在山泉湿地中，即使周边泥水浑浊，经其口化也能很快使周边鲜澄起来。它看似憨厚老实，其实凶猛好肉，不但吃鱼甚至追咬水蛇等，在水中几乎没有对手，

可能因此也养成它麻痹轻敌的习性。我少年时经常在溪河中抓鱼，感觉这种鱼既美又丑，既凶又傻，最好捕捉。但那时弄不明白为什么它在盆里、桶里总会无缘无故地消失。直到有一回，我才发现抓到桶里的这些家伙很聪明，一听到外面水声，便假装一动不动，然后看准时机腾跳一米多高朝着水声方向逃之夭夭。从此，我也知道了怎样防范它们。尽管与久违的山珍不期而遇，但因赶时间又担心沼泽地的危险，我们只和这一山地"鱼王"打了个照面便继续向前。

不知道走在前面的人是否注意到，就在勉强可以辨认的小路旁，我们又意外地发现三处连在一起的幽暗陷洞。这些陷洞大约深两米、宽不到一米，起初我以为是雨季山洪冲击而成的深洼，低头拨草一瞄，觉得如此规则的陷洞不可能是山水所为，又推测是当地瑶民挖掘用以诱捕山猪的陷阱。

等回到村里向村里人一打听，才知道陷洞是外地"金山客"选采金砂时留下的"竖井"。哦，我想起韶州清代方志中之"金属"篇目，似曾有罗坑与英德交界处"冬冒白气，地集金银砂英，土民淘之聊足日给"的记载。可以说史实两佐，门峒坡地富含金砂，故其水质清甜，风物尤娟。而且产金的地方有富贵气，在上古文化中，金为"五行"之首，有了"金"的动能，则会驱动其他元素的运行，成就金、木、水、火、土相生相克的无限循环。

转悠中，我们一边观察、赞叹沿途特有风物，一边谈论着这门峒"四至"和出路口，不禁感叹大自然的神奇伟力。整个门峒豁然大气，峒心就像双手微微拢成的盆地，四周以石灰岩为主的山岭高低不一，南北走向开裂明显的山谷，对称翻越则正好是英德市石牯塘镇和武江区江湾镇，东面紧邻峡峒是我们刚刚走过的罗坑之境，西面翻过闸子崎大山就是乳源县大布镇，著名的乳源大峡谷就在其间。我还惊奇地发现这块处于两市、四县区边界的高山盆地，即以门峒为中心点，向东、西、南、北辐射，到达四镇目的地的步行时间都大约是四个小时，几乎是等边对称关系，可谓之：四门归峒、峒中朝天、峒天一体，独特的地理环境令人赞叹和遐想……

远观峒边山林

　　还在年少的时候，我就偶尔听老人说到门峒的两个传说：一是这里有一个坐东向西的大石岩，岩穴宛如四正厅堂，四周穴缝留下不少前人遗留奇物，右上方悬藏着一些遗骨石棺，旁边还倒扣着一个脸盆般大的古钟。对这些远离人烟而又显然是民俗的遗物，却一直无人知晓何时、何故、何人所为？二是咸丰初年（1855），洪秀全的一支败退部队，经乳源大布向英德水头流窜而两出两进罗坑，其中一次扛着大旗的部队，人数很多，走了三天三夜，把"两升"耕地（意指两分土地）的泥土都踩踏带走了。后来，又有大约 2 000 人进驻峡峒、门峒 3 年之久，太平军还时不时跑到江湾、大布等地去"劫食"、杀人等。传言门峒还留下营

73

盘、开荒、养猪的遗迹等。门峒的近代史上果真有如此一幕吗？我一直想解开这两个虚虚实实的谜，要实地见证、一睹为快。直到前年，我才确切听说门峒石岩的悬棺与古钟已被人毁取，有相识的山民不畏辛劳再次到现场察看，原有遗物的确不复存在。这对于我以及想一探究竟者永成谜团，成为特殊而近似诡谲的山野人文沉淀。

最近，我无意中翻阅了太平天国史料，对比太平军作战、流动路线后，认为咸丰初年正是太平军兴盛时期，其部队主要留守在以南京为都的江浙一带，而且彼时太平军正需要集中兵力"北伐西征"，怎么可能败退和置留数千人的部队于粤北深山之中？疑惑中，我联系了熟悉市、县史志的同志，问及咸丰初年韶州和曲江一带是否曾有大股太平军"侵扰"，回答是"没有听说过"，更没有确切的证据，并给我寄来了与当年有关的史料。据资料反映，1854年5月始，广东爆发了以"天地会"为主的农民大起义（起义军头裹红巾故称红头军或红兵）。起义部队主力曾在10个月内连续3次围攻韶州城，可惜攻城不遂，红头军于1855年5月初败退乳源、宜章等地。根据史料记述的时点和整体氛围推论，我认为，罗坑当地流传至今和部分资料记载的所谓太平军部队进出罗坑、大布、英德，并屯兵峡峒、门峒的说法，实际是"天地会"红头军趁太平天国运动围攻韶州，而遭地方清军阻击，从韶州败退所为。

"陈书偶披尤探宫，但问天军几疑估？咸丰内外多煎熬，遗乡岩露应解初。"我很欣喜这个判断，捧盏山茶写下了这首自叙诗。作为一个小小的"澄史"探索，我期待尽快到实地考访，融入其中面对面地交流，这就是这次登临门峒的真实目的之一。这块远离县镇的高山地域，生态条件优良，易于发展农牧生产，客观上为弱小山民和少数叛众者提供了天然的栖身之所；山岭连绵曲折，地形开合有序、易守难攻便于拒敌于峒外，自然又成为千百年间"豪杰""大贼"期冀之地。难怪中华人民共和国成立初期，新成立的韶关军政机关一直把罗坑的仙峒、峡峒、门峒一带定为"匪区"，长时间连番追剿，先后清除了粤北巨匪傅桂标和瑶山恶少吴炳英，匪民混战的凄奇故事至今仍在流传，甚至还可找到与役当年的风烛者。除去不义之道，深一层看，只有这些"峒中之峒"才能包容远去的逃逸之心，成为社会变革时期压力、冲突的"缓冲"地带。

只可惜，这本真宽厚的山水腹地，在人类面前日益显得被动无奈，就在两年前仅为当地承包者方便养牛、放牧，有人仗着山高路远且处"三角地带"，一把火将上千亩林地野烧殆尽，被山火烧焦的石头和树桩裸露着黑脸，一片片顾长焦枯的竹木怒向天空。而且，靠近邻镇一侧已开挖出一条运载原木的汽车山路，一直沿着山谷伸向深处，人患致使无数珍禽走兽失去家园，被迫迁徙甚至走向绝境。后来我们徒步江湾时，乐见环山公路不知因坍塌还是因政府干涉，目前已没有正式使用，加上遭火殃的部分植被正逐步恢复，大门峒的生机在艰险中有望形成，尤其是周边未遭火殃的亭亭树木，依然昭彰着原始生态的迷人姿态，连同峡峒和连片高山峡谷，云山石水堪称碧秀。

下午两点多，我们6人终于到达此行终点，聚在据说由江湾与罗坑接壤的村民兴建的牧牛房。没想到刚刚坐下，一群大大小小的黄牛从树林间窜出径向我们赶来。诚然，这是无人看管、由当地"有胆识的人"利用这片天然高山草原放养的黄牛。奇怪的是，这些精灵不但不受惊吓，反而追逐人群，在陌生的人类面前撒欢、调情，场面生动开放。穿着红上衣的阿福忍受不了，拿起路旁竹竿追赶，人畜兜缠，引得大家哄堂大笑、齐声吆喝，两头健壮的公牛才不情愿离开，站在百米外不解而无奈地张望着我们这些闯入者。邵书记带头生火做饭，文星、阿光等几个利用牧牛人留下的破旧厨具，分头取水淘米、切菜，大家又累又渴，无不把酒畅饮。

在牛房旁的树下找个荫蔽地方，我随意垫上几块石头，脱衣铺上便匆匆躺下。可是躺卧在地面上，原有的牛粪尿臊味变得更为浓烈，令人窒息，我只好有气无力地扯些树叶置在头部四周，借树叶新散发的香味抵消部分难闻的异味。勉强躺下休息后，阿省给我端来粥水，我大口喝完，希望尽快补充能量，以便傍晚前安全下山。

北 出 江 湾

经历了来路的艰辛，加上双腿已出现抽筋症状，我暗忖着回程的隐隐压力，便有意称"好马不吃回头草"，提议选择经石牯塘或江湾，绕道百余公里返回罗坑。大家都很赞同我的意见，且看见眼前环山公路都一致认为应从江湾镇再兜回家。此时，已近下午四点钟，刚好吃过午饭，大家趁恢复了体力，便迅速动身赶往江湾。年长的邵书记将吃食盛入"瑶褡"，又不紧不慢地走在前面，沿途还介绍不同山峰地名，回忆起年轻时在这一带打猎、采菇的过往经历。我撑着棍子连连称赞这位老书记，还认真地与邵书记相约，在他寿满80周岁的时候，一同再上海拔1 586米的船底顶。

尽管时间和精力有限，这次没来得及攀岩察穴，也无法全面细究绿美的山林田畴，但亲临了峡峒、门峒两地，踏足这块曾经遗世、养虎之地，终于看到170年前乃至更早年代边民、散勇垦荒自励自救的场景，看到近处、远处人工痕迹依存的锥形土包和田畴，呼吸着穿越时光同样带有阳光和青草气味的空气，耳听着似田野、似池沼深处传来异样的蛙鸣声，特别是眼前从丰盛水草间向我们奔来的肥壮的牛群，我相信这个远离喧嚣的一方宝地充盈着特有的价值与活力。即使人们出于不同目的对它有过度摄取和侵害，但公道的力量和良知觉醒一定会使它回归自然，让我们的山水家园始终留有静穆的圣地。没有告白，没有事前说明，自然没有人知道我此行另有所虑。然而，面对因斯地融合的山巅流水、兵民遗迹、野烧掘路的历史与现实，我们此行的诉求将延伸、再延伸。

罗坑与江湾、大布、石牯塘，分别代表韶关、清远两市所属曲江、英德、乳源和武江之四县区行政区划边界，精算的核心点就是足下的门峒，由此集合了罗坑、石门台、大峡谷三大自然保护区，成为华南地区乃至全国少有的自然保护区群。在这种地域，任何一个山脉都是你中有我、我中有你。如果秉持共同目标，实施跨区域统筹规划，这里就是一个"1 + 2 > 3"，集生态、旅游和农林保护于一体的重要基地。由此，必将引起资源的流动配置，

罗坑河江湾段主景

实现城乡有别而山城同梦的目标。可惜，大家在行进中谈到，在几大保护区的边界中一直存有漏洞和发展保护不平衡的问题，困扰着当地政府和瑶、汉山民。比如前几年调整行政区划，纯粹的山区镇江湾被划进市区，相邻的瑶、汉村民都感到不适。而实际的影响远不止村民个人心绪，两地尽管是紧邻互难分割，但因体制管治不同，难于协调，造成许多不足。如目前的门峒山地的生态保护，罗坑一侧已纳入国家自然保护区管理，而江湾一侧可能拥有更多的"自由裁量权"。因而出现了如上述提到的为了眼前利益开挖公路、滥取砂石、砍伐无序甚至涉嫌野烧山林等侵害自然的粗行。更为深层的是这种容易变成自然与管治双重"边缘化"的工作，往往会导致基层政府的"难作为"或"不作为"，而加剧"小人穷斯滥矣"的局面。如果决策者、管理者能够亲临门峒体察绿色山情水貌，分析它的生态关联特征或倾听专家意见，相信它的版图将会更加完整，对它的管治会更加有效和得以创新。亡羊补牢犹未迟也，标本兼治再造一个红色铸魂的秀美山川，将道法自然，促进生态文明。

路还算好走，但里程不短，弯弯曲曲、上坡下坡，除中间稍事休息外，足足徒步 3 个多小时，我们才赶到紧挨门峒溪涧的江湾瑶族长岭村。进入夏季"日长夜短"，傍晚七点半天仍然亮着，四周环境清晰可见。邵书记和文星、阿光三位瑶胞，还与正在村头上耕作的同族人打着招呼，亲切、熟络、韵长。瑶胞砖瓦屋上已炊烟缭绕，西南面淡淡的霞光透出云层，依恋着静谧安宁的山林、田园。

按照途中约定的车辆，疲惫中透着兴奋的我们挤上一辆"工具车"，经江湾出龙归再绕白土、樟市镇。一路颠簸、一路回想，晚上九点多终于回到安静的山乡——罗坑。

采风人间"仙峒"

从广乐高速曲江樟市出口西转，一路纵深进入罗坑境内，经过罗坑自然保护区入口处后，豁然进入眼帘的便是新塘村千亩粮田，远山云绕，罗坑"第一印象"瞬间定格。从此，往前再右转一段山路就进入天堂山下的新洞村（仙峒）。新塘，旧称仙塘，与新洞（仙峒）相邻，两地均曾以"仙"字相冠，同有美如仙境之意。如今的新塘是进入罗坑的必经之地，放眼可见一座西向的崩山与亚婆髻山咫尺相对，一起倾身呵护错落的村庄。还有曹岭河、溪背坑一路澄清，两条小溪宛转东流，穿过栉比村庄后注入罗坑水库。

一峒风景美丽如画，若亲临其境可以眼见为实。而这里，专门聊聊"仙峒"鲜为人知的自然生态与曾经的人文掌故。

何处"仙峒"

熟悉罗坑的人都知道，罗坑主要由"三坝三峒"辐射而成，地形呈现典型的粤北山村风貌。沿途从枫树坪，进入峡背鲤鱼山转骆驼山以及上杨、奖公、仙塘各村，即达蕉子坝、张屋坝、中心坝一片。同时，连带老田厂、上峰山和下峰山、昂天堂、谢屋、江下、坳顶及至瑶族大坑、上坑等汉瑶山岭村舍，主要围绕罗坑河、峡背河辐射带逐次而居，形成自然景观与农耕景观相媲美的"罗坑一峒"风光。

此处提到的"峒"是个有趣的话题，它涉及的不仅仅是一个语言学问题，还涉及一定的地理人文背景，与常用的"洞"字有明显不同。在粤北山区，"峒"主要表示客家人（当地瑶民称为峒下佬）开发、居住的相对平坦而独成一体的地方，包括连片村庄、良田、山地、溪涧等。在罗坑有许多因地形、环境不同的村庄被

仙峒全景

80

称为"峒"，比如峡峒、石峒、牛陂峒等，这些村庄（峒）有特定的地理、人文含义，与人们常提到、遇到的洞（山洞、岩洞等）有本质区别。"仙峒"就属前述情况。

从罗坑镇政府西行，经塘底、黄泥额村进入约3公里的山陵路段，可看见一块直径约500米的平坦粮田山畴。这一带人迹稀少，四周绿被很好，远看高山云霄，近观松柯峻拔，生动如画，令人啧啧称赞。这就是名不见经传而称谓响亮的"仙峒"了。其实，这里旧称"承田峒"，民国以后至中华人民共和国初期改称"仙洞（仙峒）"。几经变化，至今称"新洞"。来到此地再作联想，就可感到整个罗坑的地形和社区，正由"罗坑峒"和"仙峒"前后两个状如"8"字形的小盆地构成。一条源自船底顶、大坝坑的清澈河流，从两峒山谷之间缓缓淌过，两岸农林作物错杂摇曳，炊烟与远山云霞交相辉映，一派典型的南岭自然风光。

"一峒子表"和"天地人适"的叠加，自然形成了罗坑古韵犹存的乡土风貌。当地人不习惯"盆地""湿地"这类地质学术语的称谓，也难免性随习远，不计粗俗。早在民国时期（或有记载、口传以来）对"罗坑峒""仙峒"（含仙塘）东西两段，本乡人乃以"下采""上采"（下片、上片的意思）俗语分称。回想百年前状况，尽管"下采"耕种开发较早、人口也较多，但山林资源和富庶程度远不及"上采"。久而久之，"上采"人心理优势明显起来，虽有一脉山水的共情，亦难掩区段之间"地缘性"厚薄之分，以致后来在时势变化时，"上采"族群较多形成"匪患"。幸好历史瞬间，曾经失落的一抹已成过去。

这个过去的"仙峒"，如今的新洞村，现有13个村民小组（自然村），分别是大屋、岭下、上埂、下埂、张王、圳背、峡峒等，人口1 480余人。1 600多亩山田分布于狭长的山谷上或山裙边，虽然受高寒气温影响，农作物产量普遍不高（如稻谷，每年只能生产一造），但品质超群、口感清甜，别具山韵风味（如花生、生姜、番薯干以及胡须鸡等），令人难忘。除耕地外，更有近7万亩长势茂盛的生态林，分别生长在曲江与乳源、武江交界的丘陵上，是韶关市国土、行政边界最西南山村的最美生态景观，也是罗坑自然保护区核心地带的重要自然屏障。

岁月悠悠，山林斑斓。

"仙峒"就是个远离尘嚣、平凡而有故事、如仙境般的存在。

古庙与传说

不谋而合，凡人聚集之地必有社庙，一犹公众设施。故盛世修志，亦重庙缮。

曹岭庙正处于仙峒入口处，背靠曹岭山，面向四石山、尖峰岭，近曹岭村旧址，故称为曹岭庙。可惜由于历史变迁和人口疏散，原来的曹岭村已不存在，唯社庙烟火依然不断。就近观察，曹岭庙侧立于四峰骤望、地形多变的路口，一条联结仙峒与罗坑街的公路于庙前经过。据传该庙建于清朝初期，逾三百年历史，自古存纪，1948年重修。虽然只有一间半旧且没有设门的土房，但一个敦实的香烛痕迹很重的香炉，置于土房中央，还有墙根下两块年久的石碑坐实了这里是块神灵之地，似乎在时时提醒进进出出的村民百姓。社庙的存在，给当地人逢年过节、遇事图安一个出仪之处，便于村民或祀或拜，以寄心托望。千载儒道佛，万古山水人。不管社庙是否神灵、能否藏风纳气，但这一带的确草木丰盛、人居安然，形成了朴素而又稳定的生态系统，自成民居与自然生态一体化的样板。

曹岭庙碑

　　同在曹岭庙附近，有一则出米石的民间传说。说的是曹岭庙背靠的石山下溪边，有一块石灰岩大石块，石上有一小拳头般洞口。相传，这里曾住着一位叫阿顺的善良村民，由于他是村中小姓弱房，经常被不肖之徒欺负，甚至打劫。有一晚，阿顺准备用于成亲的牲禽又被人抢夺，他痛苦地追到溪边伏在石上哭诉。忽然石头裂开小洞，并从中不断涌出白米。阿顺又惊又喜，便每天都从石洞里悄悄取米，家道也渐渐兴旺。后来，阿顺老婆见石洞天天出米，不但懒惰起来，还想不如把洞口凿大多出些米，除了自家吃还可拿去卖。果然，贪心的她瞒着阿顺凿大石洞，只见一只金鸡从洞里"呼"地飞出。从此，石洞再也不出米了，阿顺家道再次中落。村里的人得知后，都说"阿顺老婆心肝大，得了禾米还想卖。人心不足蛇吞象，好吃懒做把家败"。诚然，简单的传

83

说，却传达着乡民劝善、感恩和知足的浅显之理。

　　说到这里，记起村里老人还讲过一个"恩进士"的传说。清朝康熙年间，罗坑承田峒岭下村，有一个埋头读书、追求仕途的人叫钟毓章。钟夫子多年进京赶考进士，均没能考上。这年，他虽年近五旬又来赴考，考官们都很熟悉他了，也给了言语上的鼓励。传说钟毓章在考试期间，粗衣简行却餐餐都有咸鸭蛋吃。殊不知，他带来一只厚壳咸鸭蛋和一罐自制豆腐乳，以备匀着随饭节约费用。第一餐他吃鸭蛋时，在蛋壳上打开一个小口，挖出蛋白、蛋黄来吃，并细心地保存好蛋壳。然后每餐饭前，都把豆腐乳填进蛋壳内，人见他每餐低头吃着鸭蛋，多少有些好奇，其实他吃的都是豆腐乳。主考官见他有如此大决心，吃苦还瞒着别人，实为感动，遂禀报皇上。皇上得知后，感其好学刻苦、生活俭朴，因而免了他考试，恩准他为"进士"。这就是岭下"恩进士"的来历。

坳下空石拱桥

除了传说外，还有后来建成的曹岭水库、靠近"牛角窝"的坳下空等水态景观、峡谷景观，显示了不同的自然环境与地质风貌，特别是罗坑河支流常有二三丈深的沟壑（地壳表面凹坑形状），由远古冰川时期地质变化和长期水流冲刷而成，是后人研究早期地质演变的标本地貌，也是人们闲暇时观赏、流连的特殊地形地貌。如今，不管是村夫百姓还是外地来客，都可从中看到一峒山川林峦出秀、草木柔软的自然生态，充满客家山民悠然和静谧的田园生活气息。

古道上"打脚梗"的传闻

由仙峒中间（新洞村委旁）岔路南拐上山，山弯路曲约 2 公里后，则可到达当地知名的瑶族村圳头、上斜两个村寨。新中国成立前，这片瑶山连同附近几个山冲，被称为罗坑"上瑶乡"（棉地、花蕉岩及芦溪一带为"下瑶乡"），并与乳源、英德边境的瑶族自成一体，后曾划入"曲乳瑶族自治县"，未几复归罗坑所辖，并一度通上电话，各寨瑶胞享受"公粮"待遇，以解缺少粮田之困。如今，作为生态保护中心的瑶山，已成上承船底顶、牛排山，下接仙峒村委各自然村的枢纽，彰显瑶汉杂居、生生与共的风貌。

尽管地处偏僻、人烟稀少，但在春秋轮回之间，这里早已编织了纵横可踪的山路网络，而主道就是曾经热闹的"罗布古道"，即从曲江罗坑西进乳源大布的陡直而崎岖的山道。据相关史料记载，早在宋元时期，曲、乳交界一带高山林立，自成屏障壁垒，影响了曲、英、乳三县相互交流，遂由官民结合，历经数年铺凿了这条连接东西的山中古径。

在荒野岁月中，古道留下了近千年先民往来的足迹。直到近代太平天国后期，一支在"土客战争"中攻打韶州而遭到清军追剿的"红头军"（由一个名为刘国宗的头人带领的 2 000 多人），从韶州经乳源大布逃避到靠近曲江西南的门峒、峡峒高山密林一带。他们打着"红头军"的旗号（仿冒太平军），在曲、乳交界"两不管"的飞地混迹了两年多时间。这支队伍为了生存曾开展生产自救，留下了垦荒种地的痕迹。同时，还一度开设赌场，采取各种方式招诱曲江、英德、乳源周边乡民、赌客上山开赌，引发了半路抢劫、谋财害命等一系列问题。罗坑、大布、江湾一带流传的"打脚梗"故事就源于这一背景，至今成专属谚语，辛酸之味化于戏谑。

而传统的"五月节"（端午节），全国各地均以农历五月初五为纪念日，举办相关活动和家族、亲友聚餐。唯独罗坑仙峒数村提前一天悄悄过节，至今仍流传着"四哺夜，五哺朝；过也了，再无咬"的俚语。究因难解，过去有一种说法，斯时物艰，常有匪徒下山"劫食"，尤逢社节聚食之时，乃遭无力反抗的倾盆之劫。为防避匪贼，故意将节日时间提前，当匪贼揭锅不见"肉食"时，自知遇上穷家就会减少侵扰。无奈的变通之举，暗藏着一段鲜为人知的野蛮、凄楚往事，也透露出仙峒先人的智慧与机灵。

曾经的巢穴擒魔

话说在七八十年前，仙峒一带正是粤北出名的土匪傅桂标的老巢，一度匪患猖獗，威胁新生基层政府，被北江军分区定为重点进剿的"匪区"。傅桂标，1906 年左右出生在仙峒上埂村一户贫苦人家，少年时艰辛耐苦，后来跟人学戏杂耍，懂得些拳脚功夫，在乡间亦正亦邪放荡任性，终成有国民党顽军背景的恶劣土匪。新中国成立初期，傅桂标悍然率领同伙频频活动于曲江、英德、乳源三县边界的接合部，曾多次攻打、突袭附近区、乡政府，杀害区、乡干部，解放军战士及革命群众40多人。匪首傅桂标被称为"杀人王"，当地百姓对其恨之入骨。

据时任北江军分区司令员邬强在《烽火岁月》中回忆：1951年1月，北江地委和北江军分区联合召开剿匪会议，贯彻上级关于限期肃清北江土匪、清除匪患的指示。会议决定采取强有力措施，实行分片包股包干制，不仅要清剿大股匪徒，而且要歼灭流窜散匪，以捕捉或歼灭匪首为完成任务的标志。由此，一场分兵剿匪的活动在山林间展开。没想到村居井然、风景诱人的深山竟招来喋血兵戈。

当时，北江军分区研究决定将所属三个独立团，以营的建制部署到北江各县清剿各种土匪。其中，独立第十团一营包剿曲江境内的土匪，重点就是进剿以傅桂标为首的罗坑匪帮，并保护当地百姓。

因此，独立第十团一营三个连及团直属宣传队300多名指战员，在营长邱振英、教导员袁明的率领下进驻罗坑山区。其中，二连驻剿仙岽傅桂标的老家。四连驻剿"粤湘赣反共救国军第十二师第三十六团"副团长高毅活动的峡岽与胜靠岭一带（亦为仙岽的一部分）。部队进入仙岽后，与派往该乡村的政府工作组密切配合，加强农会和民兵组织，管控地富分子和匪属活动，以封锁他们与匪帮的联系，断绝土匪的食物供应，仙岽一时气氛非常紧张。

2月上旬某日，根据当地群众举报，二连俘获了傅桂标的副官，从他口中得知傅桂标已离开仙岽，但傅桂标的老婆潘亚云还带着20多人在胜靠岭一带的山坑活动。随后，二连连夜赶赴胜靠岭附近。次日凌晨，部队在目的地开展搜索时，发现潘亚云率一

仙峒老村场

众匪徒正在转移。二连事不宜迟发起攻击，当场击毙试图顽抗的两名匪徒，活捉潘亚云等 3 人，其余匪徒见状四散或陆续投降。

几天后，进驻邻近峡峒的四连也在一处石洞里活捉了副团长高毅等 10 多名匪徒，很快仙峒、峡峒的土匪基本肃清，但傅桂标及其余部仍在垂死挣扎，先后多次侵扰山里村民。最后，傅桂标于当年 5 月初被抓捕归案，告慰了革命先烈。罗坑一度延后的土改工作迅速掀起，曾经被蹂躏的山乡也恢复了安宁与生机。

珍稀的茅姜与番薯干

好山好水好地方，自然会有好的村居和风物。顺着山路进入峒口右侧以邱、黎两姓为主的黄泥额村，是一个仅有 20 户左右、小而典型的客家山村。进村的路径弯曲狭窄，但迈步进入村口，很快发现里面潜藏着一个不小的半封闭式村场，只见山麓田园、简朴不张。和邻村一样，黄泥额村人勤奋聪明，谦恭地立于大山林荫之中，守护一方水土。特别是一百多年来，村人利用特有的水土阳光资源，择优生产出有名的"丝茅生姜"，其具有细嫩无渣、橙黄鲜辣的特点，成了当地远近出名的农林特产。

每年清明前后，家家户户都会在山地上开垦新地，种下上年备好的姜苗，添上薄土，盖上干草，再于年中进行除草护苗的姜地管理。历经春夏足量的天地养分，等到了秋冬天气晴朗的时候（也可跨年）就可慢慢收获，这段日子村前屋后常常一片繁忙、芳香。坡地上的茅姜浅生易种，收成好的年份全村估计可收近 20 万斤鲜茅姜（全镇种姜面积约 5 000 亩，年产量约 40 万斤），质量上乘、口感尤好。这里产的茅姜姜黄素、姜糖等含量很高，具有保健、祛腥和开胃消食的作用。

然而，讲到罗坑茅姜的好处，给人最深的感受就是祛寒止咳。每年春、冬季节，山区天气冷暖变换很快，童叟稍不注意容易着凉感冒。别看感冒咳嗽是件小事，有时候咳起来没完没了，甚至吃各种药也不见效。不妨试着找一块拇指大的茅姜去皮洗干净，即投入嘴里嚼烂挤出姜汁，感受到辛辣时屏气吞下，同时喝适量热水更好，并将剩余姜块含在口腔里。不一会，微微出汗，咳声退去，难得一身轻松。也许这仅是治标之法，但它让你在无奈中得到安静，争取必要的休息后再治本，这不正是身边平凡而神妙的土"丹方"吗？"姜"者，"将"也，百咳之克矣。

一物兴百业旺，寓意人财兴盛，安居乐业。

往西进约一公里，仙峒大屋村等村落掩映在山路两旁。这里的农产品尤为甜美可人，除主产稻粱、玉米以外，几乎拥有客家农户的所有田间作物。尤其是每年秋冬产出的番薯，金黄、油软、香甜，是出了名的"好看、好香、好吃"的乡土特产。番薯，又称"地瓜""黄薯"等，貌似平常却富含人体所需的多种维生素和矿物质，具有益气生津、滋阴补血、润肠通便的作用，是一种高营养而低热量的保健食品，于2017年被世界卫生组织评选为"十大蔬菜"冠军。番薯含有丰富的淀粉、钙质，尤适于中午煮食。因其所含的钙质会在午后日光照射下得到更好的吸收，不但可口有营养，且清肠通便，令人神清气爽。

这里产的番薯、番薯干和黄泥额村的茅姜一样显胜于别的地方。有的年份番薯长得好，收获后置于屋檐下自然阴干去水，天气冷暖巧合溢出薯汁后，所晒烤出来的番薯干，甜得令人不敢相信，吃起来甚至把上下嘴唇都粘住了，用水冲抹时手指也会被浓缩的薯汁糊住。时间长了，村民还知道用生花生搭配番薯干，又甜又香又不粘牙，吃起来满口生香，被誉为不知名而典型的"乡村巧克力"，更是当地农闲时招待客人或当作手信赠人的心怡特产。花生、番薯干食用性和寓意都很好，不仅是不分时年、贫富皆宜的罗坑乡土风物，也是当地生态文明的一张实用而悦心的名片。

鳄蜥"避难胜地"

讲了故事与风物，再回到如今仙峒与保护区直接关联。

自新峒村委往前数百米转过弯道处，可见南面的天堂山陡峭峻朗，仙峒河在山下缓缓流去。河岸上分居张、王两姓村民，村居简朴、静谧宜人而又充满生气。从村口往西翻过一个小山坳，在庙背坑小溪旁并列建有两幢房子，这就是罗坑鳄蜥的保护核心区域"大竹园保护站"。

保护区负责同志介绍说，从1998年起为加强罗坑自然保护区管理，组建了"广东罗坑自然保护区管理处"，下设综合科、保护管理科和科研宣教科。成立了大竹园、坳顶、枫树头3个保护站，主要职责是护林防火、保护动植物不被滥捕和破坏。经过20多年不懈的努力，区内外村民提高保护意识，有效制止了偷伐和捕猎行为。

同时，保护区积极推进科研活动，每年接待不少海内外科研人员，比如中国香港以及挪威、瑞典、美国等地的专家都曾到罗坑考察动植物资源情况。保护区还与广西师范大学、四川大学等高校和研究机构合作，开展对鳄蜥的长期野外观察和人工饲养的

大竹园鳄蜥监测站

研究工作，与中国科学院华南植物园、华南农业大学、广州大学等合作开展植物资源调查，与广东科学院动物研究所、中山大学等开展野生动物资源调查等。今天的罗坑自然保护区，已逐步成为开展国际交流和科学研究的重要基地。

作为鳄蜥的保护核心区域——仙峒大竹园及三坑地带，周围连片山地绿色葱郁，深切处的山坑水经流不息，千万年来涵养了各种水中生物。其中，冰川时期遗存的活化石鳄蜥，历经2亿多年至今仍一脉相承，成为世界特有的珍稀保护动物。可见，现场科研、监测野生鳄蜥，对加强这一世界级濒危物种的保护具有重大现实意义。

目前，大竹园保护站有工作人员10人，重点负责野外巡山，监测鳄蜥生长、活动等情况，日夜轮班照料繁育与成长期的鳄蜥，防止人为侵犯与破坏。从2003年建立该保护站开始，除有效保护鳄蜥的野外环境外，人工繁殖鳄蜥近200只。其中，两次野放160多只，追踪回访效果理想。全保护区鳄蜥数量共800余只，约占全世界同类的60%。相应的科研与对外交流也在逐年增多，鳄蜥等珍稀动物所依赖的生态环境日见好转。

诚然，这一带自然生态持续优良，与当地政府长期关心指导下，村民们保护山川河流渐成习惯密不可分。尤其是这里被确定为保护鳄蜥的核心区后，依法保护、从严管理的工作不断加强，并通过修山缮道、扶助农事，使保护与开发关系得到妥善处理，确保保护区远离闹市，没有多余的气味和嘈杂干扰，始终成为鳄蜥等珍稀动物难得的"避难胜地"。

这个曲江乃至韶关最西南的山乡，也是附近城区的最深潜的"后花园"，平凡的一山一石、一草一物，都与我们及我们后代息息相关，需要我们共同携手，时时呵护。跨入新时代后，曾经偏僻、岁月不舍的罗坑，可谓"千载传耕读，百里成画廊，十步存芬芳"，在烟火流动中慢慢揭开面纱。

仙峒，等你来看，等你来读，等你来美。

掩不住未名的船底顶

船底顶，位于曲江与英德交界处（罗坑），横跨曲江、英德、乳源三地，主峰海拔 1 586 米，由于顶峰酷似船底倒扣而得名。它是韶关、清远两市交会的最高峰，也是广东户外运动爱好者的打卡点。

船底顶山峰叠石标识

船底顶南边为英德石门台自然保护区，西边是乳源大峡谷，山高谷深地势险要，山峰连绵起伏气象万千。周边是草地、石坡、溪谷、湿地、悬崖、丛林、山脊相拥相连，几乎涵盖了广东各种山区地形地貌。船底顶峰高势陡，属亚热带季风气候，雾大多雨，空气清新，植物茂盛，知名的有红豆杉、罗汉松、五针松等，是岭南动植物基因库核心地域之一。

高票入选十大"非著名山峰"

2009 年 11 月 10 日，《中国国家地理》杂志发布"寻找十大'非著名山峰'"榜单，湖南韭菜岭、广东船底顶、四川九顶山、甘肃扎尕那山、江西武功山、河北小五台山、陕西鳌山、北京海坨山、云南雪岭、贵州佛顶山十座适合户外爱好者活动的山峰，在专家与网友、读者的评选中脱颖而出，船底顶赫然名列第二。

船底顶西北山麓

2005 年，《中国国家地理》杂志曾评选出中国最美十大山峰，大多数入选的山峰声名鹊起。这一次推出的"非著名山峰"，是在全国万千中高山中进行评比，目的是为普通驴友开辟、展示更多精彩路线。这次评选将"非著名山峰"定义为：海拔在 1 000 ~ 5 000 米，具备该地地貌的典型特征，或具有独特的生物资源，抑或具有多样的民族风情、深厚的文化底蕴以及拥有良好的生态环境和较好的可进入性。评选活动启动后，主办方收到了合作媒体及网友推荐。最终，湖南韭菜岭、广东船底顶等十座山峰荣登榜单。这些山峰各具特色，涵盖了从南到北的地理分布，从高海拔的云南雪岭到低海拔的贵州佛顶山，从南方广东到西北陕西，展现了中国自然地貌的多样性和地理的广袤性。

其中，船底顶的入选评语是："位于广东英德和曲江交接处，属南岭山脉南支，海拔 1 586 米，为广东第二高峰。船底顶包括了竹林、草地、溪流、湿地、悬崖、乱石坡等各种山区地貌景观，被视为广东省内驴友自虐的巅峰之地。"

中国名山数不胜数，但对于户外爱好者来说，泰山、黄山、衡山等名山已经"太老"，缺乏吸引力，而珠穆朗玛峰等 5 000 米以上极高山峰又可望不可即。为此，中国国家地理杂志社牵头对中国潜在山河进行重磅推介，大量风光秀丽、各怀绝景的"新五岳"被驴友、山友推荐出来。客观上入选的"非著名山峰"多环绕于城乡之间，有重要的生态与经济价值。这次的评选活动给历来未知名的山峰一次展示的机会，有利于引起社会各界对山峰生态资源的重视与保护。

大自然的伤痕 "乱石坡"

在攀爬至高嶂顶西侧的大坝山溪上，渐渐地进入几段绵延的乱石坡。在穿越过程中，会遇到好几个几乎望不到顶的让人绝望的乱石坡，来过船底顶的驴友第一次攀爬乱石坡都会印象深刻，因为乱石坡的坡度足有 60 度以上，大小不一的乱石布满了整个山谷。由于天然生成，没有人为的固定，几乎每一块石头都会滚动，

船底顶乱石坡

如果没有掌握一定技巧真的是走三步退两步，而且一走就是几个小时，非常考验人的耐心、体力和精神承受力。攀爬乱石坡要寻找支撑点，判断好石头的稳定性，确认了稳定的石头再迈开脚步。偶尔会有乱石落下，这时在后面的驴友一定要倍加小心，人们的日常生活不也是如此吗？

高嶂顶是船底顶徒步中最累人的地方，虽然风光亮丽，给人带来视觉上的冲击，也激发人无限的想象力，但山坡陡峭、乱石欺人。只有"谦虚谨慎"一步一步地迈进，才能走上落日峰，望见心中的船底顶。

绵绵缓缓的"伤心大草坡"

　　小心翼翼地走过乱石坡，望见了巍峨的船底顶，已经疲惫的身心为之一振，看见了希望，成功就在眼前。可越过一段低矮稠密的原始树丛，钻出山坑不足数十米的斜坡，又遇到一片横亘在眼前的茅草坡。抬眼望去，似乎茫茫无际的草地铺延在五六十度的斜坡上。草又高又密，千百年长了又长，谁知道你的恣意和寂寞。这一回，我们相遇相拥，脸庞被汗水淹得刺痛，下半身全都没入草海中，被密草轻抚着就像在海中畅游。秋天来了，黄黄的草甸一望无际、美丽壮观，张开的草穗子在大风中飘荡。阳光下草地泛出闪闪银光，如同一席金黄色绸缎铺在船裙上，和着山风，浪一般起伏翻滚着。

　　这就是传说中的"伤心大草坡"。

船底顶"伤心大草坡"

穿越如此陡峭而又绵缓的草坡，需要十分的勇气和非常的小心。因为路面上的枯草很滑很深，稍不留神就会滚入坡底。更主要的原因是，眼前缓缓的草坡宽阔秀美，到达这个地方几乎经过了一天的劳顿，身心疲惫，而又不甘止步。开始走几步甚至几十步尚能胜任，继续往前走你才知道这不是平坦之道，是在陡直的斜坡上登爬，每一步都似乎用尽力气，每一步都要喘气和滴汗……绵绵的草坡上脚重如铅，让人感觉掉入温柔的陷阱，"伤心大草坡"由此而来。唯独精神还在，记住草坡连天。

大草坡一路延伸，到达平坦的落日峰山顶，视野开阔深远，走过的群山全在脚下安然有序，一道道山峰起伏缓动，像是一排排倒扣的船底，远处峰谷连着茫茫天际。峰谷的左侧是雄伟巍峨的断裂地貌，那里就是气势磅礴的"广东大峡谷"。艰辛之后，你又会说罗坑真是福地，"名山名川"有幸沾光矣。

穿透昼夜的神奇风光

攀爬过船底顶的山友、驴友都知道，除了白天体验一路的艰辛与喜悦之外，还要留意黄昏、夜晚、清晨的天气变幻。的确，这里有着昼夜迥异的神奇与道外风光。到登顶入晚时，一天中不管天气多么晴朗，基本上都会遇到下雨的情况。到了营地，一定是衣服干了或者也不在意了。又因为进入类似"低纬高拔"的山地空间，气候出现垂直变化的特点，昼夜温差大，人体机能出现自适性调整，疲累但难以入眠。客观上，为你欣赏大山的夜色提供了意外的好处。

你看，船底顶秋天的夜晚！

夜晚的船底顶，像是海洋中行驶的巨轮，天边见不到群山，只有茫茫的云海，似巨幅宽带，环绕着梯形船底顶。头顶上，繁星点点，蓝蓝的天空深邃空旷，皎洁的月光清濯地照耀着大地，远处朦胧的草木在大风中左右摇摆，除了呼呼的风声，整个船底顶安详宁静，悄悄地变幻在云海里。

日月同辉，日出星伴。这就是船底顶平常而神奇的景象。

清晨五点，走到有船底顶标志的人工砌起的乱石堆面前，可静静地等待日出。月亮还挂在天空，朦朦胧胧，已不见昨夜的皎洁。乳白色的云海如同神雾覆盖连绵的群山，峰顶裸露在云海里。渐渐地，天边泛起黄色的光彩，紧接着黄色变成红黄色，万道霞光穿透浓雾般的云海。掩不住内心的兴奋，吾身有幸天地大也，即使突然想起日常的困难、苦恼、愤恨，在神伟的大自然面前，叹一口气，无非是一声自嘲、轻笑。

船底顶云海

远眺山脚下的堰塞湖，在阳光的折射下泛起银色的光芒，斜坡上成片的翠竹，辉映在弯弯曲曲的机耕路上，晨曦从峡谷的缝隙里穿透而出，红彤彤的霞光照在山顶上，层层叠叠的山峰在万丈霞光里雄伟壮观，这是大自然对人类心灵的洗礼，置身震撼的美景之中，一切身体的疲惫都显得那么微不足道。

不敢说，你登一次船底顶会换一个人，但来了，你就可能多一种活法。

广东最具挑战的徒步线路

登山、徒步往往是心灵洗礼的过程。穿过无尽的群峰，山、水、人清宁共融，互相勉励成就登顶，欢悦的疲惫提升格局的高度。尽管船底顶作为国家级自然保护区核心区域，已禁止驴友、山友等进入。但作为一个难得的"生态体验"模式，笔者还是忍不住说说这条"有违常态"的经典徒步线路，也为将来条件成熟时的"解禁"做一次破局的预演。

关于穿越船底顶的多条线路，已知最长的需要三天左右才能勉强完成。而最短的一天内登顶并下山线路：罗坑—仙峒—上斜村—高嶂顶—伤心大草坡—日落峰—望顶营地—船底顶—乱石坡—坪坑—罗坑，可以说是船底顶的一条经典线路。这一路既有丛林、草坡、峡谷、沼泽，又有乱石坡，还有溯溪、攀爬路段。其中等强度，是很好的拉练线路。

而众多山友一般选择石门台—坪坑—船底顶—峡洞—大布这条最长线路。这是一条公认的，目前广东最艰苦、最具挑战，也最为经典的徒步线路，可正向走，亦可反向走，尤其是船底顶到石门台一线可以说是一条涵盖广东各种山区地貌的线路，包括丛林、草坡、碎石坡、巨石阵以及少量溯溪、攀爬路段。线路延缓，全程大约 45 公里，穿越曲江、英德、乳源三区县，经过三区县界碑，是目前为止广东强度最大的徒步穿越线路。一般需要三天的时间才能走完全程，也可以两天走完，每天的行走时间需 12 小时左右。需要注意的是如果天气不好，云雾缭绕时，会给辨别方向带来很大难度，容易迷路，所以比较适合有一定户外经验和体能的驴友。

石门台—坪坑。由英德石门台保护站出发，走羊肠小道上山。坡度较上斜线及连山线缓和许多。未到石门台村前岔口较少，路很好走。到达石门台传统溪营地，往上走过溪水，经过菜地，穿过密林。上到凹口往下到达大石坡。这一路就往下，直到坪坑。这一段可说是热身运动。

坪坑—乱石坡—船底顶—峡岽。前面大体讲到，不再赘述。

峡岽—仙女湖—火烧山—大浪—大布。峡岽机耕路尽头转右，继续前行，一睹传说中的仙女湖风采，然后穿越一段密林到达凹口，再穿越一段密林到达火烧山。火烧山第二个凹口风景很美，山顶海拔 1 230 米。不停地上上下下，路过无尽的垭口，最终到达目的地——大布上张村。大布地势开阔，临近乳源大峡谷，传说中的仙女湖、火烧山和大布草海景色优美。

这条被驴友们称为"石船布"的线路几乎涵盖了广东省内全部山地的地形地貌和植物群，沿途要经过大面积的草坡、湿地、竹林、灌木丛、亚热带森林。特别是石门台到船底顶的线路，很多地方是一望无际的草甸，人徒步过后草从马上恢复原状，很多地方的特点都很相像，如果没有熟悉路线的向导非常容易迷路，在这片远离人烟的无人区其危险可想而知。

因此，我们还是要回到"正道"话题，敬告驴友、山友诸方，自罗坑及英德石门台自然保护区成立以来，船底顶就禁止攀爬穿越。原因很简单，这里是国家级自然保护区核心地带，所有动植物受国家保护条例保护，"闲人莫入"。同时，这一带又是十分艰难、危险的"无人区"，为自身安全着想，也为保护区着想，有再大的心瘾也应收住。

茶岩顶："广东小张家界"

　　顾名思义，茶岩顶的名字，具有很强的山趣识别度。"茶，长在山崖或石山顶上的地方"，当是最基本和最直白的表述。因为附近的山民（包括汉民和瑶民），每年春夏间都会攀山到茶岩顶一带采摘山茶。他们对于高山印象最深的就是那里的石块和茶树，久而久之就把原名"雪窝山"的这块地方改称为"茶岩顶"了。

"花王"锦绣的茶岩顶

　　茶岩顶是地处曲江、英德两县交界的山陵，海拔高度1 362米，山脉与五郎嶂、船底顶连在一起，整个峰林地貌延伸长度约3.5公里，成为国家级砂岩峰林地质遗迹景观。经过长期的文明开发，这一带各山冲驻有零散瑶民。茶岩顶东方山向为花蕉岩，同属瑶族山区（常被称为瑶山），南邻英德市英红镇水头村委。"两岩之间"是罗坑坳顶村和上坑、大坑等瑶族村（瑶民大多数是中华人民共和国成立后从附近山冲逐步搬迁而来），多年间形成了汉瑶混居的伴山环境，成为两族民众包容守礼、和谐相处的典型。

茶岩顶自古存焉，却被山友们称为近几年继船底顶、麒麟石后，被挖掘发现的又一"非著名"的短程徒步胜地。从山下往山顶攀爬经过农耕山路，进入石砾小道再登上巨石相伴的山顶，来回大约5个小时（当地人攀爬的时间会短些），很适合附近城市山友"一日游"。茶岩顶上山陡石奇，罕见的巨石阵好像从天而降。其实，这种地质地貌是随远古的震旦时期进化而来，经过亿万年的演变，半山上奇石林叠，植被繁茂，竹木葱茏。而山顶海拔高起，时常霞蒸气涌又花盛簇锦，令人称奇甚至惊诧。懂山水的人，很快看出这里有跟张家界一样的石英砂岩地貌，故岩出风随、景致秀美，被誉为"广东小张家界"。

茶岩顶石英砂岩地貌

每年 4 至 5 月间，尤可观赏到奇特变色的"猴头杜鹃"，此时红的、白的、紫的杜鹃花争奇斗艳，热闹非凡，远比任何人工栽培的同类壮丽、神逸，堪称"杜鹃花王"。而且，形状各异的石英砂岩就藏在或挺立在鲜花丛中，像时时守在飘飘仙女身边的披风少年。更奇妙的是杜鹃花树与岩石同处于数亩之巅，百十年间相依相偎不离半步。可是，花木终有一天会消逝。苍茫瞬间，花与石的相遇是多么不易呀。它们需要静静相处、温柔以对，不忍外客打扰。然而，慕名而来的人总会在芬芳中，站在花石上面张开双臂高喊："我来啦，我来啦……"的确，一声"我来啦"，喊出了多少倾情与期待。又或是，极目眺望前方，大地尽收眼底，放飞的心情包纳万千。

　　说来奇巧，根据克朗奎斯特和 APG Ⅳ 系统分类法，山茶科作为被子植物的一个科，归属于著名的杜鹃花目，可谓两魁"结根深石底"。难怪近几年，茶岩顶甫一露面，即以石英砂岩和山茶、

茶岩顶花王"猴头杜鹃"

杜鹃花成名粤北。然而人声嘈杂之时，如何节制和保护斯地斯物，让秀美风景永续，同样摆在人类面前。

为了保护茶岩顶至花蕉岩一带自然生态，罗坑自然保护区在大坑村设立了保护站。自 2006 年设站以来，配备专人长年 24 小时值班守职，引导、鼓励并依靠当地汉瑶群众遵守法规，自觉爱护山林景观、公益设施及各种有益动植物。近 20 年来，罗坑"南片"自然生态得到了有效的监管和保护，没有发生明显的损害山林生态的事件。诚然，在安全第一和科技加持下，生态保护进入了"盲点"趋零的新阶段，稍有几平方米的开山破土都会被卫星"关照"，由此生成问责的压力也会转化为守法与内心的自觉。

有诗云：茶岩顶不孤独，你的忧已有人分担。你的美刻入山骨，而不是短浅的笑靥。

寻找不该打扰的古茶树

10 年前，两位 70 岁左右的瑶族老人带《南方日报》记者爬上山脊，寻找古茶树，这是第一次通过主流媒体将茶岩顶介绍给世人。

为了了解罗坑野生茶资源状况，做好野生茶资源宣传保护工作。《南方日报》记者邀请华南农业大学茶叶专家一起，在瑶族老人（年轻人不知茶树地点）的引导下，奋力爬上茶岩顶山顶，再择一条不成形的陡路折回、下滑到一干涸的浅涧旁，横步半爬半登来到一巨石下方，瑶族老人说："到了，就是这里。"大家冒着汗、喘着气，找地方站稳才随着老人的指示，看到一簇簇的茶树像"一家人"那样长在砾石山地里。左上方是一块灰褐色巨大岩石，巨石裸露任凭风吹日晒，长年有意无意地呵护着岩下各种植物，两簇主干分明的茶树就生长在巨石一旁。原以为茶树长得虽不规整，但主干胸径已有三四十厘米且分枝有十厘米左右实属珍稀了。而俯身树头拨开杂草细看，茶树主干并不是从土地中长出，而是从一个硕大的鼓状的树头上长起来的。从一时难以分辨、言状的实况看，眼前的老茶树在百年前或者更长时间里，已经不止一次遭受砍伐或雷击。老茶树不语却命途多舛，是不是巨石保护了它，也更易招来各种侵扰？

　　所幸，大树每一次都大难不死挺了过来，而且慢慢将伤疤愈合成半球状继续生长。如果伤害的次数多了，树命还在，就将伤痕堆积在一起，久而久之便形成了不规则的畸形根状，然后又顽强地从侧面生长出新芽，逐年长成的树干悄悄伸向四方，无愿无奈也无私地为人类带来采摘的机会。果然，当时就看见两位瑶族老人熟练地爬上茶树，一手伸向树梢上的幼芽，一手撑扶巨石支稳身体，然后灵巧地把淡黄色的嫩叶采进背褛里。"这几棵茶树好老了，从我奶奶的爷爷开始就知道来这里摘茶。"其中一位老瑶民喃喃地说道。年复一年，代代相传。我们静静地听着，但一句话也说不出来。因为古茶树的出处与经历，实在令人怆楚，甚至震撼，也几乎让人难以饮啜这片虬枝甘叶。的确，珍稀的古茶树是大自然的造化，是上帝给予人类的恩赐。它生长在深山老林，迎风摇曳，默默地为人类服务。然而，珍物易遭天灾虫害之外，还常常受到人类的伤害。

　　据统计，如果不分类别，仅茶岩顶至花蕉岩一带，树龄逾百年至千年的古茶树有万余棵，既有散长于石崖边的纯野生乔木茶，也有半野生的过度荒地茶，是珍稀的"杏仁香"红茶原料的核心山域。在罗坑茶借助特有的山茶质量与风味，初步打开市场时，就有不少人为了一己私利，抢占、砍伐了大大小小的一批山茶树，

茶岩顶巨石古茶树

甚至为抢夺野山茶资源发生斗殴伤人事件，让人伤心愤懑。人类需要茶树，但茶树不一定需要人类。人类应像对待亲友、对待神灵一样呵护、敬重神露仙草，以便这些宝贵资源生生不息。面对人为的破坏、损伤，必须依法阻止和追究责任。对于古茶树资源的开发利用，则应有整体可行的规划，摸清古茶树的底数，以人机结合的模式专门保护管理，并进行选优育种转化，以品质品牌竞争市场，实现多方协同与共享的良性循环。可见，对"弱势"与"无感"的古茶树等有益之物，人类及时伸手援助是重要的，也是必要的。

时光飞去，造物不歇。在吸取教训的同时，加大生态保护的顶层设计与实际行动都取得了巨大成效。可以预期，对古茶树盲目、愚蠢近于自戕式的举动终将中止。茶岩顶下的保护站类似监管保护与服务的作用将不断体现，也应在坚守的岁月中不辱使命做得更好。

小瑶寨忧思

讲了茶岩顶的大体情况，顺便讲讲山腰处瑶族上坑村的故事。

上坑村位于茶岩顶东侧半山下方，百年前山南山北的人子石、三岔角等地以邵姓为主的瑶民艰辛辗耕至此。再到二十世纪五六十年代，由政府统筹汉瑶关系，将分散在附近山冲的瑶民集中成寨，因村寨处于山坑（溪涧）上方而得名"上坑"。目前，约有27户人家、110多人口，由邵、邓、张等多姓氏构成，年轻瑶民多以外出务工为主。

上坑瑶寨

小瑶寨大体坐西南向东北，前山嶂石峰峦、树木朦胧，有一土耕主路蜿蜒而入，沿途是两三排砖土结构的低矮老房子。山寨背后一片次生树木，山石砾土倾轧在陡坡上，往上就是知名的茶岩顶，常常云雾缥缈。山寨右侧有一条不规则的溪涧，自茶岩顶、猪牯坳穿山而下，流水撞击乱石，日夜发出"咚咚咚"的声响，不经意间，成为下段南溪的源头。山下就是英德、曲江两县南北交界的坳口，坳顶黄氏村场就在山麓的右下方，左下方则是梅山、大坑村瑶寨。这独处一角的山村，尽管山路崎岖、交通不

峒 · 观
罗坑红色翡翠

便，但有山有水、清新静谧，恰如南北气流分化流淌的港湾，晚上又可仰望满天星云，符合很多山外人的心灵期待或审美要求，自然是不少人倾心和向往的地方。

与别处一样，上坑村瑶民也以靠山吃山维持生计，除了冬菇、木耳、蜂蜜等近山风物外，还有丰富的野生与人工手植茶叶资源。尤其是山寨背后各家各户的灌木茶，数十年上百年生长于石山下的砂砾土中，根深脉潜而叶柔黛青，做成炒青绿茶，其汤色清澄、甘韵耐泡而具烟熏味，自成品质特色很得当地人或爱好者喜欢。可见，上坑村既是潜在的，也是显眼的景观与风物融合的生态之地，是一个小山冲林下经济（人居与茶林共生）的非典型样板。如果有真诚的外力引导和推动，瑶民肯定会过得更好。而且从文旅或农茶旅的需求看，这里稍筑人工景观增加时尚元素，即能突出小瑶寨主题特色，加以适当的人手管理，就有可能取得轻资产"网红打卡"的效果。

瑶寨山泉水

一个山野信息油然而生，是正待开发的人文之旅好地方。然而，由于深处高山，又处在瑶汉生活地带，历年积累的大小问题直接影响瑶寨的发展，矛盾的调解考量基层政府的能力与当事方的胸怀。目前首先应解决出入口交通安全问题，重点是山脚往坳顶的坡路过于陡窄，人车增多即险象环生。其次，应化解地界及山林纠纷，打开试图发展的瓶颈。这涉及与周邻汉瑶的关系，又交织着跨县区行政边界问题，可谓是现实的历史地理与人间问题矣。

类似之争，深为涉事者纠结。但"世上无难事"，只要各方务实解决，就能释放斯地潜力。得天独厚者，当替天行道。不管什么地方，如果条件的确不成熟，也可宽怀以待随其静默静置，为将来储备和留有神秘的余地。

香古味醇　自然真性殊俗

——品罗坑高山茶

苦苦无常苦，不苦常有苦。

苦尽甘来时，始知苦不苦。

渊源久远的州府特产

粤北韶关（古称韶州），山地连绵，产茶历史悠久。

唐代陆羽所著《茶经·八之出》中记载："岭南生福州、建州、韶州、象州……往往得之，其味极佳。"中国茶叶研究所程启坤、庄雪岚两位研究员主编的《世界茶业100年》研究论证："唐朝、五代韶州的曲江等县均已产茶。"可见唐朝时韶州境内的茶叶已经比较知名了。

至宋、明以后，韶州茶续有世传，尤其是明清两代，曲江县更被誉为"南方神茶"苦丁茶（古名皋卢、苦簦、茶簦）的产地之一。但受识物及时势所限，所产茶叶为当地土民日用或零星计贾，缺乏重视与早期记载，茶之种属、起源、质性等均感不详。

直至清代道光二十三年（1843），进士知县黄培燖等编修的《英德县志》提及："茶产罗坑、大埔、乌泥角，香古味醇，如朴茂之士，真性自然殊俗。"对其感观特性有了专门记述和刻画，这是评判罗坑茶真假、优劣的重要标准。随后，光绪、宣统年间的《曲江县志》和《韶州府志》都把罗坑茶列为韶州"茶属"首位，称其"色红味醇，经宿不变，功专消暑"，进一步概括了罗坑茶的特征和功用。可以说，早在清代，罗坑茶就成为入册的韶州名茶。

在距今 300 年前就有江浙茶农循入深山，承租采制罗坑山茶，与当地居民一起发展味醇、价低、制作简单的茶品，使罗坑茶扬名江南，远销珠三角，也成为州府专项拨饷差丁征收的贡品。清末民初，罗坑奖公村所产高山茶、冬菇和竹木原材等，曾由本村王开俊经营统收，为防止引起匪患、村岭纠纷等治安问题，州府曾派差丁全副武装护其征运、保管茶叶山货。

近代《中国茶事大典》对罗坑茶也有记载，近年出版的《今日中国（广东卷）》较为详细地记录了罗坑茶的发展进程，指出在中华人民共和国成立初期，罗坑茶曾为出口外销茶，深受爱茶人士喜爱，在港澳乃至东南亚一带有相当的知名度。当然，韶州除曲江罗坑产茶外，其他属县如仁化、乐昌、翁源、始兴、南雄等均有茶产，成为当地特产，但探名访古皆随罗坑之后。可以说，罗坑茶乃韶州府茶属主要代表、粤北山林特产之精华。

新中国成立之初，罗坑剿匪社会安定，以瑶山为主的罗坑茶得到了新的发展，尽管依然是"刀耕火种"，但瑶乡新开垦茶地有

600 多亩（1955 年），比新中国成立前的 250 多亩翻了一番多。茶产以春收为主兼以秋收，年产烟熏干茶近万斤；直到 1965 年"四清运动"推进、1972 年茶地扩种，上、下瑶茶地面积扩大到 1 200余亩，经推广技术，茶产量从亩产约 10 公斤提升到 20 多公斤，总体上产量仍较低；而山下汉民以耕种水稻、杂粮为主，一般少有种茶，少数农户于春季到野外采茶，均为自饮和赠送亲朋。"奖公茶""高山云雾茶"是当地传统名茶。

改革开放后，罗坑茶遇上了新的机遇，主要是 20 世纪 80 年代初，在曲江县外贸等部门推动下，从英德、仁化等地引种水仙、祁门、英红和白毛茶等品种（以广东省农业科学院茶叶研究所为主），间种蜜柚、生姜等作物。随后这批引种的茶苗均统称为"园茶"或"绿茶"，经瑶、汉民两年多的扩种，全镇茶地有 5 000 多亩。同时，建设厂房，购买揉捻机、炒茶机等设备，年产量达 6万斤，主要以烘青绿茶为主，兼制乌龙茶和陈香茶（相当于云南熟普），并设计专门的包装，罗坑茶一时成为畅销茶品。但因管理不善，加上外地伪劣茶叶掺杂，两年后罗坑茶生产销售停滞，茶农无利可图，数千亩茶地逐年荒芜，昙花一现。而此时，福建铁观音、台湾人工茶、潮州单枞茶、云南普洱茶等竞逐亮相，各自成就以区域辐射全国的茶业体系。相比之下，罗坑茶从历史繁衍到当代，始终远离现代市场，错过了几次发展机遇。所幸当年所栽茶树，除部分被小水电站蓄水浸淹、山林更种外，大部分一直保留下来。最近十多年，亦有外地商人看中罗坑的自然环境，引进铁观音、翠玉等品种，成为罗坑茶系列的补充。

至今，罗坑茶主要分高山野生茶、人工栽种园茶以及两者之间的过渡品种。高山野生茶产于常年云蒸霞蔚的峻岭乱石之中，采撷不易，天然难得，是辨识罗坑茶的"地标性"茶祖；人工栽种园茶多为瑶民栽培、炒制的绿茶，因由柴炭直接烘烤而带烟熏味（近年引进新工艺，普遍进行了改制）。此外，有外地茶民利用罗坑良好的生态环境，引进改良铁观音、翠玉、单枞等外地品种（近年亦有茶户引进英红九号等品种），如"群英荟萃"，成为罗坑茶系列的补充。

得天独厚的品质生成

"造化钟神秀。"罗坑茶成名经传，得益于一方水土。

首先，地势高，土壤好。罗坑属山区镇，平均山地海拔 500 米以上，海拔千米以上的高山有十余座，其中船底顶海拔 1 586 米，为韶关市境内高峰之一。区内地形地貌复杂，山峦重叠，山陡险峻，坡度多在 30 ~ 60 度之内。这种特殊的地形有利于茶叶的生长和种植。

其次，区内大部分表土、土层较深厚，是丘陵红壤土分布区，多为砂页岩、石灰岩类型。罗坑大部分土壤为砂壤土，砂壤土以其保水、保肥、通风良好的特点为茶叶的首选土壤，而且土壤的湿度多在 70% ~ 90%，pH 值在 5.0 ~ 5.6，呈弱酸性，含有较高的有机质成分，非常适合茶叶的生长。

再次，四面环山，气候适宜。罗坑区位于北回归线偏北之南岭山脉南段，全区四面环山，中间一条源自船底顶的溪流把罗坑分成南北两半。立体气候明显，水质优良，按茶叶生产的自然区划属于华南茶区中的北部地区，处于典型的中亚热带向南亚热带过渡的季风湿润气候区。区内年平均气温 18℃ ~ 20℃，冬无严寒，夏无酷暑，年平均无霜期在 300 天左右。由于有南岭北部屏障，极端最低气温很少降到 0℃以下。

梅山茶园一角

　　从次，热量丰富，雨量充足。区内平均年降水量均在 2 000 毫米以上，降水集中在 4 月至 10 月。冬季比较干燥，干燥度在 1.00 以上，春季多雨，夏季高温，秋季雨水较少，干燥度在 1.5 以上。正是这种独特的气候，加上"山高水冷石头多"的地形地质特征，为茶叶生长提供了无可替代的生态环境。

　　最后，罗坑是国家级自然保护区，半封闭式的管理使山林水土和各种动植物得到有效保护，预防和减少了各种人为破坏与极端自然灾害。如今区内生态井然、景观众多，有罗坑水库、大草原、高山温泉、天然岩洞等。加上当地森林覆盖率达 78%，区内没有受到工矿企业的污染，水质清澈甘甜，生态环境优越。罗坑茶可谓是"清水出芙蓉，天然去雕饰"。

　　应该指出的是，罗坑高山茶产量不高，且茶味随不同山头有较大差异。大体上以罗坑河为分界，北面山岭以"奖公四峒"连绵山地为主，土层深厚，水源丰富，遍产山林竹木，荫护了大量野生茶的生长，并使所产山茶味如春笋，品之甘苦入心，令人难忘。每当清明至谷雨之间进入盛采期，瑶汉山民皆择晴日进山采珍。南面山高石嶂，以花蕉岩、梅花顶及至奴溪山等跨境峻岭为主，号称"十万大山"，茶体叶貌与北山无大异。但以同法炒制，其味浓郁，初感芬芳清雅。后改制成大叶红茶，更显香古醇甜难以复加（以杏仁香为代表，令茶界称奇）。相对于仅数公里之距的北山土茶，南山岩茶采摘期稍迟半个月左右，与粤北梅雨季节相遇，且面积较大，产茶数量也较多，是近年挖掘的珍稀高山茶源。

近10多年来，有爱茶乡贤为罗坑茶发展呼吁奔走，协调政府与有关部门，亲力亲为发动瑶汉有志者成立茶叶企业、茶叶基地和茶叶专业合作社，以公司加农户的形式开展产业化经营，在脱贫攻坚和乡村振兴中收到了预期效果。根据品属定位，挖掘开发出"雪花岩、大甘春、猴采红、仙塘红、仙露茗珠、瑶茗坊"等

罗屋茶园俯瞰

成熟品牌。同时，按"香古味醇，专攻暑腻"的标准，各茶企结合市场要求，坚持传统与创新相结合的制作工艺，确保罗坑茶丰富自然而独具风格，在广东茶界占有一席之地。

烟火流变的工艺特色

传统上，罗坑高山茶主要由当地瑶民生产经营。目前，罗坑居住着近 1 300 名瑶民，约占曲江瑶族人口的 50%。过去，瑶民分布在罗坑四周的深山或半深山中，主要以采集山林特产为生活来源，茶叶是当地较为大宗的土特产品。据当地瑶民介绍，一直以来，高山茶就是当地山民三大生计（即冬菇、茶叶、蜜糖）来源之一。

瑶民种植茶树实行"刀耕火种"的原始方法，开垦茶园只需把树木砍下，连同杂物放火烧光，隔时即开始种植。种植时不规划整地，既无行距，亦无株距。而且不挖茶坑，不施底肥，用锄头挖个穴，放入 2～3 粒茶籽，再盖上薄土就算种植完毕。种植后亦几无管理，只是一年中于秋冬之间除草一次，从来不施肥、除虫，任由茶树自然生长，只有不便于采摘时才用镰刀将茶树砍低至离地30～50 厘米。采摘茶叶时不分级别，只要是茶芽就采，一芽一叶、二叶、三叶、四叶均可采摘。作为条件有限的瑶家，采回的茶青一般都堆放在厨房空地上，产量少时当晚炒干，产量大时可能要积累至 2～3 天才加工。

新中国成立后，罗坑农林业得到较快发展，以瑶山为主的茶业开始告别"刀耕火种"的原始方法，制茶工艺取得很大进步。时代嬗变催生新的要求，罗坑茶原来的外形与特征逐渐不符合人们对"清汤绿叶"的茶叶品质的需求。因此，全镇在扩种茶园的同时，逐步进行技术创新，引进生产设备和先进制作工艺，比如建立了梯形茶园，实行了中耕除草、施肥、除虫和合理修剪、采摘、鲜叶分级的方法，在建立茶厂的同时配置了双锅杀青机、揉捻机、烘干机等茶叶机械，并按照创新的绿茶工艺生产罗坑绿茶，受到了社会认可。之后以新工艺加工的罗坑绿茶，在有茶厂、有机械的村庄得到了推广。而无机械、无茶厂的偏远山寨，仍保留传统炒制茶方式，形成了罗坑绿茶与罗坑特色茶（近似熟普或陈香茶）并存的局面。

关于罗坑茶传统加工工艺与特点，英德市茶友之家的陈杖洲先生曾有过详细的记述，其成熟的流程大致为：杀青—揉捻—烘干—渥堆—蒸茶—揉捻—干燥—毛茶。其传统农法值得梳理记录。

杀青：采用直径90厘米的大铁锅进行杀青，杀青温度在160℃~180℃之间，每锅投叶量为1.5~2公斤，先扬后闷，扬闷结合，杀青至梗叶柔软时即下锅，全程杀青时间为6~8分钟。

揉捻：采用布袋用脚搓揉。杀青叶下锅后趁热装入布袋，用纽结法将布袋口纽结，然后用脚搓揉，适时翻动布袋方向，直至将茶搓揉成条形后将揉捻叶倒在竹帘上摊凉。如果发现揉捻叶条索不理想，则用手将茶抛散后，将粗老、条索不紧之茶再装入布袋搓揉，直至将茶条搓揉成条状为止。

烘干：采用烘房明火进行。烘房四周墙体用黄泥冲压而成，房顶用杉木树皮、毛竹片当瓦构筑而成。约在离地面2.2米的地方用杉树作横梁支撑，横梁铺上由铁、竹子联结而成的竹帘。烘茶时，将茶均匀地铺散在竹帘上，茶少时铺的厚度约2厘米，茶多时有3~4厘米；燃料采用松树、樟树、枫树等杂木，每间烘房堆放3~6堆燃料，明火燃烧，烘干时间2~3天，烘至六至七成干下堆。

渥堆：当茶叶烘干至六七成干后，将茶叶从竹帘上取下，堆于铺上竹帘的地上，用半干半湿的茶布盖在茶堆上。诚然，堆放地应为干爽、干净、无异味之处。其间，适时翻堆，让茶叶进行渥堆后发酵陈化，时间2~3个月。

蒸茶—揉捻—干燥—毛茶：当茶叶渥堆后发酵陈化显现独特陈香，将茶取出放入蒸笼里蒸软，再放入布袋内搓揉，使茶条更紧结成条，最后再放入竹棚烘干至含水量6%左右后，稍作拣剔、筛分，即为成品茶出售。渥堆—蒸茶—揉捻—干燥工序，足见罗坑茶工艺的繁复与品质之实。2008年秋，笔者曾于芦溪瑶胞赵贵发家用木制蒸桶试验此法，茶叶烤干品饮色红味醇，与一般新鲜简制的同类茶叶相比，其品形若如"老火慢汤"，特色尤佳。

传统罗坑茶以条形散茶为主（也可以制成团茶），色泽红褐带烟火味陈香，汤色红浓明亮，滋味浓醇回甘，盛饮之往往耳热发汗，提神醒脑，消脂安神。且泡饮后存放两三天，也不会产生馊酸味，堪称茶中神奇。这点和《曲江县志》《韶州府志》等记述的特征相一致，底质上可与现代普洱茶（熟普）的品质相媲美。据考证，罗坑茶的制法虽与普洱茶（熟普）不尽相同，但其品质特点与熟普极为接近，甚至更具细致典雅的特点，值得静心细品。

广东省茶叶进出口公司张成先生在《广东普洱茶的发展》一文中说："关于广东普洱茶的形成……据广州老一辈茶商介绍，此茶始于清朝末年广州开辟为通商口岸之后，当时茶叶是大宗商品之一，全国各地均有茶叶运来广州，由于交通不便……抵达广州后，其中某些批次茶叶的外形和内质陈化变质。但推出市场后却颇受消费者的欢迎，从而引起经营者的关注，于是潜心研究，逐步改进。"因此，20世纪80年代就有人撰文指出：罗坑茶可能是广东最早的"熟普"。

传统产业的时代发展

罗坑茶为粤北传统山林特产，主要产自罗坑自然保护区，总体上分为人工栽种园茶和高山野生茶两大类。人工栽种园茶又分为瑶民老茶和瑶、汉民（包括茶厂）新茶两类，平常人们追捧的主要是高山老茶和野生山茶，而一般的园茶、"台地茶"工艺面临大规模的改良创新。

直至2010年前后，在区、镇政府倡导"一乡一品"氛围下，罗坑再次把眼光放在传统的茶叶上，鼓励瑶、汉村民重耕茶林，并在各方关心下成立了茶叶合作社，开始了新一轮艰难起步；2010年2月，曲江区政府借申办罗坑茶国家地理标志保护产品之机，在罗坑镇召集农业、水利、林业、质监、税务、工商、文化等11个部门和罗坑镇负责人、茶商、茶农代表现场会，首次听取专家和热心人士的意见，正式确认"政府推动，市场运作，农户参与，品牌打造，产业兴镇，文化传承"的思路振兴罗坑茶，并突出工作重点和措施步骤，充分调动市场主体及农户的积极性，使罗坑茶成为罗坑镇乃至全区增加农民收入、调整产业结构的重点项目、亮点工程。

随后，罗坑镇委、镇政府协同区办公室、质监局、农业局等部门着手开展罗坑茶保护与发展的规划调研，重点推进罗坑茶国家地理标志保护产品的申报工作，并在当年上京汇报取得实质性进展。与此同时，由罗坑镇外出人员返乡投资兴建的"雪花岩""猴采红"等新型茶叶公司先后投产运营，建立了一批标准厂房，先进工艺、设备陆续到位，包装、物流、专业团队开始兴起。初步形成龙头大厂、私营小店各得其所、共同繁荣的市场局面。

2011年春季，罗坑成功炒制出具有桃仁味（杏仁香）的野山红茶，适逢广东省国际旅游文化节在韶关举办，新式罗坑茶首度亮相，即与省、市内名茶比肩媲美，在县城和韶关范围内引起轰动。从此，罗坑茶凭着创新特色"价高走俏"，迅速在广东茶业界引起关注。当年及至第二年，省内各大茶叶基地或茶商几乎都兼营或改制红茶，一时广东红茶品牌四处纷涌，千年罗坑茶的影响力由此可见一斑，它的成果与意义体现在如下几个方面：

第一，填补了曲江茶叶品牌的空白，丰富了消费市场。曲江虽为韶关腹地，山林特色明显，但中华人民共和国成立直至改革开放以后，全县（区）并无专属成名茶叶品牌，市场店铺、酒家食肆销售、使用的大多是外地茶叶。罗坑茶的发掘与兴起，快速填补了空白，并主动经受市场竞争和专业技术的考验，在短短的3年内便获得"中茶杯"和广东省茶行业评定的金奖、特等金奖等桂冠，这在省内外茶行业也是非常难得的。事实证明，罗坑茶以别具风味的优良品质丰富了茶叶市场，又通过茶叶的品饮、营销、馈赠传播了曲江、韶关声誉，体现出茶文化特有的人文作用。一片平凡的树叶，雅俗共赏、满载信誉，其意义远超茶叶自身价值。

第二，"真金白银"的投入产出，促进了茶农增产增收。进入新时期，人们更加关注自然生态，默默无闻的古树茶被重新发现，罗坑茶开始酝酿新一轮的发展。2011年春以创立"雪花岩"茶业公司为标志，罗坑茶产业进入快速发展新阶段，原有的茶园、茶地得以复耕和扩种改良，新老茶企、作坊主动衔接市场，初步形成茶产业链。至今，全镇已拥有罗坑茶厂、雪花岩茶叶公司、猴采红茶叶公司以及大甘春、赤珠香、仙塘红、仙露名珠、瑶茗坊等具有专门品牌的大小茶企（包括归属罗坑茶原产地范围的樟市镇芦溪茶企等），总投资已近8 000万元，所有新建茶厂都按专业标准规划和实施，形成各种资产逾2亿元。龙头企业的兴起，有效带动了山上、山下茶农的发展，从 2012 年至今 10 余年，以瑶民为主的涉茶收入每年人均超 2 万元，茶产值稳占全镇 GDP 的 50% 以上，提前完成预期目标。如今罗坑乡村建设日新月异，瑶、汉茶农找到了一条增收稳定的好路子。

第三，步伐扎实，高起点成体系建设。罗坑茶新一轮的发展，是在底子薄、经验少的条件下起步的。但普遍坚持了高起点、严标准、成体系的原则，自觉接受政府有关部门的监督、指导。重点做法是"龙头"打造，勇于投入、敢办大厂，并匹配"公司 + 农户"模式，有效连接生产与市场；在厂房、工艺、品牌和价格设计上瞄准市场与同类品牌，摒弃和防止落后的小作坊生产方式；迅速成立了以茶为特色的生产、农合、文化等组织，从 2009 年成立首家茶叶经济合作社至今，全镇类似合作社（包括茶文化组织）已近 10 家，并陆续联合有关专家、师傅开展培训、研讨、营销等活动；同时，各茶企注重品牌宣传、打造工作，并取得良好效果。这些现象在省内外茶区都是少有的，别具特色与深远意义。

第四，以茶为媒，引发了生态兴镇旺区的期待。罗坑茶的演变发展，使人们看到罗坑特产与品牌资源的价值。但应当看到，作为乡土特产，传统的茶叶生产门槛很低，消费替代度高，行业性竞争激烈，以茶叶单一品种难以持续担任兴镇、旺区大任。因此，在茶叶发展到一定阶段后，应主动寻找和培育新的增长点。罗坑山地广袤，森林覆盖率高达 86.1%，不仅有茶还有品质优异的其他山林特产，故"罗坑"两字是特定符号，可成为区域品质的代名词，其想象与发展空间很大，落脚点就是生态兴镇。由此引申出另一个话题，即罗坑作为省内少有的待开发乡镇，其自然资本的稀缺性不言而喻，如果诸要素不备，我们宁可坚守自然生态的静默，也不为眼前利益竭泽而渔。

据 2023 年底统计，当年罗坑镇 GDP 已达 2.2 亿元，比上年增长 5.1%。虽然规模很小，但作为一个人口仅万人、汉瑶混居、经济基础十分薄弱、几乎没有任何工商业的山区镇，已是历史最高水平了。其中，茶叶及连带茶业一项贡献产值约 1.2 亿元，约占全镇 GDP 的 55%。这个数字，细化到茶农就是人均年纯收入 1.8 万元，是他们 10 年前的 20 多倍。这对曾经被谑称为"穷山恶水"的罗坑而言，真正为茶农特别是瑶族山民找到了一条越走越宽广的脱贫致富路子。

目前，全镇拥有 1.2 万亩茶地（不含野山茶）、3 家省级农业（茶叶）龙头企业、1 家全省十大名茶企业和 30 多家中小型作坊，年产 100 多吨各种茶产品，可谓热火朝天，"全镇上下无一闲人"，已成粤北山区扶贫开发的"罗坑现象"。

宜放眼量的远大前景

罗坑茶自古有名，生生不息，但由于地处边远山区，经济基础和市场意识薄弱，管理体制尚不成熟，加上受市场作伪的影响，罗坑茶一直处于发展迟缓、难以突破的境地，茶农无利可图，近万亩茶地一度荒芜。尤其是曾经闻名遐迩的高山野生茶，因山高路险（一次往返需五六个小时），量少价贱，年轻山民多外出务工，天赐好茶几乎无人采制。

如前所述，尽管改革开放后，在镇、区政府倡导"一乡一品"的氛围下，成立了茶叶经济合作社，但由于各种主客观原因，罗坑茶业始终缺乏主干茶体，没有规划建立种植、加工与营销的渠道。生产单元多以家庭作坊为主，设备陈旧老化，茶叶在加工过程中存在被污染的风险，尚没有形成统一标准和规模生产，市

罗坑村委田园俯瞰

场竞争力不强。而且茶农文化素质不高，种茶方法简单守旧，缺乏幼龄茶树修剪、管理等种植技术，茶树老化严重，新品种、新技术推广难度大。

另一个瓶颈是，茶农的品牌和茶文化意识不强，营销力度弱。罗坑地处山区，交通不便，茶农们长期受自然经济的影响，品牌形象意识与市场竞争力薄弱，茶业的生态优势尚未体现。从茶文化的角度看，罗坑茶历史悠久，在清朝就成为广东名茶，但与其他名茶相比，没有形成自身的文化标识，难以借助茶文化打造罗坑茶品牌。加上目前罗坑茶的市场定位比较模糊，销售主要放在曲江本土和韶关市区内，茶叶的产品附加值也比较低，产供销的循环有待加强。

生产水平较低、技术和设备落后、科技投入不足，导致规模效益不高，是目前罗坑茶业面临的尴尬。笔者多年关注罗坑茶及其发展，每每借回乡之机开展田野调查，多次与山民们一起重访"茶树头"，并按照传统工艺烘焙茶叶，亲身体验制茶过程之艰辛。

在行动中思考体悟，既看到了存在的问题，又想为罗坑茶这一深山瑰宝呐喊，期待有关部门和有志之士共同开发与保护这一山林财富。

一是重新认识高山野生茶的价值，以珍稀资源意识来保护高山茶，使之成为罗坑茶中的珍品、上品。野生茶由于山高路陡，采摘不便，规模效益太小而被长期忽视，如此山珍瑰宝而无人喝彩，委实可惜可叹。因此，要振兴罗坑茶，必须加倍珍惜野生茶这一稀有资源，在加工工艺和品牌开发上加强投入，力求成为茶中臻品。如前面所述，近年已有好茶之士开发品种、品牌，根据茶属不同条分缕析，成为一个良好的开端，应该坚持这种思路，加强宣传呼吁，让世人认识到高山野生茶的特质与价值。

二是要转变生产模式，加大科技投入，提高质量与效益。要改变生产水平低的局面，采取"分散种植、集中收购、集中加工、统一销售"的生产方式，把大部分的茶农吸收到合作社，实行标准化生产，抵御市场风险。要加大投入，提高茶农种植与管理水平，邀请专家教授茶叶病虫害防治、茶叶加工、保质及茶园管理等技术，努力克服品种老化等问题。在育苗、转化和工艺、包装、营销等方面加大科技投入，摒弃传统粗放的方式，以提高茶叶品质和产品附加值。要善于在品种资源研究挖掘方面下功夫，体现罗坑茶的特质和珍稀性，争取上级农林及科技部门重视支持，加大创新品种的培育转化和结构调整，借以推动罗坑茶乃至韶关茶业实现"弯道超车"。

三是改变旧观念，以茶文化拉动品牌建设。茶产业被称为21世纪最有发展前途的产业之一，也昭显着罗坑茶产业有着巨大的发展空间。而打造罗坑茶品牌，就要关注罗坑茶文化这一灵魂，发掘罗坑茶文化底蕴，让茶叶的色、香、味、形四美，与人们的

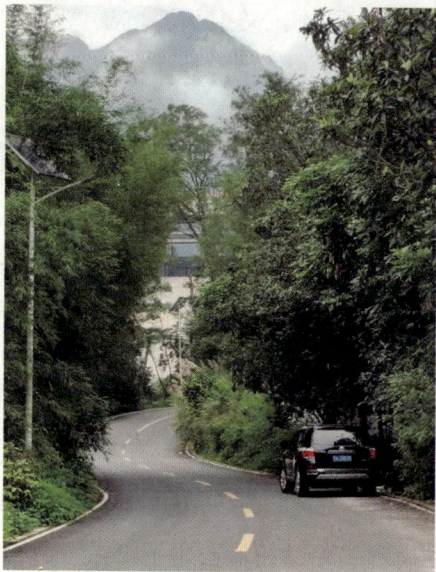
罗坑绿径一瞥

审美意识、道德观念、价值取向等有机结合起来。尤其罗坑地处韶关这一禅宗宝地,"茶禅文化"源远流长,罗坑茶应该借助这一地缘文化优势,主动发挥人才智识及其复合作用,有效挖掘罗坑茶的文化底蕴,并与瑶族文化、采茶戏等融合贯通,打响"茶禅一味"的品牌文化建设。

四是加大营销力度,开拓市场,让高山茶走出韶关,走向广东乃至全世界。不能只盯着本地市场,要坚持按照"政府推动、市场运作、农户参与、品牌打造、产业兴镇、文化传承"的总体思路,想方设法把罗坑茶推广出去。政府要加大政策引导、技术服务和线上线下等方面的支持力度,参加和举办茶叶展销会与交流会,依托地理、资源等优势,打出品牌带动商品化生产。要借助罗坑自然保护区的资源,以及船底顶、茶岩顶、大草原等山友自助游胜地的优势,开发茶旅、农旅一体化的生态文旅线路,拓展茶叶消费市场。

五是打造信用平台,着手标准化管理。要顺应推进农地、信贷、税收和农产品安全等行业信用体系建设,对接省区市镇五级互联网,力争全面覆盖、动态跟踪、数据共享。目前可建立茶产溯源优化体系,为产品贴上二维码"身份证",消费者可通过移动网络,详细了解产品的公司、产地、制作时间、价格等情况;针对罗坑茶概念模糊、管理失范的问题,曲江区政府曾组织草拟了相关生产操作技术规程，意在为种植户和加工企业提供技术支持，并加强培训，不定期对罗坑茶生产地域范围进行监管、检测，维护其品牌和信誉不受损害，促进罗坑茶产业的健康有序发展。

"天开无际色，大利及人群。"行文至此，笔者忍不住提示一个若隐若现的事实：尽管我们作了有效努力，但罗坑乃至整个韶关仍需提升对茶业的认知情感。看似不起眼一片叶子，却是上天馈赠于我们的特有资源，是人与自然和谐共生、链条很长没有尽头的产业，也是抛去尘嚣、久久为功、可让社区生态持续发展的新路子。

基于唯物辩证法，没有一成不变的事物。所有的对策建议，都源于对茶叶以及茶事业的认知与笃诚。思路决定出路，干劲决定后劲。置身其中的人唯有珍惜来之不易的机会，勇于和善于从全局出发，才能灵活应变，实现跨越发展。

下编

红色人文

浓荫下的纪念碑

东西通道　一路胜景 XXXXXXXXX

　　假如你要深入寻访"红色翡翠"罗坑，驾车到北江
西畔曲江南段的广乐高速公路樟市（消雪岭）站，出站口
便是江景秀丽的"宣溪水"一带。由此，导航往西随主道
直入，叠嶂路绕，满目葱绿，很快就到达罗坑镇政府驻
所——罗坑街。

山弯水曲，朝霞夕灿

　　走向罗坑，最初的印象是它的意外偏远。一条婉转的
公路穿过重重山陵，看似快要到达目的地，迎面而来的又
是近似相同的山境。其实只要心绪安然，就会随风感受到
沿途风景正层层展开，让人在不知不觉中对大自然之美产
生感悟与敬畏。

在北江西畔，车子由东向西经过樟市镇，驶向前方的罗坑之地。一条长约 25 公里的公路，从"小平原"穿过拥山而入，越往前走越感觉到罗坑山水，正随喇叭形地势奔向北江。从樟市至罗坑，沿途连片近 6 万亩稻田次第映入眼帘，稻菽波涌，春华秋实，这里年产粮食约 2.6 万吨，成为国家粮食生产重要基地，是广东万千家庭熟悉的"马贝油粘米"的正宗主产区。继续往西经过樟市镇白楼、竹篙潭等古朴村庄，开阔的粮田迅速消失在身后，而笔直的公路瞬间侧转进入山间。一路山弯水曲，葱郁的树木半掩着从容静谧的溪流，远看群岭栉比，云烟袅袅，胜似一幅悠然于天地的"富春山居"图景。而且，一年中不管什么季节，只要踏入罗坑小天地，一种迥异他乡、草木芬芳的气息即扑面而来。

回头看，从罗坑高山至北江之畔，平地与高山的殊异地貌浑然一体。前面是东临北江、拥有万顷良田的樟市小型冲积平原，砂性土地松软肥沃，是粤北原始农耕文明的发祥地之一。后面是以船底顶为主峰，四周连绵如烟、高低出坳的山麓，每一山坳都是小气候变化的分水岭。尤其是群峰之下，经过罗坑水库交界处一段数百米狭长地带，公路（人行道）依山涧一旁曲折而入，经枫树头、鲤鱼岩、观坪塾三处狭窄口，仅容单车贴近山体一侧驰过（另一侧均为溪谷），既是"一夫当关，万夫莫开"的险峻之地，又是兵民进退自如的天然屏障，每跨越一处峡口都会出现不同的田林景色。

这些在亿万年前冰川纪留下的地形构造痕迹，在地壳运动"静止"固化多年后，逐步成为人类生活的场地和日常通道。到了今天，也是潜在的自然与人文相合的朴质景观。平凡而神奇的古老地貌、古老气候、古老山道延续至今，加上政府引导、政策保护，上天始终呵护着罗坑这块腹地。早晨，从罗坑出山往东，远处迎面而来的是温暖愉悦的阳光，傍晚回家又看到灿烂霞光挂在西山，真正给人一种温馨与力量的"家"的感觉。这是叩开山门跨入罗坑前，一段东西婉转、"两岸青山相对出"的通途。这一路空气清新，能见度高，路旁草木柔软亲和。

罗坑，看似平凡，实则得天独厚。

遽然枪声，伏路而起

山乡之道，春去秋来，夕阳晨曦。然而，这曾经又是一条曲折艰险、生死交加、兵家必争的山道，也是见证新中国成立、改革开放和建设美丽乡村的通道。的确，寻找罗坑近百年的悲欢记忆，几乎每一个故事都与这段山路息息相关。

曾经伏路枪起的山径

由于地处边沿，在建制不整的旧年代，罗坑民众遭受最大的侵害就是土匪人祸。民国初年，罗坑匪患起于英德、樟树潭（樟市）者为多，他们视罗坑为弱小可欺之地，几乎年年侵扰、村村受害。1919年秋（农历八月二十六日），樟市一带500多个土匪，在一肖姓匪首带领下，手持枪械窜至枫树坪、峰山村、榕树下村等滋扰、抢掠。起初村民皆恐慌，躲藏于山林石洞，后见土匪无恶不作，遍地蹂躏，还借口赎金不足而行鸠占鹊巢之事，这便激起退无可退乡民的反抗。他们悄悄联合中心坝邻村力量，又从龙归等地找来同姓兄弟，约定时间从罗坑墟、龙岭、横岗岭三个方向合围剿匪。突然遭到反袭击的土匪，一阵鸡飞狗跳后，被追剿到枫树头下猫公石附近。村民见土匪沿途逃

北江樟市黄薯岭一侧（1945年地方义勇队伏击日军河道）

窜、成群从狭窄的山路退出罗坑境地后才鸣锣收兵。远去的悲壮往事，至今仍在流传。

　　类似这样民间抵匪的故事，还有"三条狗"乱罗坑的记述。"三条狗"是指黄细苟、张细苟、谢细苟三名匪首。其中，张细苟，就是从英德入罗坑，又从罗坑至樟市，长期滋扰沿途村民，并与乡保团防作对，最后"冤冤相报"，暴毙荒野。及至抗日战争时期，罗坑民众百多人响应"抗日联乡"号召，在罗坑乡开展"毁路"行动，以防日寇摩托车队窜入。同时，在杨新、李全灵、何日光等带领下，也曾由这条山路奔赴龙归乡车角岭、乌石河（北江）对岸樟市黄薯岭等地，参与伏击溃退北江的日军。战斗中打死、打伤日军多人，缴获的步枪刺刀、钢盔、衣帽等战利品，在罗坑墟市场上向民众展览，在边远山村树立起不畏强暴、抗战

必胜的信心。然而，真正让这段山道留下兵匪相刃血印，既有匪害的仇恨，又有痛快剿匪记忆的，则是在 1945 年至 1951 年的六年间，革命与反革命势力在此短兵相接，一时"五牙交错"，胜负难解。可谓正道沧桑，值得梳理记载。

解放战争初期，中共地下党人奉命入境曲江，率先在罗坑开展地下党组织工作。1945 年 9 月、10 月间，时为中共清远县委副书记的杜国彪，以曲（江）乳（源）特派员身份，从英德洺洸进入罗坑，与肖少麟、杨维常等人经常入住一保（中心坝）上杨村杨求新家，并将杨求新家逐步发展为愿意与共产党"同生共死"的堡垒户。其间，杜国彪经罗坑山路进出白沙、樟市及乌石、马坝等乡村，重新联络了梁展如、侯义强、范家祥等八九名地下党员，共同恢复曲江地下党活动，并开始在罗坑创建革命根据地，初以"抗日救亡"的名义，后以"反三征"的名义有效开展地下活动。至 1948 年初，经多方艰难努力并在五岭地委支持下，终于成立了曲英乳人民义勇大队。曲英乳人民义勇大队成立之初来到罗坑，大队部即设于一保（中心坝）上杨村书房岩。

中共地下活动和游击队的出现，很快遭到地方土匪、联防队等反动势力的阻挠、破坏与出卖，并招来和配合国民党顽固军匪进剿罗坑、白沙等一带相邻村寨。其中 1948 年 1 月底至 2 月初，曲江县县长、"曲江县清剿委员会"主任杨寿松亲自率领匪军近千人扫荡罗坑一保，即今中心坝行政村，洗劫上杨、上曾村，杀害进步乡绅林殿新等 5 人，成为新中国成立前后曲江县乃至粤北地区武装斗争中最激烈且牺牲惨重的地方之一。

然而，罗坑民众没有被吓倒，反而更加团结，他们擦干眼泪，拿起武器和共产党游击队一起反击国民党反动势力，在罗坑山口大、细坳和公路南侧一带（今罗坑水库大堤前后），先后多次英

勇伏击、阻击国民党
军警和恶匪等顽固分
子。如有名的三角寮
伏击战、迳口（枫树
坪）阻击战、牛皮石
反伏击战和迎接大军
剿匪、开展"土地改
革"等大小战斗。至

"中国革命老区镇罗坑"石牌

今仍留下红色纪念碑（石）、下杨村书房岩、傅桂标土匪楼等正、
反面标识物和记录点。

罗坑崎岖的山路，留下了兵戈错乱中革命洪流澎湃向前的坚
定烙印。如今，人们出入罗坑经过省道枫树坪一侧可见"曲江县
革命老区"石碑，与罗坑街头挺立的革命烈士纪念碑一起，昭示
这片翡翠般的山川曾经是韶关著名的红色区域。正是无数老区人
民舍生忘死的支持，共产党才克服万般困难创造中华人民共和国
历史。

古道新途，城乡咫尺

弯婉的古道，诉说了古今，沟通了世界，可谓造福城乡，善
莫大焉。回顾山乡嬗变、道路的选择与拓延，道路从山路到公路，
再到县道、省道的演变历程，也可看作全县（区）乃至中国乡村
公路发展的一个缩影。

因为从宽广角度看，如今东西连贯的罗坑公路并非一蹴而就，
其路径方向也曾几经变化，路长也不仅至罗坑墟（街）为止。由于
罗坑处于英德、韶关、乳源（乐昌）三角地带中，即使眼见有高山

阻隔，也有大、小山坳缓缓连通，与山下平原地区相连并无大碍。如果从广州、佛冈经英德横石塘、石灰铺山路北上韶州最便捷的地理路程，就是经罗坑、奖公、续源而达城区这一段路。这条路比经西往乳源波萝、大布或经东往沙口、大坑口而达韶州均可缩短六七十公里。因此，早有《后汉书·循吏列传》记载，在东汉光武帝建武年间（25—56），政绩显著的桂阳太守卫飒在含洭、浈阳、曲江三县凿山通道五百里，修驿站，设邮馆。后来逐渐成为岭南通往中原的交通要道（干线）之一，史称西京古道。此道起于今英德含洭，途经曲江、乐昌梅花等地，达于湖南郴州而往京都。但对曲江线路的记述不详，估计主道或支道乃经曲江罗坑坳顶，而出江湾、乳源大布及侯公渡等接入干线。南北山道打通后便于官吏出入，既解决汉武帝平定越域后的归属统驭问题，又便于教化百姓"渐成聚邑，使输租赋"，是谓路通则政通财通矣。

到了宋元时期，又由官民结合开通或拓宽了"罗布古道""罗龙韶山道"，成为西京古道的补充或分支。有民间传记，到了清咸丰五年（1855），就有一支 2 000 多人的"红头军"队伍，从"罗布古道"经罗坑过坳顶，出英德。不久又折回在峡峒驻扎两年多，后由罗坑东出樟树潭（今樟市）。1931 年，国民党军谢文炳部千余人从仙峒往英德，在英德风门坳被土匪截后倒回罗坑，在榕树下、蚬子塘、罗坑墟等驻扎，后亦循罗坑山道撒往樟树潭、坑口嘴一带。1945 年 8 月中旬东纵西北支队一部，在邓楚白带领下从连州方向经英西入曲江罗坑、樟树潭，最终辗转英东东华倒峒（今称宝洞），与东纵北江支队邬强部会师。至于此前、此后，有先人探矿、烧炭或打猎等往返山里山外，这都说明罗坑地理位置及其古道具有很强的辐射力。

然而，由于生产力条件的限制，上述路况多以徒步和少量骑马为通行标准，即使辎重来往或重要迁徙也只能以山路为途径，相关线路亦以便捷为要，一经选择则甚为稳定。据了解在20世纪人民公社成立前，罗坑的主要通道是从英德水头峒经坳顶村再通往罗坑各地的，只有到了现代，在拖拉机、汽车等机械设备的推动下，原有翻山越岭的上山路才真正发生变化。1958年夏，在"大跃进"的欢歌声中，罗坑虽未进入成立人民公社的行列，但以特定的边乡身份正式动工修建罗坑公路。经过两年多人工肩挑、身背和手推为主的奋战，终于克服筑路过程的种种困难，于1960年秋正式开通罗坑公路，斯时两辆冒着油烟驶入罗坑街头的拖拉机，一下子被兴奋的乡民围着，乡民看了又看、摸了又摸、闻了又闻，很是新奇。

这次公路通车，使千百年间与外界交往的崎岖山路得以变更、改造或扩建，尤其在路径选择上发生重大变化。如在樟市径口村与罗坑交界北段，将原跨河经龙岭、枫树坪到罗坑的山路，改为不跨河而经枫树头、出峡背、上杨村及仙塘蕉子坝达罗坑街的北环公路（沿途还有一些岔路、山坳联结分散的村宅。在中华人民共和国成立前，也有村族或头人筹钱修建石阶路和土桥梁连通左邻右舍），形成了以罗坑街为中心的交通基点。由此，再向5个乡村网状联结，并辐射到英德北部和乳源东境，为日后的发展架构奠定了基础。

经过几十年的努力，从罗坑街通往韶关市城区（马坝）有水泥公路约50公里，全镇拥有东、西、南、北向四条主干村级水泥公路，合计里程约30公里。至2013年行政村全部通上水泥公路，2018年自然村全部通上水泥公路，全镇99个自然村均可通行汽车，成为脱贫攻坚的重要硕果。目前，还有从镇上往南，经坳顶出山越岭通往英德、广州方向的跨市县公路，也由相邻两县对开拓展建成了水泥公路，为罗坑等一片西南山区出入清远、广州铺就了新的通道。

罗坑公路道班门景

目睹山乡日新月异的变化，享受便捷安坦的公益之路，人们内心纵有对僻壤之不意，也会感叹地方党委、政府对老区人民的关怀。每次驱车路过罗坑公路道班门前，看见静静伫立在山边斑驳的小房子，对几十年数代护路人，为"养好公路，保障畅通"这一质朴的信念，默默履职的敬业操守感慨良多。2023年8—9月间，进入"白改黑"升级改造高潮的罗坑公路悄然停工，正当群众担心议论之时，区领导带领交通局负责人及时表态：罗坑公路升级改造的职责在我们，再大的困难也要克服，国庆节一定全线高质量通车。果然，国庆节来临前一个晚上，罗坑公路实现升级通车，整个节日期间，来往罗坑的车辆超过5 000辆。可见，区交通部门和施工单位克服各种困难，说到做到，令人敬佩。"大道甚夷，而民好径。"从中心坝村委初启的乡村示范村道，正在各方努力下向四乡扩建修缮，人车畅通乡村更加秀美。

"喝水不忘挖井人。"这一切，罗坑老区人民深深地埋在心里。如今，从镇里驱车上县城大约50分钟就可到达，完整形成了省道为主，联结高速路，辐射北江、韶城、曲南区域的网状交通格局。细细思量，畅通无阻的公路将山里山外连成一体，让曾经相隔遥远、环境迥异的城乡瞬间切换。诚然，路通形成了便商之利，山里农林产品交易流畅，世代为山者的生存与发展的基础得到彻底改善。而原有的山水竹木、穹幕云霞、冬暖夏凉等自然环境没有改变，依然纯清如故，甚至植被葱郁，风光更为秀美。

曾经的古老山路，已成为深邃宛然的生态之道、乡村振兴之道，承载着和风斑斓的家园梦想，驶出山坳，穿过平原，接上高速公路而四通八达。

罗坑街头，时代窗口

一阵山弯路转，穿过一片良田村落后，罗坑到了。

以镇街为准，罗坑缺少标志性景物，而公路的尽头，设立在罗坑河畔的一个简陋的乡村小集市，给人初识印象实在平凡。在过去，相对文明治所，因地处偏僻、交通闭塞，又因风情地境特殊，多少有令人留恋之感。罗坑山乡自古以来，就是让人"出来不愿进去，进去不愿出来"的地方。到现在，曾经的交通、通信等问题都逐一解决，过去的感叹可以画上句号。

据载，明末清初已有罗坑墟（街）之名式。早期的罗坑墟叫"墟岗"，地址在今中心坝行政村西北岭岗上，也就是罗坑街往水库方向同一山沿老地盘，现在仍称"墟岗"。看得出这片尚为宽阔平坦的黄土岭，杂木丛生下仍有断垣石阶路痕迹，先人有力的步伐似乎仍在撞击着路边低草，留下"窸窸窣窣"的脚步声。大约到了清朝中期，由于"上采"仙塘、仙峒人口增加，集中于橘子潭的竹木山货等增多，为方便起见渐渐将"街场"旧墟迁至今址。千人之所，百姓之声，诚有诉不尽的过往与衷肠。

远看罗坑街景，它建在罗坑河橘子潭两侧，隐隐约约又像建在大崆山下的"龙砂"上，其气韵恰好延至如今的水库上方，似有似无宛龙潜渊。如果从河底仰头看两岸建筑，错落栉比的人居自有一种迥异的层叠俯冲之美，加上清澈的溪水倒映着云天，很快让人安静而思绪逸飞。难怪 2012 年秋，著名油画家涂志伟第一次来罗坑就选择在河谷写生作画，以特有视角留下对山水人家的热爱与美好记忆，也透露着这里朦胧发初的美艺之光。

近看这里的街道很袖珍，但麻雀虽小，五脏俱全。前后百余米的十字形街道，伫立在罗坑河上游的橘子潭边，20 世纪 70 年代初修建的高拱桥梁正好跨越两岸，虽然桥幅不足 40 米却将南北街铺联结起来。历史上此桥曾多次修建，其中光绪三年（1877），由李屋的李洪胜主持，罗坑全乡"联钱"建橘子潭石拱桥。可惜入冬大桥即将打尖合拱时，却被罕见的洪水冲垮，事后一度只能靠

罗坑街全景

筑石横木勉强通行。可见自古山水不欺，桥梁重敬。曾经深切的古道，如今得到了新生和拓延，成为山麓中活商利流的交汇点。由于是镇政府所在地，相关的文教、卫生、公安、供电、物流等配套一应俱全。特别是在前两年政府"139"工程的带动下，有效的"穿衣戴帽"加上改进完善的小市政，很快给古朴的小街区带来新意和橙色的温暖。

罗坑橘子潭石拱桥

短促的街道，难免有些拥挤、杂乱，但透过局促依然能看到有序与生机。百货、食品、电器等一应俱全，且农产品丰裕，冬菇、木耳、番薯干品质尤珍。罗坑乡土特产，一直具有良好口碑，更是本乡人品质生活的构成特征，值得无任珍爱。诚然，小街坊最大的特色乡气就是生态与茶叶，唯此成为异质它乡的生存与发展优势。例如背靠罗坑河涧的"茶乡旅店"小巧精致，每到晚上灯光玲珑，想必"物美价廉"，服务也会很好。而旅店的斜对面是一段老街场，虽谈不上是"一线商铺"，但夹杂仓储、人居，依然在闲散间闪动着罗坑街坊爱乡恋家、勤劳不息的身影。

尤记得老街场入口处的大榕树旁，一幢三层楼宇上醒目挂着"广东雪花岩茶馆"的招牌，这是2011年秋，50多名欧洲宾客应邀到韶关，参加国家商务部与广东省人民政府举办的"国际旅游文化节"，专门到罗坑参观旅游时，与当地干部群众和广东雪花岩茶业有限公司一起为该馆鸣炮揭幕留下的见证。

起初外宾不懂来意，到站后看到陈旧落后、不甚干净的街道不愿下车，一时引起尴尬。后经向导明意和笔者介绍，外宾木然的表情终于生动起来并纷纷走下车厢。当看到挂在榕树上串串鞭炮和门前香火绕升的仪式后，外宾便自发唱起"生日快乐"的祝福曲子，又慢慢载歌载舞，主宾同贺罗坑第一家茶馆开张大吉，也为罗坑茶产业随后几年的快速发展博得了吉利"彩头"。值得一提的是，近年在罗坑街旁创立的"依云伴山水"度假康养区，成为罗坑吸引的首个现代高端服务场景，也将是互相成就的生态文旅新生长极。

回望街场四周，山峰起伏远远而来，罗坑河婉转缓缓东流，支起两岸袅袅炊烟，安然中一派生机。仔细琢磨，罗坑本地神祀风俗远不如外地繁盛，反映出客家山人的质朴与现实。尽管社庙不彰，罗坑街头却耸立着挺拔的革命烈士纪念碑。纪念碑正面红颜大字端庄醒目，背面朱砂色花岗岩上清晰地刻着从抗日战争到解放战争时期，在罗坑为民族革命和中华人民共和国英勇牺牲的 33 位烈士姓名，烈士的遗骸就安放在碑台之下，集中安息（其中就有被国民党顽固派残害在罗坑街头的杨求新父子烈士的英名）。这是在曲江大地上除县城烈士陵园外，唯一在乡镇中"有碑有骸""有名有姓"昭告天下的微型烈士纪念园。如今，从罗坑学校向东眺望，绿荫中一箭红碑扎根大地，耳边不时传来的琅琅书声，足慰魂灵。

小街坊是斯乡人流中心、人气聚地，是迎来送往的交互平台。同样，也是一扇联结过往、通向新时代、感受新生活的窗口——看多彩世界，看蓬勃未来，看美好人心。

罗坑革命烈士纪念碑

33名革命烈士英名录

鲜为人知的红色翡翠

——罗坑革命斗争史钩沉

近一百年前，在国共两党合作和中国共产党领导下，曲江县创农会、打土豪、援北伐等，步步靠前，威震四方，全县上下一片火红。风起云涌的革命浪潮迅速卷入山乡罗坑，在苍翠的绿海里撞击出绚丽的浪花。从大革命时期到抗日战争、解放战争、土改剿匪等，罗坑涌现出不少英雄事迹，在小小的山区留下了许多光荣之家、烈士家属，共同为新中国的成立奠基铸魂，光照大地。

大革命燃起的山乡星火

翻开山水岁月，罗坑的红色革命可追溯至第一次国共合作的大革命时期。据乡情传载，1925年至1927年乃至后面更长一段时间，从白沙、樟树潭（樟市）到罗坑，均组织了"太平会""哥老会"等，社群组织甚为活跃。在共产党的帮助下，1926年，罗坑成立了国民党曲江县党部罗坑支部，戴守仁为首任书记，宣传开展"三民主义"工作，初开革命风气。随后，钟威省、钟威焕等亦担任过国民党罗坑支部负责人，在偏僻山乡维持散弱的社会秩序。时有乡团总刘振六（樟市迳口人）率队为罗坑驱匪、抗匪，最终为护乡而献身。与此同时，受梁展如、欧日章、叶凤章、许锦营等地下党、农会领袖的影响，时常有人公开到罗坑组织"犁头会""油寮会"等（后改为"农民协会"），半坑、峰山、坳顶和下瑶山均有人参加，一度开展抗匪救济活动。

土地革命时期，有共产党人以教书、演戏、行医为名，深入罗坑山乡宣传、串联革命，为随后抗战和建立根据地打下了一定基础。到了抗日战争时期，中共英（德）曲（江）边区工委肖少麟、包华等从英德到罗坑、樟市等地开展抗日救国的宣传，得到仙塘、中心坝等村保的配合支持，驱寇扶国之诚从未歇息。1945年初，韶关（曲江）被日军侵占沦陷后，曲南地区迅速组建了曲江抗日联乡自卫委员会，副主任委员杨维常（地下党员）等多次来罗坑组织推动抗日活动，一众罗坑青年走出山门拿起武器加入抗日救亡行列。同年7—8月间，中共地下党人员和进步人士翁敏、张依珊、杨宜华等组织罗坑小学师生同韶关广育、励群两中学的20多名师生，在罗坑街举行示威游行，声讨日军侵略罪行。一连两个晚上，在街上搭台进行抗日文艺演出，每晚逾千人的观众深受教育、激奋昂扬。

其间，罗坑各村曾有近百名青壮年自发前往邻乡龙归车角岭、樟市黄薯岭（北江河畔）抗击日军，与"广东抗日北江支队曲南大队"等一起打死、打伤日军多人，迫使日军退缩韶关、乌石等据点，大长地方民众抗日护乡志气。中心坝杨宜培、杨平、林神欢等先后到马坝、沙溪参加抗日联乡工作。其中，杨宜培作为马坝税站手枪队员，在日军投降、撤退之际，于同年9月在马坝"中华亭"牺牲，英名永驻大地。

偏僻山乡建立革命根据地

中共广东省临委根据中共中央指示，于1943年冬在东江召开会议，会议决定自上而下层层恢复党组织活动，确定以武装斗争为中心任务。为落实东江会议精神，1944年4月，后北江特委书记李守纯由西江返回韶关，进行北江党组织的恢复工作。地处"白色"国统区的曲江党组织，前赴后继分别在北江东、西两岸开展"复员"抗战工作。其中，负责河西的中共英曲边区工委领导人肖少麟，与白沙小学地下党员范家祥接上关系后，深入罗坑研究发展"抗日民主青年同盟"组织。1945年中，范家祥在曲江首先发展了杨宜华、丘皆棠等进步青年加入"抗盟"组织，开始为罗坑播下革命种子。

杜国彪

范家祥

杜国彪首站进入罗坑

1945 年秋，中共北江特委书记黄松坚委任杜国彪（中共清远县委副书记）担任中共曲乳特派员。杜国彪从英德大湾、洸洸徒步进入罗坑接收党组织关系，发现罗坑身处大山，地理位置独特，民众贫困而热情好义，且罗坑又是曲江、英德、乳源三县交界中心，很适合建立游击革命根据地。1946 年东纵北撤后，通过上级安排和统战配合，先后接收陆素、郭应伦、高维英、许奇明、陈先信、叶树青、钟绿萍等一批青年教师（地下党、团员）进入罗坑，有计划地开展反"三征"活动和组建游击武装。游击队员一方面以教书作掩护，宣传发动民众积极加入农会以及民兵、武工队，以多种形式开展地下斗争。同时利用当地乡保内部矛盾策反敌人，做好争取高级乡绅统战工作，建立起"白皮红心"的乡保政权，从而正式建立起东始北江白沙、乌石两岸，西至曲江与乳源交界的仙峒、大布乡境，南北距离约 100 余里的罗坑游击根据地，成为解放战争时期中共曲江县党组织重要堡垒。

罗坑遭受国民党反复"会剿"

中共地下党和游击队长期在罗坑活动，引起了国民党和县保安团、乡联防队的反目仇视。据中共曲江县党史记载和知情者回忆，除军警和乡联防队的常年滋扰、暗算外，当时国民党曲江县保安总队和中央军（国民党第三十九军）及附近土匪沆瀣一气，曾三次分别由当时的曲江县县长杨寿松、殷卓伦率领少则三五百人、多则逾千人进剿或驻剿白沙定峒、白马峒和罗坑三个乡保，前后伤害民众、游击队员和伏击乡干部等近百人，烧毁房屋、抢掠财物不计其数。其中，1948 年 1 月底，由杨寿松带领保安军警，会同恶霸土匪傅桂标以及白沙、龙归、樟市等周边乡区联防队近千人"会剿"罗坑，造成影响乡邻的"罗坑惨案"。

由于游击队及时向南边瑶山转移，国民党军警、保安队扑空后，便对游击队经常活动的村庄烧杀抢掠，中心坝上杨、下杨、林屋、曾屋等村损失惨重，更加引起罗坑民众的愤慨与反抗。

夜袭"白沙乡公所"，深入罗坑山区活动

1946年6月，国民党蒋介石发动的内战全面爆发。为配合全国解放战争形势的需要，中共中央于11月6日就开展南方游击战争问题发出具体指示。随后，中共广东区委向各地党组织作出了公开"开展武装斗争"的决定，北江党组织迅速行动，积极为反蒋武装斗争作准备。

策划"重搞武装斗争"

据史料记载和陈先信、叶树青等老游击队员回忆，为推进曲江的武装斗争，杜国彪等地下党领导经常在罗坑、马坝等地主持

北江畔白沙街今貌

会议，研究曲江武装暴动等问题，以及组建曲江人民武装队伍等重大事项。1947年春夏间，杜国彪带上陈克在韶关北门一间杂货店楼上，约请何远赤研究决定攻打白沙乡公所，并以"曲江人民反三征翻身团赤卫队"的名义，亮出旗帜"重搞武装斗争"，打开曲江武装斗争的突破口。白沙街依北江西岸而建，背后绵绵高山与罗坑、樟市等山乡相连，尤便于攻防和转移。

举行武装暴动

1947年7月的一天晚上，何远赤带上李学文、何远来等快步来到设在青砖店铺里的白沙乡公所大门，伸手拉开推拢门的暗锁，径直朝亮灯的主房奔去，只见乡公所一文书，正戴着眼镜拨划着算盘统计数字。何远赤麻利地从腰间拔出驳壳枪，顶着他的背后说道："不许动，黄乡长在哪里？"文书先震一下，以为是同僚开玩笑，猛见枪把子和威严的何远赤等人，即吓呆坐在椅子上说："黄乡长回家了，没……没回来。"并伸手指向内屋，两位持长枪的游击队员立马跨进内屋。不见有人，却从竹藤箱里搜出两把手枪和几十发子弹。这两把手枪，正是黄乡长平日壮胆的武器，如今一下子落入游击队手里。

何远赤　　　　　陈克　　　　　李学文

不一会儿，带领袭击、包抄乡公所联防队的"主攻"队员陈克，也按计划赶到乡公所总部与何远赤顺利会合。看夜袭成功达到目的，游击队员按预先准备，在街上张贴了"反三征"的布告和宣传口号。陈克、何远赤、范家祥等率领参战队员，带上战利品返回靠近罗坑乡的乌石峒。成功夜袭白沙乡公所，在曲江引起国民党反动派的恐慌，大涨游击队和正义群众的志气，一批青年农民和学生纷纷投奔游击队。

创立曲英乳人民义勇大队

1948 年初"反清剿"时，曲江县人民解放大队按上级指示，在保留曲南大队的同时，成立曲英乳人民义勇大队。曲英乳人民义勇大队由何远赤任大队长、陈克任政委。顾名思义，按照当时北江特委战略考虑，曲英乳人民义勇大队的任务是从曲江西南方向，着手向南（英德）、向西（乳源）发展，以拓展"曲英乳"三县交界根据地，西联连阳、东联翁江等游击区，直至与始兴、南雄等苏区打成一片，形成五岭革命根据地重要一域。从此，曲英乳人民义勇大队进一步深入罗坑山区活动。

奖公会议推动"西进东征"

集结地下党组织和武装力量

成立后不久，曲英乳人民义勇大队近 40 人，在何远赤、陈克等率领下，从沙溪凡洞，经乌石鹅鼻洞西渡北江回到罗坑，部队大部入驻罗坑乡一保上杨村书房岩山洞（小学校）。与先期到达罗坑、白沙的地下党组织负责人范家祥、杨宜华等会合，正式在曲江西南、英德西北、乳源东南一带开拓游击根据地，并把握时机，及时向西推进与粤湘纵队连阳支队等联合抗击跨县敌人。罗坑，正处于韶关南郊，曲、英、乳三县的交汇处，战略地位十分重要，一度成为解放战争时期曲江地下党组织和武装力量集结的地方。

实施"西进东征"

1948年2月中下旬，为避开国民党叶肇部队的集中"围剿"，中共五岭地委副书记袁鉴文带领黄康大队50多人，从始兴经马坝进驻河西游击区，在白沙、罗坑一带活动近3个月，渡过了解放战争时期艰难的日子，后返回始兴、南雄老根据地。1948年9月下旬，经谭颂华（粤赣湘边区人民解放总队第五支队政治处主任）在白沙定峒主持整训后，曲英乳人民义勇大队正式西进江湾与英乳连阳游击队会合。当部队到达罗坑奖公村时，根据新的情况，部队在乡绅王锡昌家召开中队长以上会议。经研究决定义勇大队暂时一分为二：一是武装主力由谭颂华、何远赤等率领，挺

袁鉴文　　　　　　　　　　谭颂华

进乳南，进驻江湾乡开辟新的根据地。二是地方武工队由陈克、范家祥、杨宜华带领留驻罗坑、白沙、樟市一带，巩固开展反"三征"及组织财粮收入工作。随后，两队人马按计划分头行动。

西进的主力在文丹、张志明等先期探路队员的引领下，翻山越岭很快到达江湾白石村、三神门村附近。不久，英东突击大队彭厚望教导员带领两个中队，连阳支队李冲带领一个手枪队也同时来到江湾，同曲英乳人民义勇大队在胡屋会师。此时，曲江、英德、乳源三县反动武装获悉游击队会师后，策划了联合"围剿"游击队的阴谋。为了粉碎敌人的联合"围剿"，三支部队领导研究决定先破敌薄弱之处，再集中火力攻敌重点。12月初，曾在

一周前击退来敌的白石村群众，再次和游击队一起勇敢投入战斗。尽管敌众我寡，但游击队斗志高昂，加上敌人摸不清游击队情况，慌忙应战后便一起撤退，敌人三县"围剿"的图谋被迅速瓦解，曲江、乳源、英德三县边区游击根据地在斗争中逐步建立起来。

而陈克和范家祥、杨宜华带领部分本地籍战士 10 余人，克服各种困难，在罗坑、白沙、樟市交叉的村庄开展"反三征"和筹粮借枪工作，一直坚持到年底。罗坑地处深山，闭塞落后，常遭土匪、劣绅侵犯，并且国民党不断有征兵、征粮、征税等暴政和苛捐杂役，山里民众长期处于被欺压、盘剥和恐慌之中，难免对山外来人具有戒备之心。了解这些情况后，游击队在范家祥和杨宜华引领下，从接触到深交争取民众支持，增强民众对共产党的信心。加上游击队员严守纪律，经常为民众排忧解难，使民众发自内心地信任支持游击队。

打开局面后，游击队即在各个自然村成立农会小组，向农会积极分子宣传共产党的性质、主张，以及"减租减息"扶助群众的政策，甚至帮助解决村族内部矛盾。为便于管理和提高积极性，游击队在奖公、西牛塘和下坪、下峒分别成立两个民兵班，"反三征"和筹粮借枪成效显著。尽管游击队活动招致敌人的恐吓、围剿，民宅被毁，财物被劫，但奖公四峒群众对游击队的支持从未间断。

设立税站保障供给

为了保障游击队的供给需要，也为迎接南下大军解放广东，曲英乳人民义勇大队在河西安顿后，即采取有效措施征收财粮收入。一方面，在乡间商人汇聚处设立流动税站，并在北江河段截获国民党军警大宗货物。1948 年夏至 1949 年秋，游击队曾在樟市与罗坑交汇的河段码头设置税站（如樟市都陂三角茶寮，税站还承担收集和交接情报任务），采取不定期的灵活方式（间隔一墟或两三墟）合理征收往来商贩的税收，以充游击队的活动经费。另一方面，在北江（蒙里附近河段）截获国民党自卫队水上物资，也多次拦截南下"杉排"以征收较大宗的税收，一度引起国民党自卫队的惊恐与追剿（当时《广州日报》曾刊韶关专讯《范家祥匪部设卡截劫》的报道、。

打响"迳口—枫树头"阻击战

1948 年底，曲英乳人民义勇大队与英德、乳源游击队在三县交界（江湾）处胡屋会合，反击了曲江、英德、乳源三县的反动势力合围"追剿"，形成北江东、西岸游击区走廊后，1949 年初，谭颂华、何远赤等率领主力回到罗坑与白沙一带，与陈克、范家祥、杨宜华等河西游击队同志会合，受到当地民众的热烈欢迎，指战员们兴高采烈说："回到罗坑了，家乡的水特别甜，罗坑的茶特别甘。"加上就要过年了，部队决定借此机会进行修整，并派出宣传队和当地群众一起联欢，迎接光荣的 1949 年。

研究阻击进犯敌军

大年初四，部队从罗坑下坪和下峒村，转移到隔河相邻的樟市龙岭村及瑶山棉地、枫树坪一带开展宣传发动工作。第二天黄昏，部队派往山外收集情报的民兵火速报告：国民党第三十九军的一个连的兵力，将利用过年时机"进剿"罗坑，部分兵力已从乌石渡江进入樟市。收集情报的民兵还从街坊听闻，因多次"清剿"罗坑不利，敌军心中愤恨，这次来者不善，扬言"罗坑罗坑，死过咸鱼永不翻生""罗坑人不知衰，明日变成火土灰"。情况紧急，同时又是一个破敌立功的大好机会。当天晚上，陈克与何远赤召集小队长以上干部会议。大家分析认为，国民党第三十九军是国民军中央军，解放战争开始时从山东败退韶关，补充新兵较多，士气也较差。但在粤北地区仗着先进武器耀武扬威，四处进犯根据地，犯下种种罪行，应借此机会狠狠教训这支残军。

会议决定利用山地地形，以70人持枪正面阻击、南侧围攻的方法，迎战敌方的100多人。地址就选在樟市龙岭与罗坑交界的迳口至枫树坪一带狭长溪谷山旁。第二天一早，陈克带领杨宜华、陈德元中队等在预定的罗坑河南面曹斗坑口埋伏，待敌军大部过河后，发起攻击，消灭敌人有生力量；何远赤带领李球、李文学小队10多人，坚守在南边迳口上刘村至龙岭的山口，防止敌人从迳口渡河经龙岭进犯罗坑，并约定如果迳口方向战斗打响，又不见敌人窜来，何远赤便带小队直接增援陈克。还约定不管战斗情况怎么样，战后的集结地定在龙岭山后的罗坑棉地、枫树坪（瑶族村）。

曹斗坑一带（龙岭战斗旧址俯瞰）

两路战斗同时打响

上午10时许，果然发现10多个先头敌军进入迳口，背后还有骡马驮着枪械随行。大约半袋烟工夫，前方瞭望哨兵望见敌军一众人马（还有山炮及越野车辆），经过竹高潭村对岸狭窄山路急促而来。听完最新报告，陈克带着刚满18岁的文化教员张志明，快步爬到靠近迳口方向的山腰，拨开草木便看见敌军鱼贯而来，大约走过200个敌军后仍陆续有更多跟进。陈克心中道："哪止一百人，好几百个死对手呀。"很明显情报有误，敌众我寡，而且敌方是正规装备。这次遇上了强手（事后得知，敌正规军加上乌石、樟市、罗坑附近几个乡联防队员约1 000人）。"打还是不打？打！坚决地打！"待敌人进入阻击圈时，陈克再次传令山路东、南两侧伏击队先忍着放过众敌，待他这边正式打响后再一齐开火打乱其阵脚……沉住气，已经能听到敌人的脚步声、说话声，

瑶山榕树角行军路线（龙岭战斗）

陈克一声:"打!"步枪、机枪、手榴弹一起涌向"蛇形"敌军,半空升起滚滚烟尘。受突袭的敌军待转过神来瞄准还击方向时,已伤亡七八个。枫树坪曹斗坑口的战斗打响后,敌人依仗优势兵力和先进武器,不断用机关枪、小钢炮和步枪向游击队猛打、猛扑过来。我方人数虽少,但个个精神抖擞,坚定灵活地还击敌人,一时间枪炮声响彻整个山冲。

随后,东面山头的枪声也响起来了,何远赤大队长正带领李球小队,在龙岭抖坑石灰窑路口迎击从北侧窜来的敌军(由骑兵开路)。一时间,敌我双方抢占有利地形,各据小山头互相对射。游击队指战员团结一致、英勇善战,稳、准、狠打击敌人。敌人两次强攻,都被何远赤指挥反扑过去,长、短枪和土炮瞄准敌人狠狠射击,手榴弹也准确在敌群开花,敌人只好连滚带爬退缩到东面溪边的山坡上。而陈克正面阻击、迎战敌军主力,战斗越来越激烈。游击队虽然占据有利地形,但战线越打越长,弹药消耗过半,队员疲于应战,伤员增多,而敌方正以数倍兵力持续向游击队阵地扑来。陈克见战斗将进入残酷状态,再僵持下去将十分不利,且这次杀伤和阻击敌人的任务已经完成。因此,他指挥大家边打边退,并派通讯员通知何远赤,一并向罗坑棉地、大坑坪撤离。

四烈士英名永驻

敌人很猖狂,一看游击队火力减弱、后撤,便紧追不舍,狂叫着"抓活的、抓活的,'共匪'跑不了啦"。情形紧迫,陈克叫来张志明,嘱咐他带领另外三位战士(华昌、陈志雄、文北华)组成战斗小组阻击压制敌人,以掩护大队撤退。部队边打边撤,翻过两个山头退到龙岭村后大山。但张志明掩护小组,遭遇东西两侧敌人的包围,他们无法跟上大部队,被迫退到猫公石南侧顽强抵抗,敌人不敢靠近就点燃山火缩小掩身面积。最后投弹和集中射击，直到四位年轻战士（年龄都在18～22岁之间）全部壮烈牺牲。第二天，陈克、何远赤等领导实地寻找时，发现他们身上均中弹五六处以上，张志明手上仍紧紧握着手榴弹，英烈形象令人难忘。中华人民共和国

"四战士"牺牲之地

成立后，四位战士的英名镌刻在罗坑烈士纪念碑上，昭示大地。

龙岭战斗旧址纪念碑

　　"迳口—枫树头"阻击战（也称龙岭战斗），为罗坑和曲江人民留下了红色遗迹与宝贵的精神财富。

英姿挥手罗坑

随着全国和五岭地区形势的迅速发展，"迳口—枫树头"阻击战后，曲英乳人民义勇大队主力与领导调动变化很大，他们含泪挥手告别罗坑，各奔更远大的前程。

陈克调任乳宜边工委书记，带去殷石海、陈德元、胡军等人，迅速开展组建工委、征粮、剿匪等"坐南向北"发展工作。中华人民共和国成立后，陈克任英德县人民政府首任县长。何远赤带领河西武工队一批主力往翁源、始兴（竹子排）打一胜仗后，武工队大部调入黄康大队。随后，何远赤与莫世雄成立独立大队，留何耀爵（后牺牲）一个中队于小坑，并转入迎接南下大军工作。中华人民共和国成立初期，何远赤任曲江县委武装部部长，后一直"马甲戎

1949年11月10日，北江高干会议全体同志摄影留念

身"从事军武工作，直至光荣离休。范家祥于中华人民共和国成立后留白沙、龙归，任河西武工队长、曲西区委书记等职。杨宜华任曲西区委宣传委员、樟市副区长，开展土改和剿匪工作。随后，范家祥调北江地委机关工作，在韶关长期（工作 30 多年）担任县、市林业、森工局局长，1985 年 11 月离休。杨宜华于中华人民共和国成立后从曲江调佛冈参加土改工作，任副县长兼一区委书记，后调任从化县委常委兼宣传部部长，1964 年病逝。

可谓"聚是一团火，散是满天星"。

喋血罗坑街，赤胆迎曙光

回顾罗坑山乡革命斗争史，可谓波云诡谲，可歌可泣，受大背景下国共之争的深刻影响，罗坑一峒的"敌我斗争"异常激烈。从 1947 年 9 月国民党实行"清乡"政策到 1949 年 7 月"坳顶村 4 人被害事件"及至 1951 年 5 月捕杀傅桂标止，罗坑及河西山区（何远赤、范家祥、杨宜华与傅桂标、吴泉轩等"正反"两条线生死、交错的搏杀），成为解放战争时期，曲江乃至韶关地方武装斗争最惨烈地区之一。

正义与反正义的搏斗

从大革命时期发起农民运动，1945 年中共地下党人及教师、游击队等一批进步力量进入罗坑开展革命活动，引起国民党县、乡政府及其军警的抵触反制。尤以 1947 年后，傅桂标、吴泉轩依傍国民党主事罗坑、牵头抗阻为甚。曲英乳人民义勇大队进驻罗坑后，很快形成山区与平原"国共"对立分治的局面，有效反制了罗坑地方反动势力。随之，也招致国民党曲江县政府及军警、保安与乡联防队三次联合"进剿"，对罗坑民众造成极大伤害。其间（1948 年秋），为巩固与维持罗坑游击根据地，曲南河西游击队队长范家祥、副队长杨宜华派员在罗坑与樟市交界处的都陂三角茶寮设立流动税站，扣留了反动乡长吴泉轩之子（吴祖洋），以换取部分枪支财粮，解决游击队一时供给之需。从而引发吴泉轩因怨成仇，伺机报复，1949 年 3 月初无情地杀害杨宜华父亲（杨求新），罗坑骤时形势紧张、风起云涌等。

为扑灭反革命气焰，范家祥设法动员乡中穷苦出身的"好汉"李前灵等，于同年 4 月初一个晚上，在罗坑街铺中诱杀了反动乡长吴泉轩及其骨干吴祖斌。傅桂标失去帮凶后决意反扑，暗中策反了罗坑坳顶村王灶福、王灶添、黄常山、黄常养等人，于 7 月间在坳顶村设伏杀害了李前灵、李功年父子等 4 人，再度震动罗坑，引起了军民同仇敌忾。中华人民共和国成立初期，实行大规模土改、剿匪之时，侥幸混迹山林的傅桂标等匪徒依然执迷不悟，甚至多次侵扰新成立的罗坑乡人民政府。可谓"五牙交错"，正义与非正义、人性与反人性的一次次正面交锋，直至恶匪傅桂标、"叛徒"王灶福等伏法，罗坑山乡秩序得以恢复。罗坑曾经的凄楚惨烈，成为粤北乡村革命史的一个缩影。

为革命杨家一族"生死不计"

辉煌源于苦难，罗坑革命的硕果来之不易。其中上杨村杨求新、杨宜华一家及全村杨氏兄弟作出了巨大牺牲与无私贡献。杜国彪任中共曲乳特派员时（后为曲乳仁乐特派员），为接收恢复曲江地下党组织，从英德进入曲江的第一站就是罗坑，而且很快以独到眼光把罗坑开拓为新的游击根据地。中华人民共和国成立后，杜国彪多次深情回忆，他在曲江、罗坑活动主要得到杨求新、杨宜华大家庭"生死不计"的支持。在地下党的帮助与指导下，杨家不但利用在罗坑广泛的社会关系，配合农会、游击队开展工作，而且在困难和天灾严重时期一次次带头并鼓动亲友捐助钱粮、枪支。至今，乡间仍流传"杨宜华扣妻弟捐枪游击队"的故事，影响深远。由于统战工作做得好，原乡长刘锡勋（亚卜）表示中立，与傅桂标划清界限，罗坑乡四个保就有三个保归随游击队（另一个为傅桂标本家所在地，由其直接控制），使罗坑形成曲江典型的"白皮红心"民国基层政权（杨宜华曾巧妙把曾庆善、何连华等人安插、策反在乡保岗位上，在后来斗争中发挥了积极作用），使罗坑成为解放战争时期曲江地下党组织和革命武装的重要堡垒。

从抗战后期到中华人民共和国成立前夕，杨宜华一家在地下党遭受国民党连番"进剿"的艰难时期，依然"与共产党同生共死"，最终弟弟杨宜培、父亲杨求新，为抗日、为革命英勇牺牲。同时，杨宜华两位舅舅林殿新（乡绅保长）、林喜欢因受舅甥关系的影响，秘密资助、掩护地下党组织和游击队，而被傅桂标帮凶告密。在 1948 年 1 月底，国民党曲江县县长杨寿松率千人进剿罗坑游击队时，分别以"通匪""助共"的罪名示众枪杀林殿新、林喜欢，血染罗坑街旁大望山。当时，林殿新之妻何球英得知丈夫含冤被害后昏倒在地。面对 5 个嗷嗷待哺的儿女（最小一岁多），林妻常常在丈夫坟前哭诉，当年底染疾去世。次年，二儿因病缺医而亡，第三年三女儿也因疾去世，小女儿被迫当童养媳，一个好端端的家庭几近破散，四村八邻睁目愕然。历史不应忘记，是多少无名英烈的倒下，才共同奠立起新中国的巍峨大厦。

而在罗坑一保（中心坝）上、下杨村中，杨家的同胞、同族兄弟杨龙、杨平、杨先、杨清、杨良、杨维、杨州、杨金等，在山乡风云中义无反顾跟随长兄杨宜华"上山打游击"（参加土改、剿匪和抗美援朝），甚至献出年轻生命（如杨宜培、杨先、杨平等烈士）。就像电影《宁死不屈》主题曲"赶快上山吧，勇士们。我们在春天加入游击队……"激情的旋律、雄壮的音乐，优美中不失悲壮，激发人们对英雄的崇敬之情。

杨宜华　　　　杨龙　　　　杨良　　　　杨维

何德清　　　　杨清　　　　杨丽娟

百中一例，杨家及罗坑诸家在时代的洪流中搏击，金砂同泪的"血泪史"一时难以诉说。幸得罗坑及天下得解放，范家祥、杨宜华等众兄弟，终于跟随共产党迎来旭日曙光，走进新的伟大时代。

瑶山"同年哥"的缀红往事

山是大地之魂，人是山川之灵

在罗坑连绵山谷中，分布着不少勤朴善良的瑶族同胞。瑶胞素以"刀耕火种"、半农半猎为生，与大自然亲密无间，称得上一方山水的"守护神"。如今，瑶族同胞正在"百千万工程"和"绿美广东"行动中发挥自身特有的作用。

罗坑瑶胞主要源于福建、湖南"千家峒"，后遂迁乳源，辗转来到罗坑山林之地。至民国时期，罗坑瑶族已发展成"上瑶山""下瑶山"东西两片瑶区。据考证，棉地、猴寨、花蕉岩一带为罗坑瑶族祖寨之地，逐年向芦溪（今属樟市）及英德连山等地迁回、发枝。在解放战争时期，罗坑瑶山特别是"下瑶山"各山寨瑶胞，顶住国民党反动势力和土匪恶霸的压迫侵扰，在生活艰辛、条件十分有限的情况下，对游击队转移、进驻瑶山以及救护医治游击队伤员等做出重大支持与贡献。

突破困境，转移瑶山

1947 年上半年，解放战争正酣。下半年，中国人民解放军从战略防御阶段转入战略进攻阶段。但在粤北以叶肇为首的"粤赣湘边区剿共"部队以及各县保安、联防队，对五岭地委、渝江地委及其根据地的"扫荡""围剿"进入"白热化"。刚进驻河西白沙、罗坑一带，尚未站稳脚跟的曲英乳人民义勇大队，便接连遭到曲江县反动军警及各乡联防队的"进剿"，被迫离开平原地带而撤退到罗坑东北面"奖公四峒"山林。1948 年初，曲江县反动县长杨寿松再次率千人气势汹汹"围剿"白沙、罗坑两乡。为避敌锋芒，曲英乳人民义勇大队主力迅速从奖公、下峒、昂天堂、坳顶等地，向罗坑东南面的瑶山深处转移。

经临时考察，游击队驻扎在"下瑶山"榕树角、黄坭坳（今棉地、白石坑山背）山寨上。这里有依山而建的几排茅草房，居住着赵观成、赵壬娣等三四户瑶家（不远处是猴寨山寨，也居住着赵献才等赵姓人家。赵献才、赵观成一起参加了游击队）。在黄坭坳山寨前后，各有一条蜿蜒的小山路，往前可通樟市，往后则通罗坑，是一处扼关险要之地。在山寨东边又有一高岭，游击队就在高岭上设置哨岗，严密监视前后两条小路的动态。有一次，

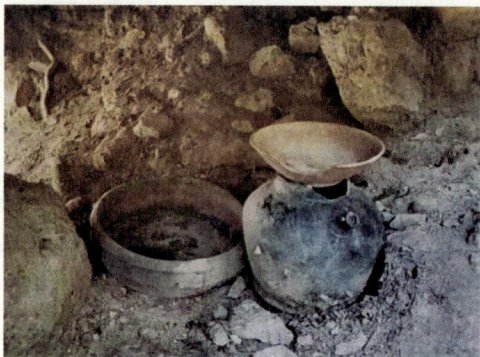

当年被敌人烧毁的赵观成房屋的遗物

傅桂标联防队企图偷袭游击队，哨岗远眺前山（石坑山）发现敌情后，即由赵献才带队抄小路主动反击，敌匪以为中了游击队埋伏，胡乱放几枪壮胆后便慌忙撤退。至今，密林下哨岗旧址犹存，瑶家及游击队使用过的磨石、土碗碟等用具犹在。

游击队进驻瑶山的时间为1948年2月初至4月中旬，瑶胞后来回忆为"采摘茶叶的时候"。这段时间正值春雨季节，瑶山地区阴雨连绵，加上反动军警及乡联防队的"驻剿"、封锁，游击队被局限在芦溪至花蕉岩40余里狭长山地间，缺衣少食，生活十分艰难。这一带的瑶胞勤劳善良，很少与外界接触，生活原始艰辛。对仓促到来、秋毫不犯的游击队，瑶民的态度很快从疑惑转变为体谅与友好。当看到游击队虽缺衣少食，靠挖山笋、野菜充饥，但仍坚持集训学习，增强斗志时，瑶胞都坚信这是一支信得过的队伍，纷纷把自家仅有的大米、玉米、花麦分出部分给游击队，还以传统、友好的"同年哥"称谓与游击队员互称。

特别是瑶胞赵松，从与司务长丘精忠交谈中得知游击队就要断粮了，心里十分焦急，便自告奋勇下山到樟市买粮应急。游击队领导考虑到敌人正在封锁、搜索之中，青壮年下山目标太大，故不同意他贸然冒险。赵松急了，他坚定地说道："如我不合适，那就叫我儿子亚柱去吧。"果然，12岁的亚柱机灵、勇敢地赶到樟市，悄悄买下30斤大米。待到天黑时绕过敌方检查，背着大米，终于在半夜时分回到寨子。看见满头大汗的亚柱，游击队领导紧锁的眉头终于舒展，大家十分高兴与激动。

策划阻击战，救助游击队员

1949年春节期间，曲英乳人民义勇大队在樟市与罗坑交界处的"迳口—枫树头"阻击战中，粉碎了国民党军队"进剿"罗坑根据地的阴谋，集中展示了地下党组织及其武装力量和罗坑、樟市人民英勇抗敌的精神风貌。这是一次值得纪念的阻击战，从接送情报、研究作战方案、动员出发到战后班师宿营等都发生在瑶山"棉地—大坑坪"寨子。当地瑶胞在向导、后勤、护卫等方面做了大量工作，贡献很大。其中，在赵献才的影响下，赵观成、赵新发等瑶族民兵直接参加了阻击战，跟随何远赤和李球、李学文在龙岭抖坑石灰窑路口伏击"骑马敌军"，配合正面阻击敌军主力的陈克及杨宜华、陈德，打死、打伤敌人20多名，后按计划撤回棉地、黄泥坳寨子。

值得一提的是，赵献才是龙岭战斗初从乌石、樟市收集传递情报的交通员之一。赵献才原名赵学先，罗坑瑶族猴寨人，少时因匪死难逃生，年长时组织参加"太平协会"，团结山民自保求全。在杨宜华等引领跟随游击队后迅速成长，在战斗中多次遇险，最险的一次是在亚婆髻山剿匪时，为大军作向导遭匪敌反抗。当时，一颗子弹直接穿过赵献才的颧耳，他瞬间震得头脑嗡鸣，失去了听力。中华人民共和国成立后，赵献才历经乡府、法院、公安等工作，成为罗坑乃至曲江瑶族乡亲主要代表，最后于曲江县民族科长岗位上离休。

与此同时，在阻击战中班长何才、战士杨武受伤，由赵献才、赵观成和卫生员朱善豪等将他们背回棉地寨子救护。由于国民党军队正调集武装加紧对游击队的追踪"围剿"，情势十分危急。曲英乳人民义勇大队领导果断决定将两名重伤员留下，交由附近山寨可靠、有"跌打"医技的赵金才治疗,大部队迅速转移。当时,何才左膝盖被子弹打穿,流血很多,杨武右背部受伤也行动困难,为避免国民党军进山搜袭时发现伤员,赵金才第二天悄悄背上何才、撑扶着杨武,转移到离寨子7~8里远的岩洞隐藏起来医治。在赵金才的精心调理下,两位游击队员的伤情很快治愈,充满谢意地告别瑶山,重回战斗一线。

1948年冬的一天傍晚,为看望和慰问瑶山同胞,杨宜华带着杨维、何德清两位队员翻山越岭来到棉地、黄坭坳寨子,却不见瑶胞踪影(为躲避联防队及土匪侵扰,他们被迫搬离别处)。夜深后,顺着狗吠声和微弱的灯火,才找到了住在石岩口的赵壬娣、赵观成姐弟一家。看到"家徒四壁"的艰辛状况,杨宜华把随身携带的行军被子,还有数斤大米留下,赵壬娣一家深受感动。

1948年底,杨宜华留给瑶胞的行军被子

"剿匪"保政权,勇参志愿军

曲江(韶关)解放后,南下大军挺进广州,在威武之师面前,昔日骄横的国民党军警等望风而逃,枪声稀落。

可是,在远离城市和交通要口的山区,仍有土匪恶绅出没,扰乱新生政权。类似罗坑这块小地方,枪炮声竟然像"楼板上倒芋头"——"隆隆"作响。原因就是几股土匪,不知好歹阻挡历史前进车轮，胁迫、招惹所谓同姓、同宗、同村的乌合之众，公然对抗新生政权，引发局部惨烈的战斗。其中，"烂仔"出身，曾被乳源县长"招安"纵容的傅桂标首先发难。他恃着附近几个乡600多人持枪，组成"粤赣湘边反共救国军第四军第十二师第三十六团"，从一介草莽变成政治土匪。在他的"吆喝"诱逼下，先后袭击了罗坑、樟市、龙归等区、乡政权机关，反动气焰十分嚣张。

1950年5月12日，罗坑新任乡长廖钧丁等7人，从樟市参加完整编会议后回返罗坑时，突遭匪大队长傅宏蕃指挥的70多名土匪的伏击。除财粮员廖国元、战士杨添突出重围外，廖乡长等5人誓死抵抗，最后壮烈牺牲。后来，曲江县委重派新的罗坑乡长和20多人参加土改，但因土匪四处出击，一时无法开展工作，连学校也被迫停课，罗坑清匪反霸陷于僵局。然而，正义不会迟到。1951年4月底，在山上困饿多时的傅桂标，下山骚扰讨食露出了踪迹，即被剿匪大军自罗坑深山，追至邻乡龙归罗厂村石洞。经过北江军分区部队和曲江县武装部带领民兵上千人6天的围困，26名匪徒分批次有气无力地出洞投降，随后被公审伏法。

至此，以罗坑为重点的曲江剿匪工作基本结束，全县土改运动的最后一个关口打通。

正在南方轰轰烈烈开展土改与剿匪之时，朝鲜战争爆发，罗坑人民又勇敢投入了抗美援朝热潮。从1950年底到1953年中，在曲江县委、县政府领导和部署下，罗坑先后有约30名优秀年轻人（包括刚参加完解放战争、正在参与剿匪战斗的游击队员和民兵等）踊跃报名参加中国人民志愿军，是全县各乡参军人数比例最高的地区之一。

罗坑出征的志愿者涉及的兵种不但有陆军，还有海军、公安部队等。游击队员出身的杨清排长，在炮火连天的朝鲜战场上英勇负伤、立功受奖。从陆军转志愿军海军的林玉明，身体与文化素质过硬，被推荐到大连海军学校学习，受到肖劲光、张学思等海军领导集体接见。还有钟桂洪、陈德金、张月华、刘石全、曾茂红、华锦新、曾满才、吴祖养、张华、刘柞生、陈亚神、廖亚六、邓本招、杨金王、黄常典、朱福来、刘光福、曾庆新、廖亚房、曾贱贵、刘悦帮、刘求新、庚福、刘志全等，不论是冲锋在枪林弹雨的战场上，还是在后方联勤待命，都站在了祖国和人民最需要的前列。

尤为可贵的是，这些出自山乡不为建功立业，只为随时准备为祖国、为人民牺牲的山乡赤子，在经历了血与火的考验后，又服从军令悄悄复员或者转业重归故里，没有任何失落、异议和要求。大多数老军人（包括援越抗美、对越自卫反击战参战军人以及改革开放参军报国者）一辈子无怨无悔在基层、农村成家立业，以质朴刚健的生命特征演绎了"最可爱的人"平凡而伟大的品格。

江河不息，岁月如梭，昔日刀光剑影的斗争烟尘日渐消失。然而，先辈们前赴后继、艰苦卓绝的斗争精神，老区人民舍生忘死、支持革命的壮烈义举，山乡才俊精忠报国的情怀，将如青山绿水永不湮灭，成为滋养和鞭策一代又一代人奋发前行的精神财富。

平定匪患　直捣匪首傅桂标

1949 年 10 月 1 日，毛泽东主席在北京天安门庄严宣告，中华人民共和国中央人民政府成立。全国大多数地方告别旧社会，迅速进入土改新生活。然而，西南、西北等省份并没有同时得到解放，大批国民党军队正在向广东、广西等方向撤退和设防。为了及时截断国民党军队的退路，根据党中央和中央军委部署，叶剑英等军政领导率领南下大军挥师广东，迅速解放广东。

在解放军分兵南下直达广州及雷州半岛时，为了把握战机，大部队没有像在北方或东部省份那样对沿途国民党县、乡反动势力和各式土匪进行重点清剿。当时中共地方武装力量，也难以对付背景复杂的顽固势力，一时间匪患不断。其间，广东境内从北至南尚存 10 余万国民党残余及土匪，他们明火执仗，残害无辜，甚至与新生人民政府针锋相对，犯下弥天大罪。曲江罗坑的情况就是一个典型的例子，而形成这种状况的直接原因，与当地具有国民党残军背景的恶霸、匪首傅桂标的垂死挣扎直接有关。

身份复杂，土匪出身

罗坑周边与英德县的横石塘、乳源县的大布和曲江本县的樟市、白沙、龙归、江湾等乡镇相毗邻，四周森林茂密，构成了方圆百里群山环抱的天然屏障。由于地处偏僻，交通与信息闭塞，罗坑自古就如"三不管"的飞地，瑶汉混居，民众贫弱，宗族矛盾复杂纷乱，客观上给土匪、劣绅提供生存壮大的环境。解放战争时期，这里是曲江河西游击队和曲英乳人民义勇大队的根据地，中华人民共和国成立初期却一度成了四邻土匪活动的集中地。傅桂标就是处于曲江、英德、乳源三角地带的恶棍匪首，也是北江大叛匪。

傅桂标（约1906年出生，罗坑仙峒上

傅桂标曾经居住的楼角

梗人），穷苦人家出身，年少时曾为"混饭"跟班唱戏，懂得一些拳脚功夫。后畏苦而浪迹村野，进而出入赌场青楼，结识了英德横石塘张金章和乳源大布莫发魁等黑道人物，与他们称兄道弟，并成立"哥老会"等结伙称霸。"近墨者黑"，很快傅桂标因年轻和心狠手辣成了打家劫舍的强手，又因 20 世纪二三十年代，曾出手阻击进入罗坑的英德等地土匪而小有名气。后又四处出头惹事，曾放火烧劫坳顶、上曾等村舍，结下长年仇口，渐成独霸一方的土匪头目。由于名声不好，傅桂标一度离开罗坑，混迹于龙归、乳源等地。

日本侵华攻陷广州后，大量难民涌入广东临时省会韶关，傅桂标组织人数众多的土匪、刁民多次窜入邻乡龙归火柴厂等地，滋扰抢劫珠江三角洲北上逃难的商民，获得大批"从未见识"的衣物、食品及金银珠宝，不义之财让傅桂标在乡间一度得意狂妄，为所欲为。后因分赃不均，引致内部尔虞我诈、分裂混乱。其间，尝到杀人越货"甜头"的傅桂标，自恃有钱有枪，又有几个帮凶跟在身边，出手阴险，频频对稍有冒犯的邻村或村民烧杀抢掠，恶名更甚。抗战后期，为了稳定局势，国民党当局以官职为诱饵，托人招傅桂标下山。傅桂标也觉得土匪名声不好听，于是摇身一变，成了国民党乳源县保安大队的一名中队长，后因监守自盗被国民党乳源县县长驱除。

到了解放战争后期，傅桂标返回罗坑老家，经幕后操作于1947 年冬当上国民党曲江县参议员、罗坑乡联防大队长。一时间，傅桂标忘乎所以，拉拢、胁迫同村本姓一帮随从，意欲将罗坑变成独家地盘。共产党地下组织和游击队，进驻罗坑"反三征"普遍得到民众支持，傅桂标气急败坏，先后三次联络国民党曲江县安防总队，在国民党曲江县县长杨寿松带领下，逾千名军警及联防队"进剿"罗坑，连续在奖公四峒及中心坝杨屋、林屋、曾屋、何屋、坳顶黄屋等地及其所在的仙峒本村伤害无辜百姓，致使兄弟反目，一片哀怨，导致罗坑乌烟瘴气。

中华人民共和国成立前夕，傅桂标仍不知末日来临，反而相信蒋介石国民党反动派的谣言，纠合了曲江的乌石、樟市、白沙、龙归、江湾和英德、乳源两县边界的土匪约 600 人，组成"粤湘赣边反共救国军第四军第十二师第三十六团"。傅桂标自任团长，下设三个大队（含若干中队）和参谋长，形成军队化结构的土匪组织，隶属于坐镇香港的"军长"林显（原国民党仁化县县长，后台人物薛岳）部，并受其遥控指挥。傅桂标目的十分明确，就是与剿匪部队相对抗，企图颠覆刚诞生的罗坑乡人民政权，以长期盘踞罗坑山区。

旧仇未报，又添新恨

傅桂标很有心计，任联防大队长和"粤湘赣边反共救国军第四军第十二师第三十六团"团长时定了一条山规：不准抢劫罗坑周围 50 余里以内的村户，主要精力对准共产党及"通匪"乡人。罗坑人去找他时，他热情招待，临走还送些香菇、木耳等土特产。果然，他的虚伪言行蒙蔽了一些山里人，认为他够义气，是为大伙做事的当家人。

这种"兔子不吃窝边食"的举动，使他在方圆百里的山区有了立足之地。罗坑四周的土匪头目恭维他，趋附他，他的话"牙齿当金使（用）"。很快，傅桂标股匪成了曲江人数最多、装备精良、势力最强的土匪队伍。依仗眼前势力，在中华人民共和国刚成立的短短几个月内，傅桂标股匪先后袭击包围了罗坑、樟市、龙归、乌石的区、乡政权机关，伏击中共武装人员，反动气焰嚣张至极。

1949年10月13日，傅桂标勾结乌石自卫大队长高毅、樟树潭自卫大队长叶富玉等，捕捉罗坑、樟市进步人士何永新、曾庆善、丘韶根、刘木发、张金、杨异泉等10多人。

10月14日，中华人民共和国成立后，曲江县政府任命原河西武工队班长曾健（曹岭人）为罗坑乡乡长，由他带领8名工作人员组成罗坑乡人民政府。他刚上任，傅桂标便派人与曾健等人谈判。曾健明确表示："只要你们下山自首，交出武器，人民政府就会欢迎你们的。"于是，傅桂标狡猾地通过原保长罗保安交出40多支破旧步枪和5 000多发子弹，装出一副诚心"投降"的姿态，实质是通过这种方式迷惑乡政府，进一步探听动静，伺机下手。

10月18日，曲江县人民政府派科长何冠群、通讯员刘曹胜来罗坑进一步与傅桂标、乡长吴保贤谈判，准备正式接管罗坑。10月23日，解放军一个连护送接管人员10多人进驻罗坑，罗坑乡人民政府宣告成立，曾健为首任乡长，府设罗坑街东南角老炮楼。当傅桂标获悉保卫罗坑乡政府的武装力量明显不足，大军又远水救不了近火时，他觉得这是一个机不可失的绝好机会。毒计便涌上心头。

11月17日凌晨，傅桂标组织100多名土匪包围罗坑乡人民政府。面对敌匪突袭，曾健、杨龙指挥工作队迅速进入炮楼，与数倍于己的土匪展开激烈的战斗。乡政府的粮仓被土匪占领后，罗坑人民捐献支援大军南下解放广州的7 500多斤稻谷和5 400余斤大米被抢劫一空，10 000斤木柴被焚烧。罗坑街头浓烟滚滚，乡政府20多人坚守炮楼，烟熏火攻岿然不动。

危急关头，民兵刘福才冒着生命危险，翻山越岭赶到樟市向曲江县六区副区长杨宜华和樟市乡长邹泽民等人汇报了土匪进攻罗坑乡政府的严重情况。曲江县军管会立即派营长周来、教导员杨廉率领一个营的兵力，以最快速度开进罗坑剿匪。土匪自知不是大军的对手，刚一接火便慌忙逃进瑶山。

11月底，"广东反共救国军第五纵队第二支队"和"粤桂反共救国军第五支队"匪徒头目孔山寮、杨策雄等匪众200余人攻打樟市乡政府。双方对峙后，土匪恐遭后援而撤退，其中一部分窜入罗坑与傅桂标垂死联手，直至消亡。12月底，傅桂标又指使、胁迫欧者坚、刘庚等匪首组织100多名土匪袭击龙归乡政府。在曲江县六区区委书记张战、区长范家祥等指挥下，区中队和民兵紧密配合大军，击溃了土匪的猖狂进攻。

经此一番遭折，樟市、罗坑、龙归等区乡政府的红旗更加飘扬、招展。

染血村前，炮攻亚婆髻

1950年1月底，北江军分区十一团一营营长叶铭辉率领部队接替周来部队进驻罗坑。主力一营的到来是为执行土改的任务，同时也把发动群众开展清匪反霸斗争作为主要工作。罗坑乡政府在短时间里发动群众，为剿匪大军的入驻，空房、筹粮、送柴、送草，内内外外一派紧张繁忙。"从下采到上采"，民兵操刀持枪争当剿匪向导，配合大军作战。昔日粗暴无序的罗坑呈现出一派"军民团结鱼水情，携手并肩齐战斗"的热烈气氛。

然而，当土改工作队进入仙塘张屋时，却遭到村中大地主、傅桂标参谋长张神有的阻拦。当时张神有正率领一伙匪徒，自恃两挺德国造机关枪踞守在张屋自家炮楼里。2月24日下半夜，由

张屋炮楼围屋

民兵向导带路，叶营长派出一个排的兵力迅速靠近张屋炮楼。当时，炮楼大门紧闭，不见人影。待到天亮时，一位战士前去敲门喊话，却遭到土匪枪击，当场中弹倒地，血如泉涌。第二个战士打了一梭子弹，冲上前大喊："缴枪不杀，优待俘虏！"土匪继续开火，又一位老兵猝然倒在土匪的枪口下。战士们两眼直冒火，端起枪就打，将开枪的土匪当场打翻在地。然而，没有重武器强攻炮楼，从早上6时围攻到晚上11时，牺牲了七八个英勇战士，伤亡很大，依然未将炮楼拿下。

为减少损失，叶营长果断下令将队伍撤回罗坑街。原来，占据张屋炮楼的正是大地主张神有率领的一伙匪徒。张神有见手下犯下罪行，畏惧被包围歼灭，当晚便放弃炮楼，将其部属撤进狮木坑的深山老林，同时指派其大队长张金龙等六名匪徒携带一挺轻机枪，占据离张屋炮楼约200米的亚婆髻山制高点，用火力封锁村前、村后的路口，妄图阻挡人民武装占领炮楼。

为歼灭亚婆髻山顶上的敌人，叶营长与樟市区委书记张战、副区长杨宜华等地方党政领导一起研究制订了攻打亚婆髻山的战斗方案：指挥所设在罗坑河边的三望岭上，用一连的一个排的兵力攻打亚婆髻山；一连的另外两个排配合，其余两个连警戒仙塘、仙峒、奖公方向，防止傅桂标派兵增援。三门六〇炮架在和尚崇山上等候发令，杨龙带一个排的兵力和民兵中队负责守卫乡政府。

2月26日凌晨4点，主攻排由当地民兵带路出发，乘黑夜悄悄向亚婆髻山上摸索前进。清晨5点钟战斗打响。三颗红色信号弹在三望岭上空升起，划破拂晓前的宁静，掩护主攻排进攻的机枪随即向土匪占据的亚婆山顶猛烈射击，三门六〇炮同时向亚婆髻山上轰击。顷刻之间，枪声、炮声响成一片，在罗坑的山谷中回荡。当主攻排快接近土匪的瞬间，匪大队长张金龙利用居高临下的有利地形，下令机枪手突然开火，冲在前面的两名战士中弹倒地，其余的战士只好伏在一条石坎下躲避弹雨。

三望岭上的指挥员目睹主攻受阻，果断命令六〇炮集中火力消灭敌人机枪火力点。三炮齐发，发发命中，匪阵中一片鬼哭狼嚎。土匪的机枪一哑，一连一位班长带头一跃而起，却被暗藏的土匪击中，不幸光荣牺牲。排长眼见自己的战友一个个倒下，满腔怒火，吼叫着端起冲锋枪猛扫。在人民武装强大的火力覆盖下，匪徒慌不择路、丢盔弃甲地向西石山方向逃跑，主攻排终于攻占了亚婆髻山制高点。经过搜索，活捉了负伤的土匪大队长张金龙。

亚婆髻山的战斗结束后，罗坑大股的土匪龟缩进仙峒、瑶山的山陵之处。从此，平原地区很少听到半夜三更骇人的枪声。

亚婆髻山

铁心为敌，疯狂反扑

　　亚婆髻山战斗给土匪以致命打击，罗坑山区的群众脸上露出了一丝轻松、喜悦之色。罗坑地方不大，但数股土匪却因地盘和利益，常常"狗咬狗"争斗不断。首匪傅桂标一派盘踞仙洞巢穴和瑶山一带；高毅、吴祖权一股土匪据守峡洞、圣笈岭一线；张神有一伙占据狮木坑死守；钟威汉、钟锐清、钟锐珍一帮兄弟东流西窜来回于几个山头；孔山寮一撮在樟市边沿山区抢劫；欧者坚则在龙归续源、江湾地区捣乱。以傅桂标为首的乌合之众不但粮食难以保障，而且人多目标大，容易暴露，只好分散活动以求苟延残喘。土匪的利益纷争，各自占山自保，更有利于剿匪部队实行分片包围，各个击破、逐股歼灭。

1950年2月底，剿匪部队和民兵包围了匪参谋长张神有占据的狮木坑。张神有发现军民开始搜山，意识到死神已向他迫近，于是下令匪徒们利用深山老林、奇诡岩石作依托，以求一逞。战斗打响后，剿匪部队排长杨先搜山接近张神有时，不幸被其击中，血洒山丘。战士李谋是名特等射手，眼见自己的排长中枪倒下，愤怒至极，端起枪朝张神有射击的地方就打。李谋第一枪击中张神有的膝盖，张匪不能站立，跪在地上仍负隅顽抗。正当他举枪待发的瞬间，眼明手快的李谋第二枪便击中张匪的下颚。"啊！"的一声惨叫，张神有当场一命呜呼。当众匪听到他们的参谋长被打死的消息后，立即停止了开火，毫无反抗意愿，把枪举过头顶，等候大军过来将自己押走。

张神有匪帮的覆灭，令傅桂标和其他匪徒胆战心惊，惶惶不可终日，一些土匪开始动摇了。剿匪部队乘势向土匪及其家属开展强大的政治攻势，对放下武器的土匪不打不骂，让其参加时政学习班，提高思想觉悟，并放其回家与家人团聚。在政策的感召下，罗坑许多村庄出现了父母上山唤子，妻子上山劝夫回家的情景。一时间罗坑山乡几乎天天有三五成群的土匪下山缴枪回家。其中匪大队长官应阳带100多名土匪向剿匪部队和罗坑乡政府投诚，罗坑的土匪处于土崩瓦解之势。对顽固不化，坚决与人民为敌的土匪，剿匪部队采取强有力的措施，坚决消灭之。一个叫"驼背狗"的顽匪因与大军对抗，被抓住后就地枪决。在山洞里被擒的匪三十六团副团长高毅夫妇，被剿匪部队侦察员在圣筊岭夜间伏击时活捉的傅桂标小老婆潘亚云、顽匪吴庭顺，均在罗坑街被人民政府公开处决。

为加强对罗坑剿匪工作的领导，1950年1月6日，曲江县委、县政府成立了第六区人民政府（下辖龙归、白土、白沙、樟市、罗坑五乡），经半年多的政治攻势和军事打击，罗坑剿匪取得了阶段性胜利。以傅桂标为首的100多名残匪四面楚歌，朝不保夕。

然而，丧狂的残匪犹作垂死挣扎，铁心向新生人民政府伸出黑手。5月12日，第二任的罗坑乡乡长廖钧丁率领6人参加区政府的整编会议后返回罗坑。当他们刚进入罗坑牛皮石地段时，突然遭到傅桂标手下傅宏蕃指挥的70多个土匪的伏击。廖钧丁等人英勇还击，激战一个多小时，打死土匪骨干张亚胜等人。但终因地形不利，寡不敌众，除两名工作人员突围外，廖钧丁等5人壮烈牺牲。待县大队和区中队指战员赶到出事地点时，土匪已逃之夭夭。

廖钧丁遇难后，由六区副区长丘其忠兼任罗坑乡乡长，具体负责领导罗坑的剿匪和开展土改运动。曲江县委也派来20多人加强土改工作，但因傅桂标及其手下顽匪四处破坏，一时无法开展土改工作，罗坑的清匪反霸陷于僵局。罗坑一时间成为北江地区乃至全省的典型"匪区"。

丧家之犬，走向灭亡

傅桂标统率的股匪虽然武器精良，不时张狂，实为垂亡之虏，如釜底游鱼，已处于广大军民的包围之中，其部属众叛亲离。傅桂标号称团长，身边只剩下二三十个虾兵蟹将，多数是他的兄弟叔侄，成了有"官"无兵的空架子。四处是土改的汹涌浪潮，满村是分了田、翻了身的喜气洋洋的农民。傅桂标觉得形单影只，无处藏身，到处流窜，度日如年。

1951年4月28日晚上，罗坑西牛塘村出现了傅桂标的行踪。

这伙顽匪在山上已断炊数日,一个个衣衫褴褛,又黑又瘦。于是,他们利用夜幕降临、细雨霏霏的时机,由傅桂标率领,摸黑到了西牛塘村的赖神苟家中。一名朱姓的当地土匪上前敲门,赖神苟开门让朱匪进屋后,好言相劝,让他趁早回家分田过日子,朱匪不语。

傅桂标在窗后听见立时火冒三丈,气势汹汹地冲入屋内,用手枪指着赖神苟说:"要再帮共产党讲话就一枪崩了你。"村民和众匪一起劝阻,傅桂标亦觉得"小不忍则乱大谋",才把枪放下,威吓村民不得声张赶快煮饭。赖神苟只好强忍怒火,下米煮饭给土匪吃。土匪们狼吞虎咽吃饱后,又将赖家和几户村民的大米拿走。然后,像幽灵似的向密林中逃去。赖神苟一家受到土匪的洗劫,还差点丢了命,于是他满腔怒火,连夜冒死向驻扎在奖公村的剿匪大军侦察排报告。

接待赖神苟的张排长听后即派人向上级报告,并率领人马按赖神苟指引的路径、方位,向密林深处紧急行军进行追踪。时值杨梅季节,阴雨连绵,路滑难行,这恰恰给侦察员创造了追踪敌

西牛塘古村屋(发现傅桂标的起点)

人的有利条件，"雁过留声，兽过留骚"，土匪来过，必定留下蛛丝马迹。傅桂标脚有疾，拄着拐杖走路，而那拐杖头镶了一小截锋利的铁尖，一是可以拄着爬山，二是可以当武器。侦察员在崇山峻岭中顺着匪徒的足迹和杖穴，在大山的羊肠小道之中攀藤附葛足足追踪了大半天。4月29日凌晨，侦察员沿着土匪的脚印走出了大山，追到西边的龙归乡罗厂村。据村民反映夜里村里的狗吠得很凶，村里的青菜、干柴也被人偷了。张排长综合各种迹象分析推断傅桂标一伙离开大山到山下农村找藏身之地去了。匪徒误认为最危险的地方最安全，其实他们正自投罗网，难脱厄运。

天边现出了鱼肚白。这时，罗厂村的民兵急匆匆报告：离村不远的石背庙有一个石洞，洞口有一大石挡住，不易被人发现，洞内弯弯曲曲，可容纳上百人，傅匪等可能钻进石洞里了。张排长果断指挥两挺机枪封锁洞口，并派兵四周巡逻，其他人设伏待发。果然不出所料，傅桂标匪伙正藏在洞内。侦察排的机枪朝洞内猛烈射击，土匪一听这枪声就知道不是民兵武装，而是长期与他们打交道的正规部队，心里立刻凉了半截，胡乱向洞外回应了几枪。侦察排长火速派人向北江军分区和曲江县委、县政府报告情况，要求上级派出兵力合剿傅桂标及其残匪。

当天，北江军分区参谋长黄云波率领一个营的兵力，以急行军的速度赶到龙归罗厂村。黄云波亲自指挥作战，曲江县大队长黄桐华、副大队长周来以最快的速度下达作战命令，组织县大队、各区中队和民兵，多路开进，先后到达目的地。随后，北江军分区司令员邬强也赶到了现场。一时间，上千人将整座石山里外包围了三层，人声鼎沸。到了晚上，几百盏气灯把山野四周照耀得如同白昼，成为意外的景观。傅桂标匪伙被围困一天一夜，拒不投降。大军一接近洞口，土匪就从洞内往外打枪，一时难以攻入。

如果实行强攻，困兽犹斗，必然会造成己方的伤亡。这时，有人主张派民兵从附近农村抬来两台风车，在洞口烧火鼓烟进入洞内，将土匪像地老鼠似地熏出来。但这种办法无济于事。估计洞内有排烟的暗道。邬强司令员决定，采用围而不攻的办法，将土匪困死在洞里。因为洞内一缺水，二缺氧，土匪纵然有柴米，也无法煮熟来吃，不用几天时间，不冻死亦会饿死、渴死。

从4月29日至5月4日，傅桂标一伙匪徒在洞内被困六天，饿得饥肠辘辘，头晕眼花。4日上午，突然从洞内传出话来，要求拿饭给他们吃，吃饱他们才可以投降。邬强司令员当即回答：只要出来缴枪投降，可以给饭吃，共产党的政策是优待俘虏。于是，土匪大队长吴祖权第一个弓着腰，将驳壳枪举过头顶，颤抖着身躯从洞内爬了出来。大军收缴了吴祖权的手枪，令他坐在离开洞口一侧的空地上，让战士监控着他饱吃一餐。一年多从没吃过饱饭的家伙，此刻活像"饿鬼投胎"。经过教育和动员，吴祖权到洞口喊话，告诉众匪洞外人山人海，要想突围外逃将比登天还难。他还说自己出来不但有饭吃，还吃上了红烧猪肉，共产党不打不骂、不捆不绑等。一会儿，20多个土匪像断了脊骨的癞皮狗，从

抓捕傅桂标藏身处（龙归镇罗厂村石背山，今已被挖山清平留下杂草空地）

洞里爬出来向我军缴枪投降。

　　此时此刻，石洞内只剩下傅桂标和他的继子傅宏全了，他们宁死也不肯出来缴枪。侄子傅宏英吃完饭后，单独一人重新入洞去劝说傅桂标父子。最后这个曾经不可一世的"杀人王"耷拉着脑袋，一瘸一拐地钻出石洞，放下武器，扑通一声向叶铭辉营长跪下，有气无力地说："招满天呀，我傅桂标罪大恶极，罪该万死……"

　　5月9日午后，傅桂标等匪徒被北江军分区、曲江武装大队统一押送等靠在韶关火车站专门的铁皮车厢。在全副武装的战士面前，昔日的恶魔抖蜷在地板上，心里盘算着却不知要被发落到哪里。半小时后，火车停在乌石站，傅桂标始知要被押回罗坑，心想死无所谓，就怕尸首不全。一到北江边，傅桂标就试图挣脱羁押，跳死江中，却被身边战士牢牢控制。押船到西岸码头后，天下着细雨，傅桂标越发打赖死活不肯踏上岸边的卡车。其他匪徒见状也有类似动作，四十多名战士立即进入应对匪乱的状态。樟市、罗坑区乡领导见状马上指示随行民兵就地取材，用竹排捆绑傅桂标，抬上卡车驶向罗坑。

　　5月10日，在罗坑街边橘子潭边的一块空地上，乡政府搭起一个几十平方米的临时审判台，罗坑乡人民政府对傅桂标等15名匪徒进行公审。从各个山村赶来参加公审大会的群众群情激昂，小小的罗坑街人头攒动，"打倒傅桂标""共产党万岁""人民政权万岁"的口号声此起彼伏，受害群众不请自到，纷纷上台控诉傅桂标的滔天罪行。公审后，民兵将傅桂标等匪徒押赴烈士墓前处决，告慰烈士英灵。

　　一代魔王灭亡，宣告罗坑剿匪战役结束。罗坑乡翻天覆地的土改运动继续开展。万里夜空，月亮升了起来。

广东最后一个土匪的毁灭

剿灭傅桂标匪徒后，在罗坑仍有一个漏网的瑶族土匪吴炳英（家住上瑶山三岔角村金竹头），在新中国成立后长达16年里潜伏、往返于罗坑及附近瑶汉山区，不仅偷抢群众财物、犯奸作恶，甚至持续偷袭军警人员，搅得"政野"不得安宁。

吴炳英作恶起源于特殊家庭和时代环境。其父吴石秀早年就是土匪头目出身，手下曾有上百号人马，并效仿军营配有旗帜、军号等，养有10多名打手。他占山为王，与英德附近及罗坑、樟市的土匪，虽非同股，却又相互照应，沆瀣一气。吴石秀两个老婆共生有六男一女，吴炳英排行第四，自小娇生惯养，经常挑是弄非，跟其父一个德行。到了1947年，当吴家六兄弟拥有七支枪时，吴炳英更是横行乡寨，稍不顺眼就拔枪开打。据传这一年，光罗坑上瑶山就有近10人被他以各种名义杀害。1948年秋，他勾结英德土匪王行新，在英德杀害了吴甲福一家三口人和英德陈云胜等。一时间，附近瑶汉民众对其惊恐不已，又无奈何。

1950年初罗坑解放，解放军追剿土匪时进驻罗坑半坑、三岔角村，虽对其父吴石秀作过惩戒，但因精力主要放在对付傅桂标上，未对其进行彻底清算。对吴炳英也仅是要求他缴枪归顺，吴炳英拒不遵从，反而暗中配合傅桂标匪徒，公开、半公开地带领手下顽抗。解放军只好腾出手来，边劝边把他们围困起来。两天后，吴炳英竟在天鹅顶半山腰处远射、打死解放军战士两名（一名旗手、一名机枪手），另伤三人。在瑶民的紧密配合下，解放军调头猛追，众匪分离、投降，吴炳英也终于束手就擒。

人民政府本着对少数民族的优待"政策"，对吴炳英只判了三年徒刑。但半年不到，他就逃了出来。军警、民兵对他追剿了一年，1952年春夏间，终于在金竹头把他抓获。群众强烈要求将吴炳英枪毙，但政府宽大处置他，再次送去劳改。不久吴炳英又越狱逃回罗坑瑶山。1953年夏，瑶族同胞将他诱到罗坑街上瑶乡政府，然后将他遣送劳改场，不久，吴炳英第三次逃出。1954年初，他一家搬到英德水头乡大竹坪，以避追捕风头。清明节期间，县公安局派了两名侦察员与民兵前去围捕。这次被抓获的吴炳英又再次成功逃脱，堪称奇迹。

到了1957年冬，有人在罗坑与英德连山交界处发现了吴炳英，上级派了一个连的解放军协助剿匪。但在罗坑瑶族大坑村驻了两个多月，一直不见其踪迹。1958年1—2月间，县里组织公安及民兵继续追捕吴炳英。一个半月后，才了解到吴炳英于上一年在大陂头耕过田，追捕小组转向北面大陂头。果然，在山路上遭遇了吴炳英及其姘头赵甲凤。没想到警匪交火，我方失手，吴炳英再次得以逃逸。仅发现其在大陂头库藏有冬菇70多斤、玉米300多斤、稻谷200多斤、蜜糖180多斤，还有不少打猎的野味，由此可见吴炳英活动之宽。

多年以后，军警、民兵再也没有与其直面，只是偶闻线索，追之并无下文，渐渐地吴匪之案便淡出当地人的危念中。

直到1965年1月底，临近过年之时，三岔角瑶民发现吴炳英返回其老屋的行踪。恰在同段时间，由县公安局、武装部重新组织追剿吴匪的行动。获得吴匪现身信息后，武装部的张科长、樟市公安员杨良及瑶山3名民兵，分析断定吴炳英不会长留三岔角，而将窜到就近英德一带。因此，张科长带民兵邵月保往英德横石塘、石古塘，了解吴炳英在此一带偷盗窃食的行踪，以待机行动。

杨良带邵石发、付来成则直奔英德水头洞石门台南山。果然发现吴炳英的出没踪迹，连续追了5日终于在一个晚上潜伏于一山涧看见他挑着竹筒取水，两民兵（杨良返乡取食物）看准一齐开火，只听见吴炳英嚎叫不停，靠近再投掷手榴弹。待天亮时，确认吴炳英已被炸死烧焦，便下山向政府报告。吴炳英匪案正式告破，中华人民共和国成立后广东最后一个土匪被消灭。瑶族优秀民兵邵石发、付来成被县政府授予二等功，杨良公安员及武装部张科长等人员也获得嘉奖。

值得一提的是，吴炳英匪案，虽然已过去了快 60 年，却难掩其个体恶行与危害的深刻影响（甚至不亚于傅桂标）。历史不曾忘却，从中可以看到为了伸张正义和民众安宁，政府不惜成本以最大的决心与精力，终使不法之徒罪有应得。但案后余思，对一个作恶多端的瑶山土匪何以在犯案之时再三宽容，让其逍遥 16 年之久？抛去各种理由甚至猎奇之心，人们应该反省、评估曾经的政策、执法与管理的宽严得失。让茶余的叙述多一点过虑，让残忍的故事不再无感，也让安宁的根系扎入不分厚薄的心田上。

坳顶：迎风送雨的门户 ◇◇◇◇◇◇◇

在罗坑，坳顶或坳顶黄屋村是尽人皆知的地方。这个罗坑村委的一部分，既是地名又是传统村居之所。它背靠水头山与茶岩顶，面向竹子坪与花蕉岩一带峰岭，廊谷间荻野千寻，辐射山南岭北，乃曲江、英德两县交界以及出入交流的缓坡通道之一，也是西京古道上一个山花与烟火相融的山坳。

罗坑"小珠玑巷"

追踪旧史，坳顶之地是元末明初时期，英德县人口流变、增长向四边山乡扩展时，北上翻山越岭进入曲江的"歇脚"山坳。登上这里，前望罗坑一峒并非浪茫之野，

坳顶黄屋村

而是小家碧玉般秀丽，因而引发了众多山外伧夫的钟情向往。自明初至清中后期（少数为民国时期），屡有外峒、外埠人拖家带口，甚至兄弟间连村带屋，经此山坳而纷纷进入罗坑耕作定居。久之，这个曾叫作"田心黄"的跨县山村，被形象地统称为坳顶村。

然而，坳顶不是通常的可作歇息的过站，也不是两地间纯粹的分水岭，而是一处兼具俗常、拥有千余亩可耕种之地的丘陵地带。从地质地貌性状看，这里是类似"夷平面"的山坡小盆地，山地起伏的表层在地壳运动和风雨侵蚀过程中剥离、堆积等夷平作用下，形成山顶或山坡上开阔且平缓的区域。因此，除黄屋村外，历史上先后有李姓、王姓、林姓、叶姓、石姓等人家或小村场开发暂住这一半岭山坳。至今，在庵子塘附近有整齐的石阶古径、耕迹石驳等累处留痕。观其状、察其地、念其源，坳顶可称为罗坑历史上的"小珠玑巷"。

因各种原因，曾经的诸姓都已失散或择迁他地。唯黄屋村能在时光流影下，坚守至今淘炼为这片土地的主人，成为韶关与清远两市之交葱茏的守望者。"独到山下宿，静向月中行。"与罗坑近百个自然村一样，坳顶黄屋村的历史及其甘苦故事，不管是穿越的，还是仍在延续的都值得探源、品味。

奠基山坳，艰辛创业

据黄氏族谱记述与推论，坳顶宗亲一支是清道光年间，同房"四兄弟"在长兄黄启充的带领下，从和平县利源镇石龙头村逐步迁徙而来，先到英德横石塘小水峒村，后至横石塘水头包屋附近相车村，数年后再搬来坳顶。可见，黄家兄弟脱离老家，踏入北途寻找新的家园，并非如初愿一步到位，而是几十年间辗转多处，终于不畏跋涉，在两县交界之处的白水寨坳口立根。

村中老人回忆，这一年是道光初年，族人筹集了 4 000 两银子，立契画押从林屋村的手上买下这块山地，兄弟叔侄从此开砂"落线"、披荆斩棘，成功再造了一个新的故乡。初期，作为异乡"来客"面对陌生环境，一时百业待兴，困难重重。幸有"牵头"哥嫂抖去尘土、挑起营建家园的担子。他们在缓坡平地上引津造田，种下稻麦薯粟，解决主粮果腹基本问题。同时，在侧峭山地上栽植竹木、茶果作物，以传承的手艺方法，制作草木用具和有机副食满足日常之需（如就地利用竹篾编织箩筐、簸箕、有柄竹扫等），还有祠堂、祀仪等生活习俗一脉相传，影响至今。

同时，作为交叉路旁的村邑，坳顶村适时务实低调做人，予乡邻以仁义之善，形成山水相望、和睦共处的氛围。"最好人情饮水甜，对门对户莫生嫌。果然遂得邻家意，我赠马鞍人送田。"正是类似的心境和胸怀，扶助了同堂兄弟拓荒垦利和耕读传家，逐使家安丁旺、和风有望。一代代先人走了过去，粗糙陈旧的记忆却留在山坳里。

抗匪风口，正义守关

尽管期待安常处顺，但在兵荒马乱的年代，县域边缘的坳顶村也难逃严重的兵匪之燹。百年间，民间传述英德"三条狗"乱罗坑之事，首当其冲的当属坳顶村。"三条狗"是指黄细苟、张细苟、谢细苟三名首匪，无不扰乡袭户、作恶多端。

其中，1920年"春荒"期间，张细苟匪帮60多人半夜从英德石灰铺窜入坳顶村，开启了对罗坑10多年的侵蹂。是年5月初，张细苟带匪徒首先在坳顶村抢掠猪牛，村民稍作抵抗便烧去全村房舍，扬言还要洗劫整个罗坑峒。后经无奈的"协商"，罗坑每个村场捐牛一头才算了结。1922年原张细苟部下连长王廷才（英德水头村王屋人，约1891年生）匪帮抢劫坳顶老炉下村，樟树潭乡副团总刘振六带领一批人马前往抵抗驱散，引起了匪徒的仇怨。后来，王廷才见利忘义，杀死了贪婪的上司张细苟。罗坑人一时很兴奋，压在心头的惊恐似已散解，还有人作打油诗："驳壳打来一缕烟，打了细苟好过年。"

然而，没多久，打死张细苟的王廷才另起炉灶，对罗坑进行更严重的侵害，民众的平安之心落空。1926年5月22日，正值罗坑墟日，已升为正团总的刘振六，不顾坐骑的异样表现坚持巡街，却在进入罗坑细坳处（今水库附近），遭王廷才匪帮伏击杀害。同日，王廷才率两三百人进犯坳顶、蚬子塘、榕树下等村。随后，王廷才率匪长驻罗坑3个月之久，相继洗劫了除仙峒、瑶山之外的20多个村庄。可见，厚道的罗坑人遭匪苦久矣。1930年6月，作恶多端的匪首王廷才被其心腹王灶福杀死。可谓冤冤相报，最后暴毙荒野。

为了防范匪虐，保护坳顶村乡亲的生命财产，约1926年秋，全村筹银集资，并出工、出力、出材（也有村外乡绅的捐助），在村西南放柴角建起兼具瞭望、预警、阻击匪患功效的"寨子"（炮楼）。可谓"各居山寨，屯聚自保"。约1930年冬，傅桂标与英德土匪纠葛，曾迁怒发恶、放火烧坳顶村场及该炮楼。后炮楼得以修复加固，对增强村民信

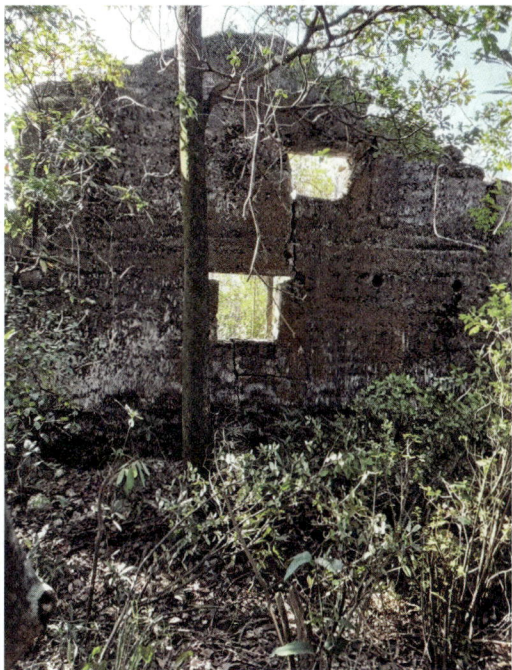

坳顶村老炮楼遗址（曲英交界点）

心、震慑防范匪徒等发挥了应有作用（解放战争时期，曾有游击队暂歇炮楼，村民常挑食物上山）。昔日凌风孤勇，至今残墙犹在。云天下铭记着匪乱岁月的不屈，也见证了和平年代的安然。

风雨中追随革命

　　抛开稍许特定的地理位置，在风雨中迎来送往的坳顶村，更心存正义，在革命洪流中留下了一步步的足迹。

　　清咸丰年间，刚立足坳顶不久的黄屋人，就遇到逾千名"红头军"在村前村后盘绕。见状，村中心智高的"头客"，即吩咐各家各户尽快煮粥、煮薯挑至兵营。这一举动，得到正欲持械进村的兵夫拍肩称道，即收兵敛步没有伤害村中任何事物。村

旁"红头军"磨刀石至今犹在，见证了老一辈罗坑人的机灵与善良。到了1927年大革命时期，有共产党派人到罗坑组织"犁头会"，半坑、峰山、坳顶均有人参加。1945年9月，坳顶村同样有人赶赴樟树潭黄薯岭乌石河边（北江）伏击自滇水而退的日军（村民黄国新在伏击中英勇战死），并将缴获的战利品展于罗坑街市。

解放战争初期，受中共北江特委的指派，杜国彪担任中共曲（江）乳（源）特派员，首先从英德大湾来到洤洸，再由河西特派员肖少麟陪同进入罗坑，开始在曲江恢复地下党组织和重搞武装斗争。到达罗坑的第一站就是坳顶村，后再转至罗坑圩学校及中心坝（罗坑乡一保上杨村等）。继而接收、选派一批青年教师（地下党团员）到罗坑任教。随后，在罗坑创立游击根据地。至1948年夏，坳顶连带上下峰山、上下曾、昂天堂、谢屋、黄土岭等村共有30多人参加武工队或民兵组织，为反蒋抗匪、支援中华人民共和国作出了积极贡献。

由于地处特殊的地理位置，坳顶村还是北江西岸地下交通线的重要交接点，曾经利用迎来送往的坳口，为地下党组织和游击队提供过帮助。这条地下交通线东起翁源大坪，转西往曲南乌石，渡北江至白沙定峒，到罗坑"奖公四峒"，经坳顶出英德洤洸等地。同时，也有从乳源大埔经罗坑仙峒和曲江龙归（连接韶关）、江湾经罗坑奖公村南出英德。

每一条地下交通线都要经过坳顶村，歇脚打听情况后再往返英德、清远、广州等地。交通线主要是护送部分干部、学生和伤病人员等进出翁江和五岭地委活动区域，连带护送有关物资和报刊情报等。

大义捐枪游击队

1948 年初，曲英乳人民义勇大队进驻罗坑开展反"三征"游击斗争。随后，国民党保安总队纠集傅桂标等顽匪多次"进剿"罗坑，游击队被迫转移并遇到了不少困难，尤其是枪支紧缺问题一时难以解决。

当时，站在斗争前面的河西游击队副队长杨宜华，知道岳父黄常富有一支手枪，决计要他捐出来支持游击队。为方便起见，他派熟悉本地情况的何德清等两名游击队员找到黄常富。黄常富开始不明来意，以没枪、没粮为借口推延。杨宜华传话说："家有几两金，群众有杆秤。"便派何德清再次上门催促，何德清照着杨宜华的吩咐对黄常富说："这次你借也得借，不借也要借。否则，我就将阿光仔（黄常富的儿子）绑走。"黄常富心知没有退路了，只好示意妻子李亚英用花头帕将枪包好交给何德清。何德清完成任务后，把枪带到杨宜华手上。

游击队此举，进一步引发了大土匪傅桂标联防队对坳顶村的仇视与侵犯。但村中殷实人家的转变与带头相助，促使游击队打开罗坑的局面，全乡四保有三个成为"白皮红心"的基层组织。黄家大义捐枪支持革命的故事，在罗坑流传至今。

支持英西游击队

1947 年夏，"粤赣边纵队英德突击大队"（大队长陈建中、政委雷鸣）开始在英西北的三隅乡、水头洞一带开展抗征抗暴活动。由于与英德水头村山水相连，坳顶黄屋村经常以亲戚关系，接应由包屋"佬表"引领的英德反"三征"游击队，助力掀起了英西北山区的革命热潮。

1948 年 12 月英德突击大队 100 多人持枪，从乳源大布、曲江罗坑等地辗转至英东根据地。途中，大队人马经坳顶村和英德水头峒人子石等根据地作短暂休整，受到百姓群众的欢迎和热情接待。其中，一彭姓分队长入住黄家三天。随后，彭分队长带数人往曲江白沙加入曲英乳人民义勇大队，在曲江等地参加新的游击工作。

据英德市"扶贫办"搜集的解放战争根据地档案、材料等记载，1949 年 6 月底，国民党英德县政警大队纠合三隅乡联防队 200 多人，从英东直扑而来，突击包围曾屋、人子石和包屋村，妄图一举消灭英德突击大队。由于英德突击大队得到情报，大部分及时撤退到哨峒、下水岗一带隐蔽。同时，留下小部分人员及以"包家叔侄"为主的包屋民兵，如包如亮、包应考、包应成、包石保等 10 余人，利用居高临下的有利地形阻击敌人。双方交战至黄昏，英德突击大队伤敌 3 人后，趁着夜色分头撤退到靠近罗坑的瑶山和坳顶一带。敌方扑空后则将曾屋、人子石和包屋村烧抢一空，留下痕墙荒芜至今。

回忆曾经的历史，坳顶村人至今仍一身自豪与正气。同时，抱憾在"黎明前的黑暗"节骨眼上，未能在村中及时发现制止相因相杀之逆行。1949 年 7 月 3 日，恶霸及政治土匪傅桂标策反、指使村中王灶福、王灶添、黄常山、黄常养 4 名叛徒在坳顶村杀害了李前灵、李功源、廖发奎、李芬芳 4 名地方游击队员（前两者为父子，均被评为革命烈士），血洒岔口，在中华人民共和国成立前夕造成又一波震动。这些犯下恶行之徒，自然受到新政府的惩处，对一直追求正义的坳顶村也带来了失落和深远的影响。

好在历史和民心如澄澈的流水，送走污浊，照见多彩的层林草木。在随后的剿匪、清匪过程中，坳顶村人积极配合新政府和军警勇敢走在前面。抗美援朝时更是响应党中央号召捐粮赠木支援前线，黄常典等青年光荣参加抗美援朝志愿军，在时代洪流中步步紧跟伟大的中国共产党。

山坳上的畅想

新中国成立后，经过土地改革等运动，坳顶村民彻底告别了"兵凶匪乱"的时代，真正安居乐业翻身做主人。1952年底，坳顶村全村有70多户人家，人口260多人，并拥有大片山林土地。蒙共产党之恩得到解放的村民，开始在青山秀水中勤快耕作，挥汗实现心中的美好念想。

可惜，到了1958年"大跃进"时期，"一碗白粥，冷水冲开全家喝"，坳顶村民生活陷入艰难之境。面对新的状况加上交通不便，从1960年开始，全村逆境"开枝散叶"，陆续分为下屋（蚬子塘）及落户樟市流坑旱田黄屋村。秉承开放包容和勤耕乐种的传统家风，几十年间这些迁移户都兴发成当地的中等人村，生动续演敢为人先"他州处处是故乡"的故事。到改革开放前，坳顶村拥有粮田360多亩，山地7 000余亩，所产粮食（稻谷为主）约30%上交公粮，另承担部分余粮任务，全村人披星戴月、肩挑背负、翻山越岭而毫无怨言。

直至1983年农业体制改革后，实行家庭联产承包责任制同时免去生猪及"三超粮"的上缴任务，再至2006年起全国统一免除了农业税等负担。现在全村人口已达410多人，少长康寿、人才辈出。虽因"开枝散叶"，村残人稀，但站在老祠堂口放眼前方，云山叠起、晨光送喜，田畦炊烟处处秀美，成为罗坑一峒村居的缩影。

坳顶茶园

近几年，随着生态建设发展和乡村农旅的兴起，一度稀落、荒芜的村庄逐步热闹起来，村民种柑、种茶、养鱼、养鸡等家庭式种养层出不穷，外地游客也不断增多。村旁古道已演变为跨县公路，成为纵深领略自然风光的走廊。还有本村乡贤和"日行一善"者，在上坳的险要坡段拓宽路面，缓解上下山车辆择处避让问题，并捐资、捐劳在坡路一旁竖起了太阳能灯。至于政府以"河长制""路长制"方式，更新、维护乡道的投资更是民生的重头戏，上下配合自然成就更大。

站在历史与地理的山坳上，回望一村一乡，数百年走过的曲折路子，乡民无不认为当今是农民最自由、最自主、最充裕的时代。扪心不愧，立识成勉。有村民殷切建议，应该在山口处建一方"四至归合"的"坳门"，匹配适当的耕旅设施（或要素），以寓"峒观之洞"，铭记这百年始兴的善美时光。

有许多村庄类似坳顶村，虽地处偏远，但山地资源和生态环境都很好，稍加整合优化就能激活连片生机，找到绿水青山就是金山银山的两山钥匙。期望基层干部在生产引导、山界纠纷、村民教育等方面深入实际担当作为，在推进乡村振兴和"百县千镇万村高质量发展工程"上，把握机遇探索出有山乡特色的可持续新路。

古老瑶寨新寄望 〰〰〰〰〰

一直想重访粤北罗坑瑶族山寨——棉地（大坑坪）。

今年 4 月上旬，小雨后的一天，笔者与省派驻村工作队及罗坑自然保护区同志在瑶族村委书记引导下，一起前往这个久念的古老瑶寨。

云天荫庇的古山寨

车子从北江西畔驰出继续往西，曲南驰名的万亩粮田次第进入眼帘。"谷雨前莳完田"，辛勤的粮农正在展开插秧冲刺。不一会，小车进入弯曲山路，在樟市与罗坑两个乡镇交界处西侧，90 度左转越过一座约 30 米的水泥拱桥。然后，小心加油两三个爬坡转弯，车子侧身穿过龙岭古村。不一会，在山麓连绵间进入开阔的山冲，一条布满

猴寨瀑布

了大小各异、灰白干净河石的山溪迎面而来，一簇簇枝叶低垂而树干挺拔的松树、枫树等守护在深涧两旁，平静地目送水流在乱石间顺着缝隙奔向低处。百米外稀疏可见一些高矮不一的房子，偶然有人倾身走在道路相连的山坡上。这里，就是革命老区曲江罗坑瑶族村委棉地（大坑坪）山寨。

我们停车溪头北岸，依山坡而上。放眼望去，可见两个山寨范围并不大，实际上紧挨一起难以分隔，人居生活圈约在一公里之间。接待我们的 70 岁老支书赵全胜介绍，四周的山岭叫武英山，山腰溪涧上的山寨由赵、邵两姓组成，他所在赵姓人家较多。现在的两个山寨，主要是中华人民共和国成立初期在政府引导下，从山后三四里外"黄坭坳""榕树角""猴寨"等零散山寨汇迁而成的。在罗坑近 10 个传统瑶家山寨中，这片瑶山曾称为罗坑"下瑶山"，距离"峒下"最近，"汉化"程度最高，与汉族人来往最密切，自然环境和生活条件也比较好。

如果从上述老瑶址算起，加上西南面山麓的花蕉岩，这里是罗坑（包括邻镇樟市芦溪等）瑶族人开发、居住最早的古山寨，宋末元初祖上从湖南"千家峒"到乳源逐步衍迁至此。在我们当天攀爬的山顶、山坳的丛林中依稀可见残存的屋址，甚至在石缝中可找到百年前的瓷碗、油罐、石磨等日用用具。千百年来，瑶族先民刀耕火种，依山而居，主要以采、栽冬菇、木耳、茶叶和打猎为生，兼种苞粟、野芋头等杂粮，过着近乎隔世的半耕半猎生活。中华人民共和国成立后，人口很快增长至100多人，出过大学生和国家干部，也有人当兵参加过"对越自卫反击战"，并立功。"可惜，后来不少房子破败了。多数后生外出打工、读书，人口也少了许多。"面对近处淡淡炊烟，老支书喃喃自语。

停了一会儿，话题转到生态保护时，老支书指着前方约200米外一处山梁说："那里就有两棵大树，躲过了几次砍伐和雷击。大树下面还有个庙呢。60多年前烟火挺好，瑶汉外出的人都常去点香，也是老游击队经常出入的一个据点。1958年夏，温姓和尚去世后，小庙慢慢破落坍塌了。"至今，数百年留下的两棵参天大树，依然昂扬挺秀。出于好奇，我们鼓动并跟随老瑶民走下一段坡地，越过小片杂草掩盖的田地后，再从山脚爬上山梁，不一会就在缓坡地靠近大树。果然，两树华盖葱茏庇荫着两三百平方米的山地。其中一棵是铁力木科"粤北赤梨木"，估摸有500多年树龄，胸径80～90厘米，树高20多米，除树头部位有些腐蚀空洞外，依然生机勃勃迎风接雨，称得上"树中一景"，也是自然保护区挂牌保护的珍贵古树。春风习习，云烟朦胧。站在大树下举目张望对面山寨，房舍顺势而建清新有致，与变化多样的山坡相映成趣。尤其是从南面山顶缓缓穿过山寨的溪水，转了几个山弯后注入罗坑水库，投眼看去如绿龙缓缓入水。同行的保护区小刘介绍说，这里生态环境很好，远古时期遗留的种子植物苏铁和桫椤就生长、分布在这一带，成为人们精心保护、欣赏的标志性绿色珍品。

中午时分，一阵山风卷走地下落叶，我们正担心雨水降临，天空却神奇地露出了阳光。云天皓皓，压抑的山野瞬时响起鸟鸣声。

交谈中，瑶族村委支书邵秀红提道："山寨距离罗坑水库不足 10 里，前两年经村委争取，环湖古道已接通了山寨的出路，出入更加方便。"尽管山寨的人数不多，短时内也难留住人才，但作为一个"闭环系统"，就像碧波湖畔上的一颗小明珠，在袅袅烟霞中等待远方的消息。环顾四周，云天荫庇，绿色葱郁。留守的人们以及曾经长驻山林的瑶家人，以世代的真诚静静作伴厮守，成为与大自然最亲近的连接者，他们就是手获门匙的"山神"，诚然也是享受绿野云天的感恩者。也许生活习俗和接受新事物的方式有所不同，但正是他们的坚守与存在，保护生态才更有"底气"和"底色"。

不曾远去的硝烟

观瞻山水，彩云飘逸清远。绿色以外的"红色"，是棉地（大坑坪）这个古山寨的一大亮点。我们翻山越岭的目的，就是想在绿水青山中实地参观、追忆解放战争时期中共曲江武装力量，重温先辈为后人、为中华人民共和国舍生忘死的故事，为乡村振兴和民族团结进步寻找传承动力。

曲英乳人民义勇大队驻扎地遗址石碑

话题回到我们驾车刚到山寨溪旁，仄角处这块静静的黑底红星石碑，钩沉了 75 年前的两段史忆。

1948 年春，这片潮湿透迤的山岭成了曲英乳人民义勇大队主力的"避难地"。是年初，国民党蒋介石眼看战事节节败退，便萌生把作战后方放在岭南广东、广西的主意。随后，他把一部分中央军调防韶关，对中共五岭地委、翁江地委及其武装力量实施围剿。同时，对北江游击队活动的地方进行大面积"清乡"进剿，以熄灭共产党点燃的革命火种。在多次遭受曲江县保安总队和罗坑联防队（傅桂标匪帮）进剿的情况下，1948年1月底，上任不久的伪县长杨寿松率领1 000名军警再次联合围剿罗坑，给偏僻的山乡造成巨大损失。由于敌强我弱，四面受敌，根据本地游击队员杨宜华、何德清、赵献才等掌握的情况，在大队长何远赤、政委陈克带领下，曲英乳人民义勇大队主力从罗坑岭北奖公四峒等地及时转移到岭南瑶山棉地—猴寨—花蕉岩一带，时间达3个月之久。

因为这里地理、地形特殊，绵延山麓成为曲江、英德、乳源三县交会的边区（曲英乳人民义勇大队故名），游击大队可进、可退、可守。但时值春雨季节"春荒"严重，瑶山地区耕作困难素来粮食短缺，加上国民党军和联防队的封锁盘查，三个中队40多名游击队员被困山中，吃住成了最大的问题。"住山洞钻石缝，生柴暗火米袋空。"在连绵山雨、四处潮湿的丛林中，只能靠拔野菜、挖苦笋、捉山坑鱼等糊口抵饥，指战员以坚定信念和革命气节，忆苦思甜、相互鼓励，共渡难关。此情此景令人联想到陈毅元帅在粤赣边区三年游击战中留下的难忘诗词："天将午，饥肠响如鼓，粮食封锁已三月，囊中存米清可数。野菜和水煮……叹缺粮，三月肉不尝。夏吃杨梅冬剥笋，猎取野猪遍山忙。捉蛇二更长……靠人民，支援永不忘。他是重生亲父母，我是斗争好儿郎。革命强中强。"

在艰难日子里，曲英乳人民义勇大队的指战员同样与瑶族同胞结下深厚情谊。据老游击队员杨龙、李学文、文丹等回忆：当时瑶胞"同年哥"赵松眼看游击队断粮，心里格外焦急，便自告奋勇欲下山到樟市街或英德水头村买粮接济。考虑到敌人正严密封锁各路口，青壮年出入 30 多里路很容易被发现截捕。因此，游击队领导不同意此行。赵松心急了：如果我不适合，那就叫我儿子亚柱去吧。亚柱是赵松独生子，当年 12 岁，个子不高却很结实机灵。游击队领导感受到赵松父子的诚意与信心，便同意亚柱到樟市街买粮，并叮嘱他路上小心行事，务必安全往返。

第二天，亚柱在父亲帮助下，天蒙蒙亮就收拾背褡独自下山。一路上他机警潜行，遇到盘查的敌人或陌生人便绕道掩影而去。到中午，在街铺买了大米后，便悄悄远离趁墟人群，躲在黄姓"同年爷"家里。待天黑后，他才动身背上珍贵粮食，从后门蹚过樟市河悄悄上山。他一路兴奋欢快，回到寨子时已是半夜。游击队领导见小小的亚柱，往返崎岖山路安全背回 30 斤大米，十分激动，满腔的愁绪像风一样散去，心里的石头也终于落了下来。正是危难之际，质朴的瑶胞冒死支持游击队，一起守住风雨泥泞的家园。

君兰之交，山川永存，故人安在？

草木生辉的岁月

刚刚度过难忘的瑶山岁月，一年后曲英乳人民义勇大队又在"迳口—枫树坪"一带打了场伏击战。至今，当地人仍为这场"敌我双方难分难解"的悲壮战事感慨悲歌。此战的战前出发、战后集结（扶伤），再次与瑶山棉地（大坑坪）休戚相关。无疑，也是我们这次涉红"溯源"的重要话题。具体包括三个内容：

一是"迳口—枫树坪"阻击战中，游击队布兵开战的具体位置和交战核心点在哪里。1949 年初，曲英乳人民义勇大队指战员利用春节期间，从河西根据地来到与罗坑交界的樟市龙岭山村开展宣传工作。寒冷霜冻中的大年初四，曲英乳人民义勇大队突然收到山外民兵搜集的情报：国军39军187师一个连（实际是一个营）兵力已汇集乌石，第二天将与附近联防队一起"进剿"罗坑游击队。获悉情报后，曲英乳人民义勇大队立即研究部署迎战方案。于次日早餐后，迅速从龙岭、棉地方向出发，设伏于罗坑枫树头东南侧曹斗坑口，以"关门打狗"的战法伏击来犯之敌。此战战况激烈，曲英乳人民义勇大队和当地民兵70多人英勇奋战，粉碎了国军"进剿"罗坑、血溅老区的阴谋。因参加此战的罗坑、樟市本地人员较多（约30人），民众口口相传，在当地影响很大。中华人民共和国成立以后，时有文史资料和当事人回忆提及此战，大体事实清楚、战迹可证。但详细地点、战况细节多有不明之处。尤其是当年参战的老民兵、老游击队员陆续离世，留下的疑问只能寄望曾经接触（聆听）而熟悉当地情况的当地人，老支书就是其中之一。

二是掩护主力撤退的"四战士牺牲点"到底在哪里。前面提到，曲英乳人民义勇大队在大队长何远赤和政委陈克带领下，分别在罗坑河畔西侧的龙岭曹斗坑口和石灰坑两处设伏痛击蒋匪军队，展示了游击队和当地民兵的大无畏精神。但由于情报有误，游击队一时难敌数倍于己之犯。在不断遭受伤亡，并考虑到阻击匪军"进剿"罗坑的目的已经达到，陈克果断指示年轻的党员战士张志明，带领华昌、陈志雄、文北华3人殿后压敌，掩护部队大部撤至棉地（大坑坪）集合。由于掩护小组来不及撤退，遭到东西两侧匪军的合围，四战士退到一条山坑里顽强抵抗，匪军无法靠近，只好放火燃烧并集中投射枪弹，最后四战士全部壮烈牺牲。"四战士牺牲点"到底在哪里？这一次，也由老支书现场转述当年参战的老战士杨龙、杨维等的指认，与曹斗坑口一山之隔的罗坑河枫树头段"猫公石"南侧一处坑濑，就是四战士壮烈牺牲的确切地点。如今烈士血洒之地翠竹葱茏，安然秀美。想当年，匪军将战士头颅置于街市展出，惨不忍睹。新中国成立后，牺牲的战士已被政府评为革命烈士，入碑入册昭彰大地。

三是游击队撤退至棉地（大坑坪）后，首先在哪里集合（或到了哪一户瑶家），部队休整的细节以及怎样争取瑶胞支持，使瑶胞从惊恐、应付到公开相处相帮，这些瑶胞后代现在怎么样。类似情况，令人好奇与猜想。曾有些资料述及或提及，但依然是"书到用时方恨少"。作为乡土正史非一家之言，以免以偏概全，当惜时悭幸用心以究。虽然时间已过70多年，但凭执着的热忱和史志资料，笔者接触及访问过一些知情乡亲。直至今天和老支书躬身现场，疑问一个一个地解决，不断走近"不忘来时路"的史实，也不断地深化老区百姓之间的情感认知。

瑶乡新貌

这里是罗坑老区不可或缺的"红色瑶寨"。勤劳本分的瑶族同胞数百年来偏居一角与山水云雾相融，在战争年代不顾安危追求革命，奉献良多。今天，我们来到这里仰望山川，抚今追昔，硝烟未远，感慨天地安生之不易。

"多彩瑶山"的寄望

山涧旁驻足，思绪随山水"咚咚咚"流动。翻开不曾远去的岁月，瑶胞说，近百年来共产党给了这个小山寨两次翻身、发展的机会。

第一次是解放战争时期，共产党游击队（曲英乳人民义勇大队）来到棉地—猴寨—花蕉岩一带，融入三县交界的莽莽大山，与瑶胞称兄道弟、撑腰说话，也带来了外面的风气。赵献才、赵观成、赵新发和赵松父子等一批瑶胞加入游击队伍或民兵组织，共同抗敌剿匪，在瑶山丛林里迎来中华人民共和国的曙光。

第二次是改革开放，在当地政府带动下小小山寨通了简易公路，并就近私营水电站架起了电线，瑶山家庭生活开始有了现代化信息。近年来，又与山下汉族一起脱贫致富，开始进入生态示范、乡村振兴新阶段。犹如微型缩影，小小的棉地（大坑坪）始终与时代同行，不吃"老本"步步向前。

如今山门打开，是否迎来了第三次机遇？围绕这个主题，大家在考察中进行了交流。老支书及村代表感慨，人口凋稀的好山好水不是理想状态。而要把人留住，则需解决生存与发展的基本问题。眼下瑶民虽处深山，但很多人不知道"缺山少地"却是瑶山发展一大矛盾，情况依然严重，仅有的山林、土地又一直处于悬而未决的纠纷中，给新老瑶民造成巨大的心理压力，甚至创伤。

加上这里的山寨身处自治区外的汉区，瑶民是典型的边缘化"散瑶"，难以享受建制性、体制性的民族自治政策，他们常常自嘲是"被遗忘在山旮旯的人"。当年瑶民冒死为游击队掩护、救伤留下的情义和美好回忆，总被复杂的现实冲淡甚至被情愫反噬。如何看待、正视这类小众的"山民问题"，从历史与现实、顶层设计与基层统筹的经纬，处理好生存、生活拓延与自然生态保护等矛盾，具有特定性及紧迫性。只有解决出路问题，真正给予迷惘者希望，才能激发和引导瑶民把握机遇，在生态文明引领下建设"绿美家园"。

隔天晚上，笔者约上瑶山三代支书，加县里驻村工作队负责人座谈，见面就直接谈瑶寨发展的设想与瓶颈问题。交谈中感觉大家对山里情况都很了解，都很想通过为当地"立项"办事体现工作价值。但对"资金""用地"两大问题的认识不统一，甚至有畏难情绪。矛盾往往是发展驱动力。我们不指望什么问题都一揽子解决，也不依赖"等靠要"任务式解决问题，而应该像当年游击队那样，以高昂之志面对困难，在全省"百县千镇万村高质量发展工程"建设中，立足现有资源条件，先易后难、多方式打开局面。现场真情互动，思路良多，最终达成"在没有大的规划与投入之前"，立足自有条件为老区瑶寨建言献策的共识。

一是把握红色"氛围"良机。尽快确定涉红遗址、场地、实物以及相关图片、资料等，配备热心"懂行"的讲解员。多方支持建立和装修简易、有效的展览室，突出纪念性、景观性，尽量兼具瑶山瑶族人文特色（如瑶族乡史馆），保证正常运作和日后维护更新。构筑有特色的景观，做到有故事有内涵，让旅客受到启发，且能舒适观瞻。同时，设立必要的停车场、歇息处、卫生间等场地与设施，以方便旅客、留住旅客。

二是建立生态观光茶园。茶叶是瑶山传统特产，应坚持在原有基础上结合标准化改造家庭老茶园，包括品种改造、旱涝处理以及茶田套种黄豆、瓜果等增收作物。四季观光茶园是山村延伸茶业链条，增加瑶胞收入的现成好路子。可邀请有关部门专家指点，重点解决"小而美"景观茶园规划与差异化问题，吸引和留住山外来客。将来还可纳入岭南国家公园物产保护名录，成为分享保护的珍贵特产。

三是适度建立特色山寨民宿。在保证生态安全和投资风险可控前提下，争取有关部门对必要用地和旧房改造的支持，以弥补当地农旅、茶旅、红旅的食宿之短缺。待打开门路，凝聚人气后再行完善，形成可持久的交会平台，甚至成为瑶医瑶学、美术设计等人文热地。尽管在小山寨开展文旅困难不少，收入也不会太高，但这是自身可以主导的"营生"。可以说，牢牢立足绿色资源条件是山寨人的保障与底气。

小小的夜场，联结灯外漫山遍野。一夜深谈，却无睡意，思绪像山中清泉，每个人的心里都充满信心。"这三点都是相通的，也是'红色故土，多彩瑶山'操作性方案。""明天，我就向镇领导和有关部门汇报，争取理解尽快落实。"新支书抬起有神的双眼说。"好，很有启发。我也到村里去发动，一定配合大家。"老支书呼应着站了起来。

行动是内心挚爱的体现。

"遍地英雄下夕烟。"不管什么背景和际遇，每一代人有每一代人的责任。"不要吃老本，要再立新功。"青山作证，只有行动才能无愧山川与先烈，只有挚爱才会让山水柔情代代流传。

奖公四峒：北江西畔革命老区

奖公四峒，是广东韶关曲江罗坑重要国土空间区域，包括仙塘北面山麓中自西向东深藏的奖公、西牛塘、下峒、下坪四个自然村。由于地处罗坑盆地之上且位于相对封闭的同一山脉，又以人口较多、经济条件较好的奖公村为首，故当地人习惯将它们统称为"奖公四峒"。

1993 年 5 月经韶关市人民政府审定，奖公四峒四个自然村全部划为"解放战争游击根据地"。在时代的变迁下，乡民纷纷走出大山，古朴的山村却仍在凋零中坚守，不断地把曾经的岁月嵌入仁义中。

因行政区划调整，1965 年下坪村划入樟市区迳口乡。几十年间，其余三个村也历经变化，至今为罗坑镇仙塘村委所辖。为方便渊源陈说，文中仍将下坪村纳入同题叙述。

坦夷秀美的毗连山村

奖公四峒地处罗坑、龙归、樟市、白沙（白土）四镇山陵交汇处，坐西向东，眺望北江。总面积约 10 万亩（约为罗坑山地面积的三分之一），其中山地占 90% 以上。罗坑本来就是曲江有名的偏远山区，奖公四峒更是深居山麓的乡村，有的远离罗坑街 40 余里，近的也有 10 余里，可称为"山中之山"，俨然与世隔绝。相对于山下的罗坑"盆地"，连绵的奖公四峒自四周山裙隆起至海拔 600 多米时，即形成自然起伏的夷平面，在方圆近 100 平方千米的山陵上，没有深奥的山谷，也没有突兀的高山，云山坡缓，一派典型的南岭自然风光。

奖公四峒，峒峒相连，峒中溪流纵横，林木茂盛，连绵坡地有利于农耕、垦植（除部分山崖陡地），拥有可供一定人口生息的各种物产。峒内还蕴藏丰富的铅锌、稀土和花岗岩等矿产。因此，在革命战争时期，曲江农会、地下党和游击队都曾在这一带活动，

奖公村旁的天然古石栏河堤

留下了宣传推动百姓山民支持革命以及筹粮征员、备枪抗敌的红色遗迹和不灭的精神财富。尽管岁月如烟、山陵不语，胸怀宽敞的山乡依然得到曾在罗坑工作的老游击、老干部、老知青等山外同志的惦念与期许。曾经的奖公四峒，几乎是罗坑山区的代名词。

由于喜爱山林的关系，笔者曾慕名到访过奖公村，对奖公村旁的天然古石栏河堤这一带有所了解和思考。但对相邻、同样是革命老区村的西牛塘、下峒、下坪三地（峒）一直未临亲访。2023年一个夏日，在罗坑自然保护区负责人陪同下，终于对奖公四峒进行了一次"红与绿的览读"。虽似走马观花，但心心念念贴近生态与乡土人文的现场，亲身感受到在大自然怀抱下不同时代的画

214

笔留下的多彩印记。尤其对山林深处的红色故事及村居衍变不息，至今仍在萦绕回味。

西牛塘村：剿灭曲江首匪的起发地

这天上午，我们乘车离开镇街后，经保护区社区入口的峡背村一侧，直往此次采风的首站西牛塘。西牛塘是一个传统的农耕小山村（村民以赖姓为主），处于罗坑仙塘村委北面、罗坑自然保护区实验区范围。从峡背村一路向北，车子行驶在峡谷般的林间道上，偶然发现溪流边的白鹇、竹鸡等山鸟赶在汽车前面，"扑呼"着越过溪流，消失在密林中。

半小时后，前方豁然开朗，两处泥砖瓦房透过菖蒲丛展现在眼前，西牛塘村到了。这时，恰见陈旧的村屋下两位七八十岁孤寡兄弟也在看着来人。我们打完招呼后，他俩精神恬淡，乐于交流，便从村中旧故转询过去打游击、剿土匪的故事。显然，兄弟两人中，一个摇头表示不清楚。另一个看似年纪大一点接上话题，却先把曾到西牛塘开会、斗地主的游击队都称作"红军"，后把在罗坑热传几十年的"红军"追土匪、捉傅桂标的故事断断续续说了一遍。尽管我们鼓励他慢慢讲述，瘦小的老人也很尽力，但零碎的重复已无法还原当年事实，更难从中听到或追索到更深的史迹。好在地方党史资料有提到，我们也掌握了西牛塘村的核心故事，这次直接在故事源头提起往事，自然有一种时光倒流、事件正在发生的感触。

1951 年初，罗坑土改和剿匪工作进入高潮，但追捕匪首傅桂标的行动一度陷入低点。因为上级有尽快剿匪的要求，北江军分区一主力营进驻罗坑捣毁了几股匪徒后，虽发动民兵、群众展开

西牛塘老村场一角

拉网式追踪，但傅桂标一伙的下落一直不明。正在剿匪指战员愁眉紧锁之时，4月28日深夜，西牛塘村民赖神苟冒着细雨摸黑翻过村后山梁，急匆匆赶到奖公村找到驻地侦察排张排长，报告了当晚傅桂标一伙窜到他家强令他"下米煮食"，并遭挥枪训斥的最新情报。

"匪情就是命令。"张排长一边握着赖神苟的手，夸赞和感谢他的及时报告，一边派员上报匪情，并率领战士们抄小路紧急追踪傅桂标。经验丰富的侦察战士按照赖神苟指引的路径，很快就在西牛塘北向通往续源、龙归的湿地上，发现傅桂标跛着脚、撑着带铁尖的拐杖留下的路痕。在第二天天亮前，侦察战士追踪至邻区龙归罗厂村石背庙山洞旁，土匪的枪声果然自露了"狐狸"尾巴。随后，曲江县县长黄桐华和北江军分区司令员邬强等赶到现场指挥。千人军民围困6天后，饥不可耐的傅桂标及20名心腹，全部出洞投降接受正法。

216

赖神苟关键时刻见义勇为，报匪有功，受到驻地部队、当地政府和广大民众的鼓励和赞誉，他本人也为自己的勇行感到自豪和光荣。多年后，赖神苟儿子光荣加入人民解放军队伍，在部队锻炼成长并作出应有贡献，至今赖家儿孙满堂。此外，在解放战争时期，村民赖炳辉、赖田苟、赖温苟等先后筹枪四支供于游击队，西牛塘也因曾经的故事，成为授匾的革命老区村。

如今，村前抬头四望，一时未见炊烟人影。破弃的村屋，已然告知这里几成"空心村"。但西牛塘还在，山披绿染，田畴掩映，飞鸟随天。也许，这里的村民在外发枝繁衍，换了另一种生活方式，根须依然扎实故地。

下峒村：游击队员冲天抗敌

告别守村老人后，我们从西牛塘出发，汽车沿着山间泥路，摇晃着向东北方驶去。正值午后 1 时多，太阳开始偏向，汽车几经辗转爬上坡顶，沿着盘旋山路转过一处弯口，豁然见到一个开

下峒村远眺

阳之地，这里正是下峒村。

据出发前了解，下峒村同属仙塘村委，乃当地廖、温、王、肖、陆等姓氏族人共栖地。下峒村倚山而聚，居源溯久，各氏历流，200多人的自然村至今未建村中厅门、祠堂，实属少见。

这种情形，诚然与"一村诸姓"难于统见有关。若然深询，坦怀之外显有辛酸之味。难得的是"各姓兄弟"，在风雨中"抱团"前行相安殊俗。这何曾不是我们每个人自照心灵的一面镜子？它折射出各个家庭与民众为追求安身以及美好生活的"天演之道"（与"过山瑶"、客家人迁徙本质相同），实为考察特定传统村居不应缺少的例子。

为避免打扰村屋主人，我们没有走入村场，而是放慢脚步在村东一侧浏览。只见村前一片不规则水塘，春秋荡漾，水禽如鸯。然而环顾四周，生态朴美之下，仅从村容村貌看，下峒村许多泥砖房已破败不虞，不仅"门祠不振"、井灶各向，而且整个老区村也无奈脚步姗姗。

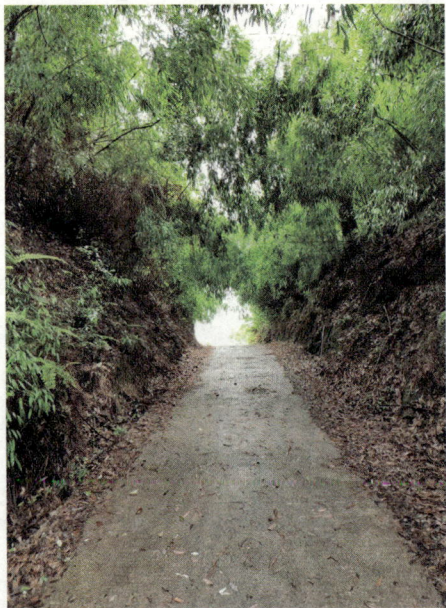

下峒园树凹（分水坳）

回到访村主题，不能忘了下峒村曾经的遭遇与故事。解放战争时期，国民党反动派看大事不妙，便在广东等"白区"强制推行"乡保联防"政策，以"围剿"共产党及游击队，以图广东成为"蒋家王朝"的大后方。这一株连政策，也使深山一侧的下峒村连起波澜。1948年春插秧时节，曲英乳人民义勇大队驻扎、来往下峒村，因突遭国民党军和联防队联合"进剿"，被迫转入曲江与英德交界的瑶山一带。在转移过程中，本村游击队员温福为护送物资和掩护外地游击队员，在村东遭遇反动军警追击而牺牲。后来其妻子陈来娣也深受侵扰株连，被迫带女流落、远嫁他乡，温家烟火消失（中华人民共和国成立后，何远赤、杨龙、杨有等老游击队员曾为温福妻女抚恤申请具名作证）。

同一时段，一游击队员古顿（唐慎典，炊事长），因"打摆子"（伤寒病）滞留于村中肖定金（烈士）家中养病。不久，被反动保甲长以防"株连"为借口告密，而遭罗坑、白沙联防队围捕。这一天天刚蒙蒙亮，敌人就把古顿包围在肖家屋内。古顿见状开枪驱散敌人后，强撑着身体跃上土楼，轻轻揭开瓦顶刚伸出身子又遭敌人围合。由于缺少枪弹，在相持一阵之后，他干脆站在屋顶上持鸟铳抗敌，直至枪托挥击断裂被捕。第二年，眼看就要解放了，古顿和难友们与狱方的斗争越加激烈。最后，因越狱遭敌人枪杀，古顿英勇牺牲于韶关芙蓉监狱，青壮热血驱光化寒。

下峒村为新中国成立甘洒热血，英烈事迹光照史册。

新中国成立前夕，下峒村、西牛塘村配合游击队实施"反三征"与"打大户"，全村断租和抗缴粮食5 000余斤，坚决保护群众利益的事迹同样感人。在罗坑剿匪高潮时期，下峒村响应新政府号召，把深山村居变成剿匪第一线。在追捕匪首傅桂标、顽匪吴炳英的过程中作出莫大贡献，村民不分日夜提供物资、担任向导、护送伤员等。在抗美援朝之际，下峒村村民同样以匹夫之责，捐资献物，积极报名参加抗美援朝，保家卫国，始终在罗坑红色版图上闪烁亮光。

一揭山隅，平凡中一窥乡情缩影，也是探索未来的一个窗口。

下坪村：游击走廊兵戈交错

下坪村旧村场

从下峒出发，沿着溪边东北向续路半个多小时，过午赶到下坪村时，众人已汗透待歇。深山腹地，望无人烟。趁热心的廖保桥村长赶厨助食之际，笔者便悄悄了解下坪村的村故。

下坪村为廖氏宗亲一姓村居。据传清初祖从翁源县逐迁曲江，先启罗坑榕树下为选，后因匪乱及耕作困难，于清中后期循山迁至斯地，并与前山"上坪"对应，自称"下坪"。村居深山，远离罗坑治所40余里，但山林田地广阔（至今仍拥有3万余亩山地，250多亩耕地）。四周山峦有序，山貌随缓自西向东，而且水源丰富便利，易于耕作生息。可谓井灶、砂水开合堪宜，尤以丁财为兴。随着资源环境的改善，下坪村人口繁衍很快，一度发展到30多户，近200人口，这在深山村屋中实为难得，先民眼识与勇毅可见一斑。

20世纪60年代行政区域调整，下坪村从罗坑新塘划为樟市径口管辖。改革开放后和全国农村管理体制改革后，山外形势不断变化，社会经济快速发展，难免会对交通闭塞的下坪村造成冲击和分化。从1990年起，陆续有村民投亲靠友，自发迁居至樟市、马坝、龙归等地生活，下坪村一度破落凋零。30多年过去了，迁者勤谦顺敛，初感安和尚悦。后因谋生不易，尤遇征地、开发等涉利之时多有难解之困，甚至不顾诉讼聚众相殴，令人唏嘘。村

峒·观
罗坑红色翡翠

下坪村旧村场及1948年春夏间，粤赣湘边解放总队黄康大队与
曲英乳人民义勇大队驻扎示意图

殇留痕，短期之迁尚需时年磨合。因此，越来越多的人欲返山村，并盼望政府体恤民忧，设法帮助老区村民，逐步解决通路、通信、通电等基础问题。

说到下坪村老区红色故事，一如其他三峒之式。在抗战后期和解放战争时期，作为地下党组织和河西游击队活动与回旋之地，下坪村老一辈人同样以内心评判和仁义之举，接纳来自山外的朝气与新的思想，成为邻乡白沙龙皇峒范家祥和罗坑中心坝杨宜华（均为地下党员）等的歇身处。1948年10月，曲英乳人民义勇大队政委陈克来到下坪村，亲自发动贫困农民进行"二五减租减息"的试点，并宣传鼓动青年村民带头参加活动。村中廖关松、廖清松、廖茂松、廖永发等兄弟7人，就有5人参加农会及民兵组织。邻村的廖韶，13岁就跟随游击队参加革命（一直在乡镇工作到离休）。据他回忆，下坪村稍识文墨的廖新昌，与他一起紧跟范家祥、杨宜华走乡串户，从民兵锻炼成为出生入死的游击队员（中华人民共和国成立后，廖新昌供职于樟市供销社、曲江县糖专公司等单位，直至离退休安享晚年），带动一批青壮者顺从时代潮流，锻炼成民兵、农会会员等，在做向导、传情报和捐粮、捐资以及抗匪防匪上作出贡献，使偏居一隅的山村洋溢出阳刚正气。同样，因为支持、掩护地下游击队，下坪村蒙受巨大损失。仅1947年底至1949年春，就先后遭国民党曲江县警政和保安、联防队员的多次搜捕、烧劫，至今痕迹尤在。

如果考量下坪村地理位置，会惊讶地发现它正居于白沙、樟市、罗坑、龙归交汇点，恰巧几乎与四地等边相距。而且，东西南北山冲（山坳）都有山路通往四乡：

东路：寨子头—南木坑埂—岭头顶—白沙白石峒—定峒；

东北路：背陂坑—彬树坳—分水坳—白沙乌石峒—白沙街（北江）；

西北：中间埂—穿风坳—长埂—续源—旗石—龙归街；

西路：庙下崆—芒杆窝—九渡水口—下山—奖公村或峡背村；

东南：半径子—观莲—杨梅崇—石坪—径口—转罗坑或樟树潭。

五路如网，一穴拢布。荒年伐乱的年代，下坪村难免红黑交错，既是游击队来往走廊，又是国民党军警和保安、联防队员"进剿"、围堵游击队的据点。虽然年久残蚀，在村的东北侧山岗上，昔日战壕、哨位的痕迹仍依稀可辨，枪眼俯视前后两个老村场（200～250米直线距离）。据廖村长转其爷辈言，哨位为监控廖屋两村及围堵游击队之用。尽管敌方驻点严查，从1947年冬至1949年秋，时有游击队与民兵出入，声东击西扰敌不已。敌方无奈便迁怒、报复村民，令村民昼夜担惊受怕。1948年清明节前后，白沙、龙归联防队在敌军警配合下再次搜家突袭。枪响水寮背，几十个乡民弃户四散，虽避人员伤亡，而家中猪、牛尽失。

岁月如烟，旧村场的故事也正慢慢淡去。中华人民共和国成立前后，这一带山林因匪被毁，到二十世纪六七十年代才恢复繁盛。至今，满山披绿，秋蝉鸣空，一片天地安宁。

对于今后山村之路怎样走？廖村长说，祖上的艰辛与荫福不能忘，红色的革命精神要一代代传下去。我们还不富，但也不会太穷。因为有万亩林地和生态资源，这个家底就是我们的希望，自然要倍加珍惜爱护。期待政府和有关部门在建设绿美山村上，多鼓励和指路引导，并在基础设施上给予关心与支持，老区群众将一如既往把家园守好、建设好。

奖公村：百年光影"四峒"之杰

近晚，从下坪村经庙下崆、九肚水，我们赶回奖公村。沿途路缓山宁，溪水清澈，树木苍劲有力。这一带山林保存完好，得益于林业部门长期的封山育林。尤其是九肚水至奖公村约4里路程，路的北面是奖公河，流出续源往武江龙归方向。另一

九度水水源头

封山育林碑

面是山体，主要以花岗岩为主，植被表层为红壤土，土质尤好，树木枝繁叶茂。

据保护区人员介绍，为跟踪保护野生动物实时情况，这一带布置了上百台红外线摄像机，经常拍到藏酋猴、白鹇、野猪、豹猫、赤麂等野生动物。我们正在经过的这一条山路，就是保护区的鸟类监测线路，每年的初夏、秋冬，都要开展一次调查。据已有的山林考察，罗坑保护区野生鸟类有 400 多种，北往即龙归韶关方向，已是一条成熟的"鸟类调查之路"，也是鸟类幸运之路。

太阳西斜时，车子在奖公村门前停下，即见老村场已然陈旧，东西两边零落旧砖破屋，低矮斑驳。但村中央祠堂重修，三进式建筑彰显着王家的传统与希望。俯身祠堂门前，放眼四周可见村居有致，东西山峦浑圆亲近。一溪流自东向西绕过村前，霞光下尚存"江作青罗带，山如碧玉簪"之韵。如果从方圆百里绵延山陵看，奖公村作为西京古道一段正处在玉门山坳的岔路上，恰好与罗坑南麓的坳顶村形成一条直线。应该说这里自古就是乡民耕作、商贾流动和兵匪出入的快捷通道，尤与江湾、龙归及至韶州城"朝发午至"，地理位置得天独厚。看得出，深山中的奖公村是古老秀美而有故事的客家山乡。

据考证，奖公村始建于明成化年后期，其先祖"道字辈"四兄弟，始闽迁翁源西乡再至樟树潭莲塘下。后"道远公"一支落户罗坑仙塘奖公村，距今逾 500 年历史。奖公村原名铜鼓村（因村旁溪流在落差撞击中，发出"咚咚咚"如铜鼓声而得名）。20 世纪"四清运动"时一度改名为向明村，后复名奖公村。初时，铜鼓村周围可能已有其他姓氏先居（如温氏），并留下了一些后人不知出处的"石墙""围角"等人工遗迹。数百年间只有王氏一族留衍至今。而且，曾出现过富冠四乡的"双万户"王开俊大财主，不但其"官爷厅"仍留址村旁，而且他雇兵丁看护资财、押送山林产品的传说还在流传。可见，奖公村曾经的富庶及其在当地的盛名。只因随着时代的变更，地处深山的村民甚感出入困难，从中华人民共和国成立初至改革开放期间，先后有村民迁至山外的罗坑、樟市等地，以图改善交通和生息环境。随后，奖公村主体也于 20 年代 80 年代，搬迁至山下的官坪墩至今。

古老的村落见证了百年风雨，更以特有的地缘关系，融入近代各时期革命洪流之中。特别是进入解放战争时期，奖公村以其厚稳的仁义之道，开门迎接和协助地下党组织及游击队，留下了许多细小而生动的故事。同时，也在兵戈交错中，经受了严峻而辛酸的考验，成为罗坑典型的老区村之一。

村中老人回忆（曲江党史也有记载），中华人民共和国成立前一年的农历八月十五前后，一帮游击队员从白沙开往江湾乡。途中进入罗坑奖公村时，得到村甲长王锡昌的接待和支持，并在王家"私厅"召开中队长以上会议（后有述及）。后队伍分开两部分，大部分继续前往江湾等地，小部分包括陈克、范家祥、杨宜华等留下，主要在奖公四峒开展"反三征"等活动。由于类似的助共经历，1947 年底至 1949 年上半年，奖公村曾被国民党顽军及当地联防队洗劫三次。

如 1948 年春节前，事先得知傅桂标将来扰，全村紧急行动

奖公村头传统土砖屋

将猪牛等赶至山洞，又将农具、厨具等"像点样"的物件，全部丢入"门口塘"藏匿水中。果然天还未亮，傅桂标联防队突袭全村。天寒地冻时，将全村老少赶至大门口进行打骂搜身。村民王荣爵在敌搜村时，欲将一笼鸡仔掩藏在村侧竹篾下，被联防队员一枪射击，其右手即被打断，跑至山下一年多求医仍留下后遗症，也留下对联防队、土匪分子的仇恨。当时，全村来不及藏匿的腊肉、油糍等年货全被联防队员抢走。临走时，傅桂标用拐棍指着王锡昌鼻子训斥："烂昌，小心招惹'共匪'的后果！"全村人见状，无不叹气愕然。

然而，奖公村村民并没有被吓到，反而更加紧密地和游击队站在一起。曲江党史有载，在罗坑斗争最激烈时，1949年3月游击队击毙罗坑乡乡长吴泉轩的情报，就是由奖公村王观前（农会骨干）转递给范家祥游击队的，为杨求新等罗坑英烈报了仇（中华人民共和国成立后，范家祥在韶关市委工作时，曾写信给王观前致谢问候，邀请做客，对老区村民心怀感恩）。

时至罗坑解放初，北江军分区剿匪队伍30多人，长驻奖公村半年多，并协助土改干部开展工作，注意搞好军民关系。1951年4月28日晚，傅桂标及其同伙在西牛塘村暴露马脚，就是村民赖神苟赶至奖公村，向驻军报告后一起追捕，终于在龙归乡罗厂村旁石背庙一个石洞处剿获傅桂标一伙。傅桂标匪徒覆没后，罗坑才顺利进入全面土改阶段。

小小奖公村还有支持南下大军和抗美援朝的贡献与故事，以及人民公社时期作为山林良田大户，积极伐木与缴纳公余粮的事迹等，很值得回忆与回味。

如今，在时代变迁的背景下，奖公村逐步全村整迁，已成为政府生态保护核心区之一。仁德山村，风物犹娟。驰名乡里的山林特产奖公茶、黄甘笋等皆当列入保护目录。诚然，老山村亦遇到新问题。在同出一宗共同维护良田和山林等资源与利益共情下，如何全员共管和合理分享，如何与政府相向而行，真正同心协力把"绿水青山"转化为"金山银山"等，仍需积极引导与倾心支持。

"江山不夜雪千里，天地无私玉万家。"

北江两岸的地下交通线

深山中的奖公四峒，不但每个村庄都有自己光荣的故事，而且彼此间像嵌垫在一片葱绿山林间的"堡垒""驿站"，悄悄成为地下党组织及游击队的活动区域和穿梭的走廊。

抗日战争至解放战争时期，在国民党反动派及其他敌方势力重点控制了北江和粤汉铁路的情况下，罗坑作为重要的革命根据地，是靠近韶关，连接曲江、乳源、英德、翁源的交汇走廊，自然形成一条不可代替的地下交通线。这条地下交通线，其起始线路主要是：东起南雄（苏区）、始兴（五岭地委）—翁源太平、英东溪头山—转西往曲南乌石—渡北江至白沙乌石峒—奖公四峒到罗坑上杨村（或江湾）—经坳顶出英德洽洸等地（前期包括抗日战争时期，主要借助莫雄部的帮助，到达北江特委驻地完成相关任务）。后期交通线主要是护送部分干部、学生和伤病人员等进出翁江的北江一支、连江支队和五岭地委的活动地域，连带护送有关

物资和报刊、情报等。

从地下交通线整体看，奖公四峒横贯玉门山至北江东、西岸白沙、乌石一段的码头，是韶关西南方向最直线且安全的地下交通线。韶关、曲江不少地下党组织的领导，如梁展如、肖少麟、黄松坚、杜国彪、袁鉴文、陈先信以及知名游击队员谭颂华、黄康、何远赤、陈克、范家祥、杨宜华、邱其忠等都走过这条"山道"，留下一路的故事。其中，谭颂华（时任粤赣湘边区人民解放总队第五支队政治处主任）自1947年初起，为联络沟通五岭与瀚江工作，经常出入翁源铁场与曲江河西一带（1947年夏末，白沙游击队在"大岭事件"后转移至翁源时，就是途中相遇谭颂华告知风险而回撤的）。后因其熟悉曲南和河西情况，一度从始兴往返河西白沙、罗坑（奖公四峒）一带指导曲英乳人民义勇大队，于1948年底终于把"三县交界根据地"连成一片。老游击队员郭彪等也有材料回忆，1948年因护送物资和伤病员，曾由梁展如开出介绍信，指导和掩护其从翁源经乌石渡北江至白沙、奖公四峒出英德完成任务的具体过程，而从未出现差错。与奖公四峒地下交通线平行、呼应的另一条靠近"大路"的交通线路是：从北江乌石西岸起，转至樟市墟附近的北约坑子角（廖屋），主要方便地下党员在樟市落脚、分散和收发情报。西进约20里的都陂村及迳口乡设置交通站或税站，接应来往人员与信息，然后再进入罗坑游击区，形成少有的网络健全、线路清晰安全的地下交通线。

现在，罗坑中心坝村委上杨村旁红色交通站的纪念标志就是一个生动佐证。如果你有时间和兴趣走走这"一峒山乡"，一定会在领略风光的同时，感受到天地浩然与岁月纷彩。

"反三征"斗争模范区

1947年前后，白沙横村和奖公四峒作为河西游击队（前身为曲南大队河西武工队）主要活动地区，为配合北江抗日、支援地下党和游击队作出积极贡献，先后锻炼出温日东、范家祥等地下党员。在他们的影响和带动下，河西游击根据地不断发展扩大。

1948年初，刚刚成立的曲英乳人民义勇大队进驻罗坑乡。由于有地下党组织的前期工作，很快得到当地农会和"白皮红心"乡绅的配合，迅速站稳了脚跟。不久，就形成了山下平原国民党联防队作主，山上汉瑶村落游击队占据，并辐射罗坑、白沙、樟市三乡平原的阵势。

1948年9月底，曲英乳人民义勇大队在谭颂华、何远赤、陈克带领下，60多人离开白沙横村向西移动，准备进入与乳源交界的江湾乡，以联合英西北、乳东南游击队，打通屏障与连江支队连成一片。部队进入奖公村时召开中队长以上会议，经集体研究决定兵分两路，分头落实"三县连片"和"减租筹粮"斗争任务。其中，陈克、范家祥、杨宜华等本地为主的游击队员，留在河西及奖公四峒，进村开展减租减息和筹粮援军活动。

开始有群众认为游击队只是暂时驻扎，担心离开后会引来国民党联防队报复，对"反三征"和参加民兵组织有顾虑。范家祥、杨宜华以自己亲身经历说服群众。经过耐心工作，原有顾虑的家长开始放心，许多年轻人自愿加入农会或民兵组织。他们经常以探亲、趁墟、打猎等名义为游击队送信、送情报。在游击队的推动下，村民和民兵白天劳动，晚上由游击队文化教员教书识字，时常歌声琅琅，一直坚持到中华人民共和国成立后。

曲江罗坑地区游击队历史照片

打开局面后，游击队进一步宣传发动群众，反对国民党"打内战"及其征兵、征粮、征税的"三征"政策，先后在奖公村、西牛塘村、下坪村召开群众大会，宣布废租废息效果很好。当地地主及联防队员王某、赖某、张某曾一度顽固抵抗，即遭游击队武装关押惩处，大部分租债被明令废除。奖公四峒的做法迅速向罗坑乡其他邻村扩展，急得反动乡长和联防队团团转，几次派联防队员追讨或持枪恐吓，都被游击队及民兵果断驱赶下山，从此联防队再也不敢恃势欺压山民。

同时，群众相信共产党，跟随共产党的信心不断提高。尽管连年受灾、生活贫困，但村民"参军求解放，捐粮上前线"的积极性高涨，先后有20多人参加武工队或民兵组织，并征得（含借）粮食1.8万斤，捐枪9支、子弹3 000多发，还有油盐一批。陈克和范家祥、杨宜华带领游击队在奖公四峒的活动，成为曲南地区"反三征"榜样，有力推动了全县解放战争的步伐。1949年初，谭颂华、何远赤领队"西征"江湾、乳源胜利返回罗坑时，首先在奖公四峒与陈克队伍集合，大家十分高兴。老百姓也欢欣雀跃，家家户户都拉游击队同志做客，做糍粑、酿豆腐慰问胜利归来。喝上大碗的罗坑茶，品着花生、番薯干的香甜之味，部队指战员满心欢喜："回到罗坑了，家乡的茶水特别甜，家乡的人民特别亲。"中华人民共和国成立后及至改革开放期间，杜国彪、何远赤、陈克等诸多老地下党同志和游击队员，每每聊起往事，对曾经在奖公四峒等地的特殊日子无不肃然起敬，连表由衷谢意和深深祝福。

罗坑人民庆祝解放大会

70 多年过去了，岁月已将仁义精魂融入大山的记忆里，如今的奖公四峒村民虽大多迁出山外以求更加便利的工作和生活，但古村静默，魂根长存。特别是在"生态林制"和国家自然保护区对核心区域（物种）的管理、监控下，昔日的森林砍伐区再无砍伐的痕迹，一峒所至绿树成荫、水土保丰、鸟语花香。近年的年轻人返乡创业，合理回耕和适度利用的趋势，更是彰显了乡村振兴和生态保护相结合的价值与生机。

蓝天白云下，万绿丛中点点红。有幸站在这片秀美的十万山林中，放飞思绪，苍穹辽阔，奖公四峒不正是北江西畔的"小井冈山"吗？

溪流装扮的自然人文景观 〉〉〉〉〉

　　"韶州南去接宣溪，云水苍茫日向西。"韩愈的诗句，道出了韶州、宣溪、罗坑三者方位与特征。自古偏僻的山乡罗坑，以云水苍茫的景观与名城韶州连在一起，而浓浓诗意包裹的云水之所，则与穿越山涧的溪流密切相关。

　　作为北江岔流的"宣溪水"（樟市河），主要源于罗坑河，罗坑河又成就于沿岸诸多小股清泉，先后汇集一起自西向东融入北江。沿途植被茂密，河水清澈见底（俗称玻璃水），特别在春夏之交河道白石上云烟涌动，形成诗人抒发的西岸自然景观。当人们在观赏与蜿蜒山路并行的溪流烟霞时，触景生情，一定想了解秀美山水背后的景观与乡土故事。

古朴的"潭水码头"

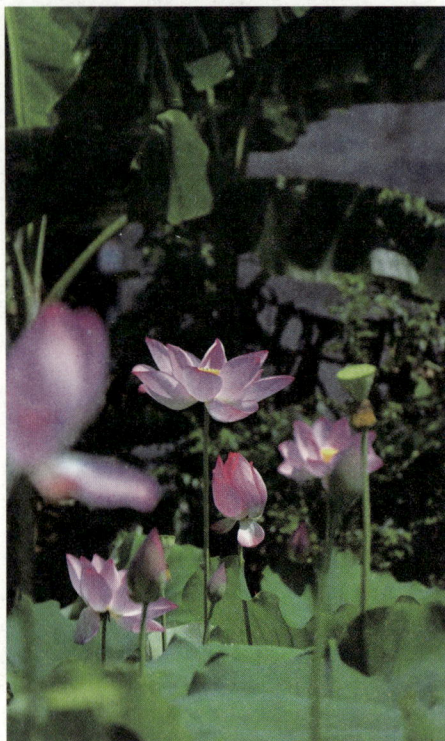

夏雨荷花一角

罗坑河，自古就是罗坑与樟市境内主河道，它沿着天堂顶—磨石架顶—船坑顶—船底顶等山脊形成南北分水线。该河河道长约40公里，沿途汇入14条树枝状支流，从北、西、南三个方向渗入中部主河道，再注入如今的罗坑水库，最终汇入滚滚北江。罗坑河穿山透壁、湿润阡陌，连同地表水、地下水，不知不觉间形成完整的小流域，共同构建了一个多边水文关系，为沿岸"半人工"自然景观奠定了基础。

早在宋、元时期，踏着先人伐木探矿的足迹，罗坑前辈们披荆斩棘，循罗坑河逐水而居，慢慢繁衍生息。到了明末清初，前辈们隐约发现身边山水美若仙景，加上人口不断增多、人气渐盛，遂把罗坑划分为"仙峒""仙塘""中心坝""横江岭"四块乡保之地，寓意乡民勤劳怡乐，像仙人一样无忧无虑地生活。

"岁月深浅处，一步一安然。"作为旧时罗坑河沿途水运及曾经在当地留名的大崆潭、橘子潭、石猫潭、竹篙潭、樟树潭等，凡是以"潭"字结称的河畔，几乎都是当年货物人流集散的小码头。

遥想当年，虽无市营一类概念，也无产业分层的说法，但客家山民耕种薄田获取粮油之外，还善于以"富业"形式延伸山林经济，慢慢衍生出不成文的农商交易规则，也积淀和留下了这些文明印记的"潭水码头"。数百年间，这些码头像珠链一般将沿岸货物、人流、信息等汇集起来，随溪谷浪花分流远去。如此岁月循环，形成特有的乡土人文景象和水上放排的歌声，粗犷、深切、悠扬……

提及过去的溪流、码头，自然又会忆起这些当年游击队员出没、接头的地方，也是征收税物的特殊地点。如罗坑与樟树潭（今樟市）交界处都陂村老税站就是一例。1948年春至1949年夏，中国人民解放军粤赣湘边纵北二支队河西游击队为保障供给支援前线、推动解放战争，选择罗坑河畔肖屋村与都陂村之间"三岔角"设流动税站。

据当年参与税站活动的张定安、吴桥福（白沙河背吴屋人）等老游击队员回忆，税站采取不定期的灵活方式（间隔一、二墟）派出武装人员半夜出发，待天亮后合理征收税收和保护往来商贩，所得钱物及时补充前线。同时，简易的税站往往也是交流

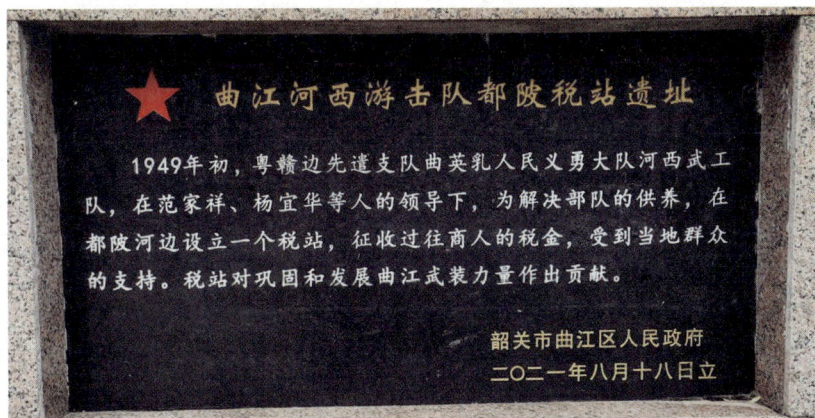

曲江河西游击队都陂税站遗址

1949年初，粤赣边先遣支队曲英乳人民义勇大队河西武工队，在范家祥、杨宜华等人的领导下，为解决部队的供养，在都陂河边设立一个税站，征收过往商人的税金，受到当地群众的支持。税站对巩固和发展曲江武装力量作出贡献。

韶关市曲江区人民政府
二〇二一年八月十八日立

曲江河西游击队都陂税站遗址石碑

情报、护送地下人员和抓捕敌对分子的中转点，斗争故事和趣闻不少。

事微义大，佐证罗坑、樟市老区人民为建立中华人民共和国，从各方面作出了应有的贡献。至今，仍留下橘子潭、猫公潭等"清溪红流"的故迹。

"盛年"的罗坑水库

讲到罗坑河流的现状与作用，罗坑河及其支流悠然婉转后，其大部分都注入罗坑水库。山裙间涟漪泛波的罗坑水库，容纳和消弭了不尽的甘泉和沙流，更将每年春夏间的山洪狂涛，静静地转化为涓涓细脉。

罗坑水库位于保护区东部，处于罗坑与樟市镇接壤的龙岭—大细坳的交叉山口上。当年"一定要消灭血吸虫病"9个灰白色大字，端正地横亘在水库大坝正方，无声地揭示了建设罗坑水库"担当为民，艰苦奋斗，勇闯新路"的晶莹初心。诚然，历经岁月的罗坑水库也是从北江西岸进入罗坑境内第一道重点人文景观，

罗坑水库堤坝原貌

展现了曲江人民在党的领导下团结一致，敢立潮头整治山河的精神风貌。

自然造化，罗坑境内有丰富的水力资源潜藏于四周野崖山麓中，一直等待机遇开发利用以造福人类。20世纪六七十年代，在罗坑河下游樟市镇发现了全国十大疫病之首的血吸虫病，该传染病的唯一宿主就是浅水中的小钉螺。要消除具有传染性质的血吸虫病，就必须改进水利灌溉系统，把滋生钉螺的连片"烂泥"湿地改造为优质良田，设想中的罗坑水库建设由此触发。为调节天然径流、防洪防疫、灌溉发电和保护生态，在条件有限的情况下，曲江县委、县政府于1975年秋毅然从全县各乡村抽调一万多名青壮劳动力集结罗坑，不畏艰难同心奋战，以两年时间一举将罗坑水库建设成功。

罗坑水库属典型山谷水库，采用拦河坝横断河谷，拦截河道径流抬高水位筑建而成。水库水闸设定在罗坑河主槽内，主要建筑物由横断河堤、泄水闸、发电站、观察亭及两岸连接坝基组成。回想当年，为了保质保量完成任务，水库建设者们在困难重重的情况下，发扬"战天斗地"的大无畏精神，主要靠手推车、人工挑的原始方法，在狭小崎岖的山路上挥汗搬运石材、泥土和施工材料等，大家手脚被划伤了、肩膀被磨破了，咬咬牙或随手揉些树叶贴上继续战斗。人多没房住，就在山冲、大树下搭建简易工棚，经常遭遇刮风下雨以及山洪暴发的侵袭，时不时有人意外伤残，甚至有人在工地上献出了宝贵生命。

经过万人艰苦奋战，水库建设者们先后开挖土石方量约20万立方米，混凝土浇筑量约2万立方米，主体工程投资约1 500万元。至1977年水库竣工蓄水，集雨区面积达115平方公里，约占保护区总面积的53%。平均产水量约1.2亿立方米，河床平均

罗坑水库水文监测楼

比降为 0.018。至 1978 年全面建成面积达 5.3 平方公里、库容约 6 200 万立方米的综合利用型省内中型水库。罗坑水库水质达到了国家地表水水质标准（GHZB1—1999）Ⅰ类~Ⅱ类，完全适合城乡生活用水和农田有机灌溉。

罗坑水库的建设使下游樟市镇改造消除血吸虫寄生螺滋生的湿地面积近 2 万亩，为彻底消灭血吸虫病创造了有利条件。压在曲江人民心头的"一块石头"得以落地，曾经阴云笼罩的疫区抒发了"春风杨柳万千条，六亿神州尽舜尧"的喜悦与豪气。

同时，罗坑水库及其配套的一级发电站（装机容量 3 200 千瓦），在防洪、灌溉、发电和改良罗坑河流域自然生态等方面收到了预期效果。比如，在水库下游先后建起 10 级中小型水电站（樟市镇为主），近年扩容增效后装机容量总估一万多千瓦，并一度辐射带动了罗坑镇发展小水电站 36 宗，装机总量 18 000 千瓦，配套建起 3.5 万伏变压站两个。

罗坑河经水库而形成的流域直接蓄水排灌面积 8 万余亩，保养、维系了"云水苍茫"的千年天然景观，为罗坑、樟市两乡镇的脱贫致富和生态维护作出重大贡献。

还应该提到的是，回望近半个世纪的历程，尽管建设初期"土

法上马"，靠人工截堵存在一定的困难与不足。但几十年来，罗坑水库以稳固的基础构建与有序的运营管理，发展成为调洪利灌、防疫发电造福一方，真正融水务与生态建设于一体的特色工程，是新中国成立后曲江水利史上、防疫史上一大丰碑。在当前生态文明建设和"百千万工程"中，应该不忘前辈，汲取建筑水库蕴含的精神力量，顾全大局，为民解忧，勇担时代的使命。

从 1975 年开工建设罗坑水库算起，罗坑人民特别是中心坝库区移民群众，在搬迁、村居以及耕作变更等方面作出了重大贡献。为顾全大局，先后有 20 多个原住自然村，从库区迁移、调整到他处，

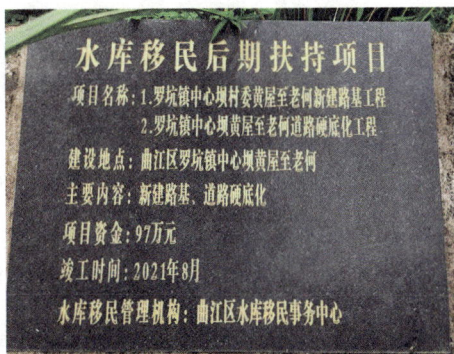

水库移民后期扶持项目勒石公示

239

被淹农田 1 200 亩和山坡地 2 000 多亩，涉及移民 1 100 多人。同时，接收移民的地区也默默作出让渡与奉献。这种大公无私、先人后己的情义应该牢记与传承。所幸，根据国家水库移民政策和库区资源的合理利用，相关移民得到了政府较好的安置及后续关怀，库区建设良性循环之路也在探索延伸之中。

天水一色，向水而歇，人与自然合力的杰作。

如今，罗坑水库周围河滩众多，与陆地生态系统形成大面积的秀美生态区。罗坑河中下游及至罗坑水库南北两岸，更是罗坑镇（自然保护区）主要社区，集中了约 70% 的村居、人口与约65% 的耕地良田。朝夕之间霞光漫蒸，俯瞰阡陌、径流四野，一片生机祥和。同时，这一带也形成了湿地特有的生物链，为野生水禽提供了丰富的食物来源，水库和河滩里的鱼、虾、螺、蚌、蛙等比比皆是。良好的自然环境，为水鸟、候鸟繁殖提供了条件，鸟类纷纷被吸引过来。每年秋天，大雁南飞、白鹤仙舞，常常展现"一行白鹭上青天"的诗意景象。

年轻的"大草原"

飘飘仙子冉冉飞，袅袅炊烟漫破天。

深山绝径景色殊，方塘草蔓风物娟。

近 10 多年来，如果要在粤北乃至广东省内寻找"非传统"而知名的农文旅之地，"罗坑大草原"当名列榜首。上述诗中吟唱、描述的风物景象，就是在当地悄然兴起、持续吸引爱山人士的"罗坑大草原"景致。这个最早以罗坑水库为背景，由有眼识的乡贤从"高山草原""高山红草地"（均出自海拔约 1 000 米的罗坑

"罗坑大草原"之夏

门峒、峡峒高山上）引申冠名的"罗坑大草原"，从 2014 年敞开山门开放后，少量游客驱车（多数为摩托车）观光游览，逐步引发越来越多的外地山友探访、驻足，"罗坑大草原"的名字开始传出山外。2015 年"五一"及"第二届罗坑茶文化节"期间，首次将节庆活动设于空旷的大草原上，没想到"大喇叭"一响，白天、黑夜均引来万余名镇内外村民、客人参与、游览，一时人山人海道路阻塞，县里、镇里急调干警加时维持秩序，盛况空前。随后几年热度不减，2018—2020 年中秋、国庆节期间，进出人口达 5 万～6 万人之多，真正成为"低调"轰动粤北乡间和文旅界的"网红打卡"胜地。

一直闻所未闻的"罗坑大草原"，何以始于民间一夜成名？细心观察与掂量实有三大成因：

一是茶叶引爆与延伸。2010 年开始，作为传统乡土特产的罗坑茶叶，经工艺改进产制高山红茶、性价比翻番提高后，罗坑茶正式进入产业化新时期，更在全省乃至全国引发了新一轮"红茶热"。茶叶的成名、成业引发与推动了乡村饮食、民宿、生态、茶旅等相关项目的发展。靠近茶园、茶企的"罗坑大草原"，自然引起外客的好奇与踏访，迅速成为茶产业延伸的一节链条。

二是环境空间得天独厚。"罗坑大草原"虽非真实意义的草原之地，但它拥有 1 500 多亩连片的草地，并以水库纵深边畴对接缓缓的水面，构成水天一色宽阔的水陆空间。身处其中，既可远观村落与群山景观，又可近距离观察鱼虾、牛羊习性。尤其在晴朗的夜晚，头顶苍穹俯仰天地，茫茫乎一水陆胜境，自由地呼吸清新空气，令人天地相通、流连忘返。独特即稀有，以诚相待必成胜地。

三是多方推进持续活动。在"罗坑大草原"开局成为当地农文旅新热线后，县、镇连续多年在"罗坑大草原"举办茶文化节、房车休闲、帐篷宿营、环湖徒步等系列活动，有效地巩固和坐实了"罗坑大草原"的声誉。同时，吸引群众，特别是年轻人才的返乡加入，并配套完善相关的民宿、交通、安全等设施，确保"罗坑大草原"持续循环，成为农文旅中充满内生力的天然野奢模式。

草原上的轻装帐篷

由于周边环境优化，高山平湖波光粼粼，罗坑水库与"罗坑大草原"一体两开相得益彰，引起人们的好奇、热捧，并且成为水陆生动物和穿梭南北的珍禽的栖歇之所。深秋的一天，笔者午后来到"罗坑大草原"深处（水库央区北面），突然惊喜地看见一对白天鹅从水面冉冉起飞。只见两只壮硕、修长的天鹅高飞、展翅，俯冲对准前方水道，扇动两边襟翼，并伸出双腿反推"刹车"，在深绿色玻璃般水面激起水花后，刹稳落定，还轻松地转了个小圈子。

诚然，高贵的天鹅不会长栖在水库的边崖上，更不会浪漫地把这片季节性草甸看作"大草原"，它们也许为了更大的抱负，暂时在这池清水上歇脚。但瞬间永恒，它们的光临给当地人们带来了喜悦和慰藉。因为昨天的选择与努力，今天得到了生动的验证。目标勉励在前，千里始于脚下，相信这片山水是人类，也是天鹅的故乡。

如今，这里筑水映天，初成城乡妇孺休闲之地，不仅风物秀美，而且以"船底顶上更看山"的眼光，预示着其将沐浴春风，继续展示南岭山乡的魅力。

汨汨不歇的温泉

温泉平凡，却往往令人神驰。罗坑自然保护区内有两处主要的温泉涌出口，都在靠近罗坑水库的三仙庙附近低洼处，属于同一硫黄矿泉脉，水温高达 $40℃ \sim 80℃$。每年秋天开始，便会有当地乡民来到这里泡浴，而进入腊月且又是晴寒之时，就会有更多的男女老少三三两两地从各村庄鱼贯而来，共同享受这熟悉而新奇的天然温泉。

关于罗坑温泉的由来，有一个奇巧的传说。从前有两位身怀医术的老道，经常在三仙庙岩前下棋。附近村子里有一位放牛童子，满身长着疥疮，屡治无效。有一天经人指点，他放牛到岩前见老道正要起身离开棋盘，大胆上前跪拜乞医。其中一位老道看童子苦楚，赐两颗石子，嘱咐童子将石子抛在河畔上。童子依嘱，临晚先将一颗石子撒在河畔上，顿时出现了一口温泉，他到石子落处洗澡，病情开始好转。剩下另一颗石子，他想拿回村附近再抛，免得天天来回。一日，牛在河对岸偷吃别人家的秧苗。他大声吆喝，并在急忙中将石子掷去，牛拔足离开，而石子落下的地方也成了一口温泉。于是，童子在牧牛空隙常在这里洗澡，身上的疥疮很快痊愈。受到温泉恩惠的罗坑乡村子女，更加明眸肤净、身壮力健。外地村民也慕名前来，罗坑温泉由此越来越出名。

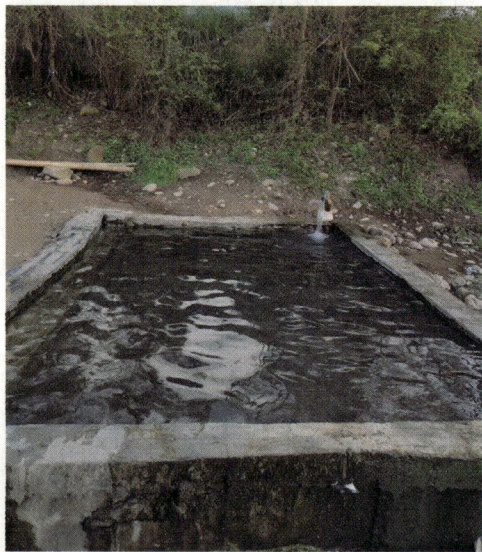

大草原野奢温泉

据地质普查，罗坑周边均发现有温泉。很早以前，先民就知道用"汤泉"（温泉）泡浴、治病，每临深冬童叟络绎不绝。时隔 10 多年，癸卯入冬之夜在村友鼓动下，笔者与友人冒寒再次来到水库上方一侧，在朦胧星月下隐约看见一池约 10 平方米的温泉。旷野之下缺少打理的"公共场地"，难免有些让人不适的杂乱。还好，当浑身浸泡其中，淡淡的硫黄味与轻轻的水雾扑面而来，舒适、排解之感油然而生；再屏住气，弯腰捧上温泉反复淋在头上，上下身体通暖显热、水雾更浓；不一会把头发擦干，似有微风掠过顿添清爽之逸。更神奇的是，浸泡10多分钟后手足腰背顺柔劲伸，平日关节疼痛之处变得灵巧、随意起来，令人心悦。

经验证明，硫黄温泉对皮肤病、高血压等多种疾病有着明显的治疗效果和预防作用，还能增加肌体的免疫功能。可以说，这是上天赐予人类的神奇药汤。难怪东汉张衡专作《温泉赋》曰："览中域之珍怪兮，无斯水之神灵……于是殊方踧涉，骏奔来臻……六气淫错，有疾疗兮。"生动地描述了大众纷赴温泉的盛况。

如今，望着由好心村民用铁管简单支起、昼夜汩汩不歇的泉流，每一个世俗而心存好奇的人都会想：这温泉是多么宝贵、多么无私、多么浩然呀。幸好，上天的恩赐，唯此"野外"与"放开"才会普惠草根民众，其水量、水温、水质对谁都一样，没有贵贱或亲疏之分。举一反三，这诸多好处，尽管是个体的体验，但它天然无私供人自珍自便的本貌，足以引起众人的关注与共鸣，也是不少外地游客"暗恋"罗坑和"罗坑大草原"的一个原因。

离笔者泡温泉已过去了一段时间，但依然回味、赞叹"斯水"之平凡与神灵，心里也琢磨是否可以用一个大写的"彤"字，概括和表达其"通透"和"红火"的君子意境？如果将眼光放开，把罗坑河、罗坑水库、"罗坑大草原"及周边山地环境连成一片进行规划、打造，顺势生态保护，可以在短期内分项形成水上漂流、草原之夜、山地赏花、特色食宿等农文旅新胜地，充分利用北江西畔优质生态资源及人文景观，为罗坑、曲江西南部发展闯出一条闪光而又持续的路子。

罗坑及曲江人民终将有识、有缘、有福，源远流长……

附 录

广东罗坑鳄蜥国家级自然保护区规划（2022—2031 年）（节录）

　　罗坑自然保护区的建设和管理，以保护鳄蜥、仙湖苏铁、伯乐树、广东松和黄腹角雉等珍稀濒危野生动植物种群和栖息地为重点，突出保护好鳄蜥等珍稀濒危野生动植物种群，维护鳄蜥等珍稀濒危野生动植物栖息地的自然性、原生性、完整性。根据保护区自然资源分布状况、保护对象和社区发展现状，合理规划。

　　罗坑保护区规划（2022—2031 年），年限为 10 年，划分为两个建设期，即近期（2022—2026 年）、中长期（2027—2031 年）。

一、规划目标

（一）总体目标

认真贯彻执行国家有关自然保护区建设的法律、法规、政策，坚持以水源涵养和生物多样性保护为核心的生态功能定位，以加强亚热带常绿阔叶林原真性和完整性保护为基础，重点完善以保护管护体系、科研监测体系、宣传教育体系为核心的保护区保护能力建设，提高保护区的管护能力和管理水平，以实现重要自然资源统一管理、全民共享、世代传承为目标，通过"建体制，理顺管理体制机制""行保护，做到应保尽保""搭平台，建设'天地空一体化'科研监测支撑平台""倡教育，培养社会公众生态文明意识""促发展，扶持社区发展生计""转思路，提高生态系统服务功能"，实行整体保护、系统修复、综合治理，建成统一规范高效的国家级自然保护区体制，探索生态系统严格保护和资源合理利用平衡模式，从而使鳄蜥等国家重点保护野生动植物资源得到发展，以鳄蜥为代表的国家重点保护野生动植物栖息环境得到全面恢复，以涵养水源效益为代表的生态环境效益得到更好保障。

在本规划期，把罗坑建设成为鳄蜥的全国研究中心，并逐步建设成为鳄蜥的国际型研究中心。

（二）近期目标（2022—2026年）

1. 建立高效的保护区管护体系

在现有管理管护基础上，健全保护区三级保护管护体系，完善以管护站点为主要内容的管护设施建设，健全和完善与三级保护管护体系相适应的内部规章制度，研建"罗坑国家级自然保护区智慧管理系统"，实现保护区规范化、制度化、信息化管理。

2. 构建完善的宣传教育体系

在现有宣传教育设施基础上，重点增加以户外科普教育径、宣传碑牌、警示碑牌为主体内容的宣传设施，充实更新罗坑自然保护区网站内容。实现保护区宣传教育的标准化。

3. 建立科研监测体系框架

在现有科研监测设施和设备基础上，组建"广东罗坑国家级自然保护区开放性实验室"，设置系列监测固定样地（带），重点开展鳄蜥种群动态监测、鳄蜥繁育和野化、仙湖苏铁繁育等科研监测项目。研建"罗坑国家级自然保护区社区影响监测体系"，开展以小水电站对鳄蜥影响等为主要内容的监测。规范保护区科研监测档案管理。开展职工业务技术培训工作，保护区职工队伍业务素质持续得到提高。实现保护区科研监测的体系化、规范化。

4. 构建完善的社区共管体系

结合罗坑自然保护区社区特点，选择瑶族村，创新社区共管模式和新农村建设示范点（社区发展模式）。

5. 补充完善基础设施建设

完善以保护区管理局局址、管护站点、功能区界碑、森林防火设施为主体的基础设施建设，使罗坑自然保护区基础设施建设达标率超过90%，实现保护区基础设施建设标准化。

6. 生态公益林建设

将保护区内尚未划建为生态公益林的林地，划建为生态公益林，纳入生态公益林管理。

（三）中长期目标（2027—2031年）

1. 管护体系规范化

完善管护体系，健全管护模式，完善保护管理设施设备，进一步提高保护管理效率。保护区主要保护对象得到全面有效保护，主要保护对象的种群数量增加、栖息环境全面恢复，森林和森林土壤水源涵养效应提高。

2. 科研监测常态化

完善保护区科学研究和监测设施设备，科研监测工作常态化，基础研究和专题研究取得重大进展。罗坑国家级自然保护区成为鳄蜥的全国研究中心、开放性实验室、国内野生动物类型自然保护区科研监测示范基地、国内高等院校和科研院重要的实验室和教学实习基地。

3. 宣传教育普及化

配套完善宣传教育科普设施设备建设，罗坑自然保护区宣教设施成为国内知名的自然保护区宣教基地，罗坑自然保护区网站成为国内知名的自然保护区网站。

4. 基础设施建设标准化

完善保护区工程建设项目，全面达到自然保护区工程项目建设标准。

5. 提高知名度

规划将罗坑自然保护区打造成为保护型、研究型的国家级自然保护区，并具有一定的国际知名度。

二、总体布局

为保护好保护区的保护对象，做到重点突出、目标明确、分区管理，将保护区归并为严格保护区域和一般保护区域两个管理区域。严格保护区域包括核心区和缓冲区，该区域以保护和拯救珍稀濒危野生动植物资源、保护典型生态系统及生物多样性为目的，除必要的保护管理设施（如防火瞭望塔）和科学考察等建设内容外，不得安排其他任何影响生态环境或有可能破坏生态环境的建设内容；一般保护区域范围严格控制在实验区内。

（一）严格保护区域

严格保护区域包括核心区和缓冲区，面积 10 968 平方公里，占保护区总面积的 53.8%。严格保护区域是罗坑自然保护区的重点保护区域，禁止经营性采伐、采药、狩猎、开矿、炸石、旅游等任何形式的生产活动。核心区实行封闭管理，除依照《中华人民共和国自然保护区条例》第二十七条的规定经批准从事科学研究活动外，禁止任何单位和个人进入核心区。缓冲区实行半封闭管理，可建设必要的科研监测等设施。在不对自然资源和生态环境形成破坏、对主要保护对象造成影响的前提下，并事先向自然保护区管护机构提交申请和活动计划，经自然保护区管护机构批准，可进入缓冲区开展科学研究、教学实习、标本采集等活动。

1. 核心区

（1）核心区面积 6 904.6 平方公里，占保护区总面积的 36.7%。核心区位于保护区西部、西南部、北部。范围包括：保护区境内新洞河流域、保护区境内江湾河流域、保护区境内奖公村河流域。上述区域是鳄蜥现实和历史分布区域。核心区内地形地貌最为复杂，山高谷深，生态环境自然性强，森林植被原生性强，保全了罗坑自然保护区的生物垂直带谱，区内珍稀濒危动植物资源分布最为集中。

（2）核心区实行绝对保护，不安排建设项目。未经批准，严禁任何单位和个人进入。

（3）核心区界：西向从闸子崎（与石门台国家级自然保护区核心区交界）—门洞沟双溪口—空角双溪口—中心其—小洞坑

双溪口—野猫坑尾—九肚水—牛麻坝大梗—奖公村口—石古大王溪尾—大竹园后背—老虎塘顶—上斜背—佛子坳—天堂顶—山蜞窝—黄泥坳（与石门台国家级自然保护区核心区交界）—船底顶（与石门台国家级自然保护区核心区交界）—高嶂顶（与石门台国家级自然保护区核心区交界）—坪坑顶（与石门台国家级自然保护区核心区交界）门—闸子崎（与石门台国家级自然保护区核心区交界）。

2. 缓冲区

（1）缓冲区面积为 4 063.4 平方公里，占保护区总面积的 21.6%。沿核心区外围划出缓冲区，形成宽度 300~1 500 米的保护缓冲地带。罗坑自然保护区西南部、西部与广东英德石门台国家自然保护区和广东乳源大峡谷省级自然保护区的核心区相连，在与这两个保护区核心区接壤区域末区划缓冲区。缓冲区多处在高山峻岭，所受人为干扰较少，森林植被茂密，生态环境自然性较强，天然森林植被占优势，国家重点保护的野生动植物种类也有较多分布。缓冲区内部分地段植被因受人为影响而有所退化，但只要得到充分的保护，可得到较快恢复。

（2）缓冲区建设项目主要安排科研监测站、监测点等科研监测设施。

（二）一般保护区域

一般保护区域范围限定在实验区内，面积 7 845.6 平方公里，占保护区总面积的 41.7%。在一般保护区域范围内，不安排可能破坏生物资源及生态环境的建设项目，保护区重点建设内容安排在实验区。

（1）实验区分布于罗坑盆地的盆底低山区（局部为丘陵

区）。实验区内部分地域人为活动相对较多，部分地段植被因受人为影响而有所退化，但只要得到充分的保护，可以得到较快恢复。

（2）实验区的建设项目立足于科研与可持续发展结合，以有利于保护科研工作的开展和社区经济发展，主要安排科学试验、公众教育、参观考察、环境保护设施和可持续发展等项目建设。

（3）实验区与缓冲区界。由东北向的左螺窝口—西牛塘—长垠顶—石龙颈—小洞背—新洞背—拐湖—洁菜坑—大公坑双溪口崩山东背。

（三）社区原住民生产生活区域

1. 核心区内原住民生产生活区

原奖公村有2户、5个老年人居住。生产生活区维持在原有宅基地、社区公共设施用地、道路、农地、经济林（主要是茶叶）、毛竹、水塘等范围。

2. 缓冲区内原住民生产生活区

在师木坑、大竹园、上斜、坪坑四个区域，分散居住有原住民82户、418人。在师木坑、大竹园、上斜、坪坑划定社区原住民生产生活区，区域范围维持在原有宅基地、社区公共设施用地、道路、农地、经济林（主要是茶叶）、毛竹、水塘等范围。

3. 实验区内原住民生产生活区

在上张、黄屋、上埂、下埂、坳顶、日升山、大坑坪、棉地、花蕉岩、圳头、上坑等十一个区域，分散居住有原住民147户、756人。在上张、黄屋、上埂、下埂、坳顶、日升山、大坑坪、棉地、花蕉岩、圳头、上坑等划定社区原住民生产生活区，区域范围维持在原有宅基地、社区公共设施用地、道路、农地、经济林（主要是茶叶）、毛竹、水塘等范围。

三、可持续发展原则

罗坑自然保护区林地林木属集体所有，社区发展问题较为突出。在保护好鳄蜥等珍稀濒危野生动植物种群的前提下，在维护好鳄蜥等珍稀濒危野生动植物栖息地的自然性、原生性、完整性的基础上，适度地开展以生态游憩为主要内容的资源利用活动，提高保护区社区自我发展能力，实现罗坑自然保护事业的可持续发展。

在曲江县委党史座谈会上的发言

（一九八四年十一月八日）

杜国彪

我是在日寇投降不久来曲江的，一直到 1948 年上半年才离开，大概在曲江的时间有两年多。当时因日本投降了，我们的武装部队转移、调动。随着武装斗争的新形势，地方党也有了新的变动。原来地方党的组织是跟着武装斗争的需要建立的。地方党的组织，我所知道的沿北江一带，河东、河西各有党组织，配合部队。但是部队撒了，地方党组织也要重新调整。

北江特委派我到曲江是任曲（江）乳（源）区特派员。到 1947 年春增管两个县（仁化、乐昌）。以后又给我增加了一个任务，就是要向湘南发展地下党。

我来时，日本投降了，部队要撤走，地方暴露了的党员要撤退，摆在面前的首要任务，就是重建曲江地方党。1942年停止组织活动以后，到1944年冬，各地都重新恢复了组织活动，曲江党也恢复了。但是，分为河东、河西两个组织机构，河东特派员是徐毅平同志，由路东工委谢永宽等同志直接领导；河西特派员是肖少麟同志，你们的党史资料未提到他，肖少麟同志是由北江特委领导的。两地都有了，便于当时的游击战争。

我来时是步行的。由大湾到洴洸，再由肖少麟带我到罗坑，接收组织关系，由罗坑到白沙，见到范家祥，回罗坑再经龙归到韶关，在韶关见到赵约文，以后又到马坝见到杨维常，在乌石见到梁展如。当时的组织关系就是这些。杨维常领导的党员在马坝大概有十人，另一人是周田的张洪，梁展如领导之下有四五个党员，其中侯义强教小学，另外几个是农民。了解情况之后，我再去英德向北江特委黄松坚同志汇报，汇报之后，特委派陈兴中做副特派员，我们一起再回曲江。到1946年初，张华同志到了韶关，我们就在张华同志的直接领导下开展工作了。

第二个问题，原来接收这些党员，多数都是马坝、乌石的。马坝、乌石在抗日战争后期，大搞游击战争。他们以"保家卫土、保卫家乡"的抗日名义，搞了一个"曲江联乡抗日自卫委员会"，杨维常、梁展如都参加了，有的老同志也参加了。武装斗争搞了一段时间。日本投降之后，为了防止国民党对参加过"曲江联乡抗日自卫委员会"的同志的注意，把党的组织隐蔽下来，因此，对他们采取单线联系，不搞组织上的活动。马坝的由杨维常负责分别与各个人联系，使这些同志隐蔽下来，保持与农民的血肉关系，继续团结当地群众，不要再暴露，防止出事。在做好隐蔽农村这部分老党员的同时，我们还接收安排了不少党员同志。因为韶关曲江曾是省委、特委的所在地，又设过中心县委，很多同志都在韶关工作过。日寇投降了，有的同志走了，有的没有走，所以我们首先认真慎重地处理1942年党停止活动时，失了组织关系的同志，经过慎重审查，有的给予恢复组织关系，有的重新入党，以解决他们的组织关系。在这段时间解决了不少。例如在十二集团军部队工作过的，其中有周冷、张易生，还有程琪等人。通过我们的同志审查他们的表现，认真、谨慎地重新解决他们的党籍。其次是通过各种关系，接收和掩蔽部队疏散来的同志，以及已暴露了的烈士家属。当时，东江纵队北上，南雄部队杨康华同志那里撤过来一批人，有的自己找到了职业，如崔承宪夫妇（崔的夫人朱群颂）、范兰胜等同志，还有部队炊事员、卫生员也来了，陆素同志也是那时撤到罗坑来的；还有在英德、清远打游击暴露了撤来的，如罗志刚同志及在清远城作战阵亡的赖德林烈士的遗属，全部迁来了，英德的莫柱生同志也迁来农场。我们接收了四面八方的人，有的放在学校，有的留在农场，也有的同志在这转折关头，部队要撤走，暴露了的党员要调动，一时未能安排好工作，组织上来不及处理，调来隐蔽了一个时期。其中有涂锡鹏，在樟市小学教了几个月书，邓文畤则隐蔽快一年时间了。

第三个情况是，发展党的组织，建立据点。整个县农村发展的重点在南边，因此，除了巩固马坝、乌石已建立的据点外，增建新的据点。国民党马坝农场、白沙、罗坑、樟市、周田、龙归都建立了据点，联系群众、发动群众、准备将来的发展。

当时我们很注意搞学生运动，在学校建立据点，发展党员。这个时期的学生工作，不可能像抗战初期那样轰轰烈烈地组织抗日先锋开展青年运动。做法是通过我们当教师的同志，认真教课，勤勤恳恳教好，提高学生的水平；另一方面关心学生，团结学生，对学校很不合理的问题，站在师生一边，和师生一起抗争。如曲江一中曾克扣教师的薪水，抓住这些问题去解决，就树立了威信。通过这些办法，几间中学的党组织都得到发展。在曲江一中范家祥当选为学生会主席，发展了丘其忠、张永芳等一批党员。程琪同志在志锐中学发展了一批党员，韶师、广育中学也建立起我们的据点，太平小学和五里亭小学也建立了我们的据点，发展了好几个教师党员。有的小学如五里亭小学、樟市小学则完全被我们占领了，从校长到教员都是我们的人。

这个事件（崔承宪被害）的出现，引起我们很大的警惕。为了防止敌人的破坏，除了向上级党组织汇报之外，利用崔承宪同志的哥哥崔载阳的关系，把朱群颂同志立即撤退。陈兴中、梁申同志后来也撤退了。根据党的指示，这个时期我们就采取了"分散隐蔽，积蓄力量，长期潜伏，等待时机"的方针，因此，1946年下半年，我找到了公开职业掩护，到白土小学当了半年校长。1947年春，我不当校长了，但为了防止我走后敌人特务来接替，我叫邓启民同志当代校长，我的校长名义一直挂到1947年秋。虽然组织生活执行分散隐蔽的方针，但我们党的发展工作一直没有停止。1947年，内战已经打起来了，根据形势的发展，广东全省重搞武装斗争，大搞游击战争。于是，我们又执行新的任务：支持游击战争，自己开展游击战争。

怎样支持游击战争？一个任务是输送干部，建立交通线。1947年开始，张华同志到五岭去了，地下党要向仁化、乐昌发展。五岭地方的武装斗争搞起来了，乳源的部队也搞起来了，对曲江震动很大。输送干部包括两个方面：曲江县自己输送到部队的数量不少，张华去了之后，陆陆续续调出一些干部党员到北一支、北二支，翁敏等同志调到北一支，刘碧等同志到北二支。为了发挥先进青年的作用，早已发展了秘密的青年组织，叫"青年民主同盟"，如白土的张世德、罗坑的杨宜华、白土小学教师陈爱莲等，都先后送到部队去，或送去五岭学习过。另一方面，广州来的干部和青年，有的转送到五岭，有的转送到北一支，也有的同志送回家乡去参加武装斗争。莫柱生同志回英德参加了武装斗争，听说武装斗争已经搞起来，但他的组织关系是由上面转的，回到部队都得不到组织联系，到现在组织关系还没有解决，证明写了不少，组织关系总未解决，这样影响不好。也有的同志根据本人的要求，转回本地，如罗志刚同志回广西博白县马上组织了一百多人的大队，当起大队长，打起游击来了。关系怎样转到广西去？不可能，当地林克武认识他，知道他是党员，马上叫他重新入党（后来恢复了党籍）。这些情况说明，建立交通线输送干部配合开展武装斗争是曲江党的一个繁重的任务。

曲江县自己怎样开展游击战争？

解放战争中，国民党在北方战场上越遭失败，而在南方的征粮税就越加紧，也越激发起群众的愤恨，起来参加武装斗争。1947年夏，五岭和翁江两地区的武装斗争已经取得了很大的发展，曲江有武装斗争的光荣史页、有武装抗日的经验。五岭和翁江武装斗争的进展鼓舞了曲江的群众起来斗争。我们考虑到韶关是国民党的战略重点，曲江的武装斗争。应该配合粤北的游击战争，牵制敌人。

1947年8月底或9月初，我根据情况的需要，从沙溪往翁源去找何俊才同志，研究怎样配合北一支开展武装斗争活动。当时，北一支有两个主力，一个是钢铁连，另一个是飞虎大队（汤山大队）。钢铁连在何俊才身边，汤山大队已进入沙溪边境一条村庄隐蔽活动。见了何俊才之后，我又去见汤山同志，他提出要打沙溪，于是我和他研究了具体打法。后来沙溪伪乡公所是他的部队打下来的。汤山部队要打沙溪了，河西又怎样配合？我通知陈克同志到白沙找何远赤、范家祥等同志研究，发动群众起来配合，在白沙搞武装起义。布置了以后，我就上五岭向张华同志、黄业同志汇报了情况，五岭地委决定成立曲南大队。我回来时，沙溪、白沙两个乡公所已打下，白沙起义成功了。以后部队转往乌石，梁展如立即发动一批农民参军，成立了曲南大队。关于武装斗争的情况，何远赤同志会详细谈，我就不详细讲了。

在韶关开展统战工作的一些回忆

（节选）

杜国彪

1945年9月，日军宣布无条件投降后不久，由中共北江特委派我到韶关工作。初期的职务是曲（江）乳（源）区特派员，后来增加两个县，变为曲（江）仁（化）乳（源）乐（昌）四县特派员，负责这个地区党组织的领导工作，要向湘南发展党组织。到1948年调离。

每当我回忆起在韶关工作这一段艰苦的日子，总联想起那些潜伏在敌人心脏里进行统战工作的一些同志。其中有：赵约文任国民党曲江县政府建设科长；李思明任曲江县政府教育科督学、《大光报》《中国报》记者；张洪任警察局总务科长；李子明在《建国报》社工作；冼颂柏任法院法官；还有曾任国民党部队长，离职后居住在韶关的杨泰湖同志。他们表面上是在国民党机关工作，活动在国民党政府的中、上层，但为党的统战工作做了很多，很出色，团结了不少党外的爱国民主人士，和我们一起战斗。

这些团结在我们身边的战友，有的只见过一面，有的知其人而未见过面。其中主要的如陈维廉当时是国民党曲江县卫生院长；莫家励是曲江县税务局长，徐民纲是第十二集团军的中校军官；苏翰彦是一八七师司令部秘书；杨际春是马坝乡的士绅；杨求新是罗坑乡的士绅。他们都曾经帮助过我们工作，和我们一起战斗，而有的，为此献出了宝贵的生命。

我到韶关，首先做的一个重要工作，是恢复党的组织。韶关，在抗日战争期间，曾经是我党省委机关的所在地。1942年发生了粤北省委被破坏事件，党组织停止了活动。1945年，党在曲江的河东派有徐毅平同志，河西派有肖少麟同志任特派员，开始恢复党的组织活动，并着手搞武装斗争。日军投降后，武装部队停止了活动，我们党的组织急待恢复。随着形势的发展，国民党反动派撕毁了"双十协定"，大打内战。到1947年，我们又面临着另一个重要任务，就是大搞武装斗争。统战工作的开展，对我们恢复党的组织，对我们大搞武装斗争，都有过很大的作用。

在武装斗争中，支持我们活动的党外人士，最使我难忘的是杨求新。他是曲江县罗坑乡的一个士绅。1945年，抗战胜利前后，我党很多同志都在罗坑圩他的家中逗留过。他的儿子杨宜华同志，当年加入了党的外围秘密组织——抗日民主青年同盟。杨求新对我们很尊重、很热情。1947年大搞武装斗争后，杨宜华同志参加了"曲南大队"，部队活动于罗坑、樟市、白沙一带，经常进入他的村庄。杨求新把枪支献给部队，供应部队粮食，与我们

"生死与共"，可惜后来被国民党反动派杀害了！还有马坝乡的杨际春，也是当地的士绅。1945年春，日军侵占韶关，党组织号召开展游击战争。当地党员梁展如、罗玉麟、杨维常等同志与杨际春商量成立了以抗日保乡（为目的）的"曲江联乡抗日自卫委员会"，总部设在沙溪。杨际春挺身而出，担任了该会的主任委员，集结马坝、乌石等地群众武装，多次与日军作战，取得一定的战果。日军投降后，这个委员会解散，杨际春回乡隐蔽。1947年我们重搞武装斗争，也得到他的支持，游击小组经常在他的村庄活动。

我的这一些回忆，虽是片段，又很零碎，但充分证明了，统战工作在新民主主义革命中，确实是三大法宝之一。今天，在社会主义四个现代化建设中，同样还是一大法宝。我们一定要团结一切爱国人士，共同努力，统一祖国，把我们的国家建设得更繁荣昌盛！

（选自中共曲江县委党史研究室编：《曲江党史参考资料》，1991年3月）

我在曲江罗坑从事地下活动的回忆 ◇◇◇

叶树青[①]

    1947 年初，曲江地下党准备建立武装斗争，对河西、罗坑带十分重视，计划在这里打好基础、积蓄党的力量，作为游击斗争的基地，先后有计划、有步骤地派遣了一批地下党员和进步青年到该地区加强力量。就在这种形势下，我和爱人钟绿萍受党组织的指派以教师身份为掩护到罗坑，任塘底第三保国民学校校长。同年冬，我地下党领导的游击队活动在河西蓬勃发展，甚为活跃，引起敌人的警觉和关注。根据当时形势，党组织决定将罗坑、樟市等处暴露或可能暴露的同志转移到外地或送进部队，于是，

———————————
[①] 叶树青，广东梅州人，1942 年入党，韶关市离休干部。

265

我于冬至后撤离罗坑，返回韶关河西马蹄脚农场接受新的战斗任务。

我在罗坑有近一年的时间，现将这段回忆写下来以作党史资料参考。

罗坑地理环境和革命力量分布

罗坑位于曲江西南隅，是一个偏僻、交通不便的边远乡村，也是敌人统治较为薄弱的地方。东与樟市紧联，南和英德横石塘接壤，西同曲乳边的江湾、大布相连，北靠龙归、凤田。这里山深林密、地势险要，是开展游击战的好战场。罗坑乡划分为4个保，瑶汉两族人杂居，政治上这里有国民党中层人物，有大哥会、三点会等封建组织，同时宗派、姓氏斗争亦很剧烈。

1947年春夏，曲江地下党决定重搞武装斗争，选择罗坑作为活动基地之一，为了加强这个地区的革命力量，陆续从各地抽调了十一二名党内外同志到罗坑，其中有党员、青盟成员、进步青年，有些是工人、农民或知识分子，来自农村、城市和游击区。当时罗坑、樟市地区的党组织由陈先信和欧阳汝森负责。欧阳汝森是南雄人，在樟市中心小学任教；陈先信是连县人，北撤后由连江支队调到韶关西河马蹄脚农场，再派到罗坑中心小学任教；杨宜华是罗坑人，任罗坑中心小学校长；黄德宜（女）在东纵北撤前在《前进报》社工作，后由北江特委派来罗坑中心小学任教；郭应伦是南雄人，当时在罗坑乡第一保小学当教师；莫柱生和黄桂英夫妇由组织安排到罗坑杨屋以耕田作掩护；孟蓬（女），清远人，是赖德林烈士的遗孀，在乡公所粮仓当炊事员。同年秋，调入罗坑中心小学任教的还有许奇明、李世恩两人。

在罗坑的斗争活动

1947年春节前，我和爱人钟绿萍在韶关西河马蹄脚农场隐藏。不久，曲乳区特派员杜国彪通过罗坑中心小学女教师黄德宜介绍，将我夫妇派去罗坑任教，临行前，农场党组织负责人梁维平大姐嘱咐我，今后陈先信同我单线联系，必须严守党的秘密，做好工作，搞好群众关系，播下革命种子，让她生根、开花、结果。

我们到了罗坑着手筹办塘底第三保国民学校，校址设在老刘屋的破祠堂里。经过粉刷布置，也成了一间简陋大方的农村初级小学，当年春季招收初小学生6人，分设一、二、三、四年级，我任校长，我爱人当教师。旧社会教师的待遇很低、生活相当清苦，我们全年收学金3 600市斤谷作为老师的薪金，每年我自觉交纳720斤作为党费，所剩平均每月120市斤，相当月工资24元。为了减轻负担，我们还组织学生种菜、拾柴。经过一番准备，学校于当年元宵后几天开学上课了，受到当地农民的热烈欢迎。

要在罗坑站稳脚跟，树立群众威信，首先必须办好学校，教好学生。我们知道当地文化落后，群众子女求学心切，因此教学很认真，管教很严，使学生对课文内容做到能读、能认、能写、能计算。为了调动学习积极性，在班里还开展各种竞赛和评比，如学习成绩、课堂秩序、清洁卫生等以流动奖旗鼓励，学生颇感兴趣。在思想教育方面，我们也很重视，并注意方法。讲故事、教唱歌是一种好形式，记得我曾给孩子们讲过《梁山聚义》《黄巢造反》《大战平型关》《东郭先生和狼》等故事，教唱《四季歌》《九·一八小调》《游击队歌》等，将思想教育寓在故事和唱歌之中。群众看我夫妇教学很认真负责，学生进步大，都十分满意，称赞今年招聘来的老师是最真心实意教好孩子的。后来我们根据家长要求，还做到长年上课不放假，虽然老师辛苦些，但获得乡亲父老的赞同和信任。

在塘底小学任教期间，我们还利用一切机会接触群众，搞好关系，进行革命宣传。通过家访，我们了解到许多贫苦学生家庭的困境，掌握地主剥削的程度，向家长揭露社会贫富不均、货币贬值、物价飞涨、土匪横行的现实，宣传"平均地权""耕者有其田"的思想，还讲些报上登载有关南雄、始兴、翁源游击队活动的消息，用这些去启发群众的觉悟。当时学校还设了小药箱，有常备药物，碰上群众有小病或外伤时可方便治疗。有一次老刘屋青年农民刘隆生母子误食野菌中毒，爬床抓席，十分危险。我听闻后急忙赶到，立即将筷子插入他们的喉咙引吐排毒，并叫人去罗坑街中药铺买回"菌王"来煎服解毒。早晨，他们清醒后极为感动。平日，我们常向农民介绍一些医药知识，提供自采的草药为他们治病，使群众甚为好感，赞我们多才多艺。塘底的妇女同我国广大农村妇女一样，深受重重压迫，愚昧无知，生活痛苦。

为了提高她们的觉悟，摆脱各种精神桎梏，自觉起来争平等、争自由，求得解放。我和爱人商量就地开办一间妇女夜校，扩大宣传阵地。经请示陈先信同志，并争取了学东吴祖德的支持，终于办起了全乡第一间妇女夜校，吸收学员 20 人左右，夜校识字班由钟绿萍主持，我协助。教学从日常简单识字、认数、计数入手，由浅入深、由简到繁。除了上文化课外，还教妇女唱歌，比如《新女性》中歌词"一点不能松，一天十二点钟，加上女人的苦痛，更比男人重……"经过讲解，使学员认识女工的痛苦生活。《锄禾》诗对学员教育也很深。她们对劳动的艰辛是有切身体会的。识字班越办越好，妇女热情很高，经过学习不仅学到不少文化，而且懂得了一些穷人受苦、妇女受压迫的原因，觉悟也提高了。

在罗坑工作期间，我遵照党的指示，隐藏积蓄力量，站稳脚跟，发动群众，但对当地乡绅土豪反动势力亦作过一些巧妙的斗争和反击。

记得塘底小学开课不久的一天，学东吴祖德突然来校，在办公室坐下不久就问道："旧时读老书是要题诗作对的，谅叶老师也擅长吧。我出个上联，你来对，好吗？"我没有当即答复，意识到他是在试探我的文化水平，此招毒辣，如应付不好将影响我在群众中的威信，继而无法在此立足。因此，我冷静下来，缓缓回答："我虽小时读新书，但也自学过一些诗词、作对联。"然后，引用诗人李白、杜甫、黄公度、陆游、苏东坡以及石达开等人的诗句陈述了对诗的体裁、分类、格式、韵律的看法。那吴祖德听着，时而点头，时而沉思不语，我最后说："你是行家里手，我不过抛砖引玉而已，请指教。"他急忙说："不！叶老师，讲得好，很多诗我未听过，真是茅塞顿开。"接着，他出了个上联"罗坑山高高万丈"要我对下联，我稍加思索后即道"塘底低水水流长"。经过这一番较量，吴祖德自知难胜，只好借学生放学机会打圆场，急忙溜走。

1947年秋的一天午后，罗坑乡公所派人来校通知我去乡公所，去到才知道要我帮手代写选票，因罗坑要选傅桂标当县参议，选杨伯履当省参议。乡长吴泉轩等人强奸民意，搞假选举，自己中饱私囊。我十分气愤，但又摆脱不了，写选票时我有意将"傅桂标"写成"付费标"，"杨伯履"写成"杨佰履"，字体不一，百来张选票，写得面目全非，写完交差了事。

同年秋，何远赤、范家祥、陈克等举行白沙起义，将部队拉到罗坑、樟市一带开展游击斗争，罗坑街不时见到游击队的告示，还召集乡保长、绅士、商家开会，讲明形势，宣传部队的政策。这时塘底新厅下的地主吴某逢人便造谣惑众，攻击游击队，还揪出明初朱元璋的军师刘伯温的《烧饼歌》，说什么"红面乱天下、白面坐正堂"等，许多较大的学生也半信半疑。为了戳穿地主的阴谋，我向群众和学生反复宣传，能预言五百年后的事，实为无稽之谈，还引用楚汉争雄、刘邦获胜说明得人心者得天下的道理，对这些谣言起到消毒作用，使群众对游击队亦有一个较好的认识。

撤退和转移

1947年8月上旬，曲乳区特派员杜国彪来到罗坑杨宜华家里召开秘密会议，参加会议的有陈先信、欧阳汝森和杨宜华。这时杨宜华已被党组织批准由青盟盟员转为共产党员。会议传达了上级指示，检查分析了罗坑工作情况，认为经过大家共同努力，不仅隐蔽得好，而且掌握了社会各种情况，宣传发动群众也有一定成绩，但调查不够详细，还有空白死角，如四保仙洞的情况不太明了，对敌分化瓦解工作还未开展，大家认为罗坑反动力量仍是比较顽固，要特别警惕吴泉轩、傅桂标等人的活动。会后还加调了许奇明、李世恩来中心小学，增加我们的力量，准备搞武装斗争。

白沙起义时，欧阳汝森、张世德等人都参加了，引起敌人注意。不久，许奇明又进了部队，10月份还在罗坑街召集的乡保长、商绅会上讲了话，此举对全乡震动很大。当夜，塘底小学学东吴祖德便面带惊奇和怒色质问我："你介绍的许老师是共产党，今天同范家祥部队开来罗坑……"听我一番解释后，他仍有疑虑。

这时我意识到自己受怀疑，可能暴露了。同时，还发生了这样一件事：女教师黄德宜经不起乡队副兼粮仓管理员黄履鑫的百般引诱，贪财贪势，与其同居，并提出退出革命队伍，虽然她再三向组织表示保证不破坏、不告密，但我们认为仍不可信，很难保证她不将我们出卖，因为"堡垒最怕从内部攻破"。

这个情况，我们立即向组织作了汇报，党组织当机立断，将罗坑的同志撤退转移进部队或去别处另作安排。这时已近冬至，莫柱生回英德黎洞连江支队任小队长；陈先信调韶关东河坝交通站；叶树青、郭应伦进南雄帽子峰"粤赣湘边人民解放总队"；钟绿萍、高雄英因均有孕在身，调回韶关西河马蹄脚农场待生下小孩再作安排；杨宜华、李世恩两人留范家祥武工队。我最后坚持到冬至后两三天才离开罗坑返回韶关西河马蹄脚农场。

不久，我受乐昌梅花中学教师黄向青委托，带进步青年学生陈贱生、丁蔚文、谢宗岳等六人进粤赣湘边设在横水的司令部参加军事训练班。在那里，我又开始了新的战斗。

（选自中共曲江县委党史研究室编：《曲江党史参考资料》，1991年3月）

杨宜华："焦裕禄式"的好干部

黄桂祥　刘文龙

　　杨宜华，广东曲江罗坑人，1923年生。1944年夏，高中毕业返回家乡罗坑任国民中心小学校董。1945年中，加入曲江抗日民主青年同盟。随后，以教书为掩护，配合杜国彪、范家祥等人创建罗坑游击根据地。1947年，加入中国共产党。同年进入由中共五岭地委举办的青训班学习。后重返罗坑继续开展游击战争，深入白沙、罗坑、樟市等地开展反"三征"和"清剿"战斗。中华人民共和国成立后，任曲江县樟市区副区长，多次参加剿匪战斗。1953年调佛冈县，参加土改工作，后任副县长。又调从化，任县委常委、宣传部部长。因长期一心扑在工作上，于1964年积劳成疾不幸去世，被誉为"焦裕禄式"干部。

1959年，为改变从化地区的落后面貌和水利问题，杨宜华铆定工作目标，深入从化当地山区，和当地群众同吃、同住、同劳动。即使当时已经积劳成疾，他仍然带病坚持工作，直到病倒在工作现场。在他的努力推动下，杨宜华带领工作队为当地农村修建了不少水利、水库等基础设施，极大地改变了当地靠天吃饭的落后面貌。

以家作堡垒，率族打游击

杨宜华祖辈原姓朱，罗坑乡昂天堂村人，后来他过继给本乡中心坝上杨村杨家。父亲杨求新为人忠厚豁达，带领全家男女勤耕苦种，逐渐拥有了一些良田薄产。加上他头脑比较灵活，在乡里做些土产和屠宰小生意，在当地颇得人气，家业逐步兴旺起来。有了点家资后，杨求新将杨宜华、杨宜培、杨宜龙三兄弟送去外地念书，这在贫穷偏远的罗坑山乡实属难得。杨宜华在自家书房岩接受启蒙后，又先后到韶关志锐中学、乳源中学继续求学。

其间，他思想日趋进步。几年的学习和乡外见闻，使年轻的杨宜华内心萌生了革命思想，他觉得仅仅自己和家人过得好还不够，大部分人还生活在忍饥挨饿、欺诈压迫的不平等社会里，自己要为所有人的幸福而努力。1944年夏，作为罗坑第一个高中毕业生，杨宜华返乡不久即被推荐为罗坑国民中心小学校董，积极在当地山乡传播新知识、新思想。

1945年中，经地下党员范家祥发动，杨宜华作为进步青年第一个加入曲江抗日民主青年同盟。同年9月间，中共曲乳特派员杜国彪奉北江特委书记黄松坚之命到曲江，负责恢复曲江等地区的党组织和革命活动。杜国彪从英德进入曲江罗坑，在罗坑时，杜国彪住在杨宜华家，他认为偏远的罗坑很适合建立游击根据地，决定加强罗坑的工作，并勉励杨宜华发挥好作用。杨宜华与父亲商定，将自己的家作为地下党活动的场地。此前，杨宜华之弟杨宜培加入曲江联乡抗日委员会马坝税站手枪队，于1945年9月牺牲。刚经历丧子之痛的杨求新深知革命的危险，但仍支持长子杨宜华。此后，杨宜华家成为坚定可靠的堡垒，接待和掩护过肖少麟、包华、杜国彪、陈克、范家祥、何远赤等人，还为游击队出人、出力、出钱、出物。

1946年6月，东纵北撤后，部分留下来的革命同志需要隐蔽。杨宜华利用自己校董的身份，协助五岭地委、曲江地下党组织将陆素、陈先信、叶树青等人转移到罗坑国民中心小学隐蔽。此后，陆素等人在罗坑国民中心小学接收或发展了钟绿萍、郭应伦、高雄英、许奇明等中共党员，为罗坑建立游击根据地提供了组织保证。

1947年上半年，河西游击根据地正式成立"曲南大队河西游击队"（当时曲南大队队长为梁展如），范家祥任队长，杨宜华任副队长。同年，杨宜华参加五岭地委培训班，通过组织考验，光荣加入中国共产党，他的工作劲头更大了。范家祥、杨宜华组织领导当地群众大力开展反"三征"、组建游击武装、建立"白皮红心"乡保政权、打击土匪恶霸等工作。在杨宜华的影响和带动下，除了其父杨求新、舅父林殿新等支持和参加革命外，本村的杨龙、杨平、杨先、杨清、杨良、杨维、杨州、杨金等人，也跟随长兄杨宜华"上山打游击"（直到中华人民共和国成立初期参加土改、剿匪和抗美援朝），杨求新、林殿新、杨平、杨金等人献出了宝贵生命。

同年冬，以何远赤为大队长、陈克为政委的曲英乳人民义勇大队 40 余人，回到白沙、罗坑河西一带开展活动，目的是加强和巩固河西游击根据地，以便向英德、乳源方向发展。杨宜华等河西游击队队员备受鼓舞。

联瑶破"驻剿"，聚众反"三征"

罗坑游击战争迅猛发展，招致了国民党曲江反动当局和当地民团、土匪的极度仇视。1948 年初开始，罗坑连遭敌人 3 次"清剿"。

最大的一次"清剿"发生在 1 月底。国民党曲江县县长、"清剿"委员会主任杨寿松亲自带领国民党保安团、县自卫总队和罗坑土匪傅桂标联防队共近 1 000 人，包围了罗坑奖公、西牛塘、上杨下杨、昂天堂、坳顶等村庄。

在杨宜华等引领下，何远赤率领游击队员提前转移到瑶山。转撤瑶山过程中，杨宜华因平时同当地瑶山同胞交好，对有困难的瑶民时有接济，且早前已经动员吸收瑶山的赵献才、赵观成、赵新发加入了游击队，为游击队仓促之间进入瑶山作了良好的铺垫。

敌人"清剿"未能奏效，便改用"驻剿"的办法封锁瑶山，企图把游击队困死。本身生活艰难的瑶族同胞大力支持游击队，给游击队提供玉米、番薯等食物。这些食物吃完后，又和游击队一起挖竹笋、野菜，打野味。瑶族同胞的倾力相助，让杨宜华等人感动不已，看到瑶胞有困难也尽力相帮。一天，杨宜华在石岩口遇到一户人家，抬眼望去，家徒四壁，一无所有，杨宜华便把自己的行军被子和数斤救急大米留给这户人家，并告诉对方，革命胜利了大家生活就会好起来。由于汉瑶同心，敌人的"驻剿"阴谋破灭了。

8—9月间，曲英乳人民义勇大队在谭颂华、何远赤等带领下向西扩展，陈克、范家祥、杨宜华等10多人留在河西地区坚持斗争。尽管力量有所削弱，处境更加艰难，但陈克、范家祥、杨宜华等人没有退缩。

他们继续开展反"三征"活动，组织发展农会，揭露国民党反动面目，维护群众利益，争取群众支持。杨宜华还继续说服父亲杨求新，给游击队捐了5支枪、6000斤稻谷，还有钱若干。当地至今还流传着杨宜华和妻弟捐枪给游击队的故事。在杨家的配合下，地下党组织和游击队掌握了罗坑4个保中3个保的政权。但在生死较量中，杨求新、林殿新、李前灵、李功年等人不幸被敌人杀害。几个至亲和乡亲先后离自己而去，杨宜华悲痛万分，他对自己说，要坚决挺住，用坚持斗争和最后胜利告慰亲人与乡亲。

1949年初，曲英乳人民义勇大队又回撤河西地区，同河西游击队会合。当年春节后年初六，国民党第三十九军准备派兵对罗坑进行"扫荡"。曲英乳人民义勇大队及河西游击队在进入罗坑的必经之路迳口—枫树坪设伏。敌人进入伏击圈后，被击毙击伤20余人。

随着中国人民解放军的节节胜利，地方革命武装斗争也一路高歌。10月7日，曲江解放。盘踞在罗坑多年的土匪头子傅桂标不甘失败，垂死挣扎，四处烧杀、抢掠。10月18日，为减少人员伤亡，罗坑乡人民政府乡长曾健到罗坑与傅桂标、吴保贤谈判。狡猾的傅桂标假意交出40支破旧步枪、5000多发子弹。10月23日，解放军一个连护送曾健一行进驻罗坑接管政权，罗坑乡人民政府宣告成立。

11月17日，搞"假投降，真反动"的傅桂标趁罗坑圩日，纠集各路残余匪徒400多名和地主武装占据了罗坑街，同新成立的人民政权对抗。曲江县军管会马上派周来、杨康华率河西独立营开进罗坑，在李屋大岗岭铁屎岗布阵，用重机枪扫射匪徒，匪徒被打得慌忙逃窜，傅桂标带领部分匪徒往仙峒方向逃跑。张神有等匪徒窜到距罗坑街不远的新庄炮楼围屋，张金龙等几名匪兵携一挺机枪抢占附近的亚婆髻山制高点。1950年2月10日夜晚，北江军分区第十一团第一营营长叶铭辉率部接管罗坑的剿匪任务，樟市区委书记张战、副区长杨宜华等参与商讨攻打亚婆髻山的战斗方案。凌晨1时许，战斗打响，一番激战后占据亚婆髻山的匪徒被打得七零八落。

此后南下解放大军一个连开进罗坑，围歼狮木坑张神有等残匪。对于逃进仙峒的傅桂标部匪徒，部队组织侦察兵骨干进山搜剿，封锁所有通道，断绝供给，迫使大部分残匪下山交枪，最后剩下26个死硬分子跟随傅桂标往龙归逃窜。叶铭辉率部队沿迹追击，把傅桂标等围困在石背庙山洞里，走投无路的傅桂标最后走出洞口缴械投降，后被政府枪决。至此，罗坑人民得到彻底解放。

"从化焦裕禄"，鞠躬尽瘁心

1953年，杨宜华从曲江调至佛冈参加土改，后留任区委书记，不久，因表现突出升任佛冈县副县长。1958年10月，佛冈与从化合并，杨宜华任从化县委常委、宣传部部长。

1959年，杨宜华兼任江埔公社党委书记，为改变从化地区的落后面貌和水利问题，他带上简单行李来到江埔公社。当年，从化县江埔等地区干旱情况十分严重，农作物失收甚至绝收，当地群众生活空前困难。为了改变抗旱能力薄弱的状况，杨宜华在从化县兴修水利动员大会上，提出 3 年内战胜干旱的目标。随后几年，深入从化当地山区，带病坚持工作，直至晕倒在工地上。杨宜华为当地农村修建了不少水利、水库等基础设施，极大地改变了从化地区靠天吃饭的落后面貌。

　　不幸的是，1964 年 7 月初，杨宜华病情加重，生命永远定格在 41 岁。杨宜华从参加革命以后，始终践行"为大家，舍小家""鞠躬尽瘁，死而后已"。杨宜华去世后，从化县委誉其为"焦裕禄式"干部，号召全县人民向他学习。

（根据杨宜华革命事迹整理）

参考文献

［1］应劭. 风俗通义校注［M］. 王利器，校注. 北京：中华书局，2010.

［2］中共韶关市委党史研究室. 中共韶关党史大事记［M］. 广州：广东人民出版社，1992.

［3］韶关市曲江区史志办公室. 中共曲江县地方史（第一卷）［M］. 中共党史出版社，2007.

［4］中共广东省委党史研究委员会、中共广东省委党史资料征集委员会. 中共广东党史大事记［M］. 非正式出版，1984 年 8 月.

［5］本书编写组. 东纵北江支队战斗历程［M］. 广东人民出版社，1992.

［6］韶关市史志办公室. 中国共产党北江地委史（1919—1949 年）［M］. 2007.

［7］中共曲江县党委党史研究室. 峥嵘岁月［M］. 北京：中共党史出版社，1996.

［8］中国科学院《中国自然地理》编辑委员会. 中国自然地理·气候［M］. 北京：科学出版社，1979.

［9］广东省文化局. 广东发现第四纪更新世中期人类头骨化石［J］. 文物，1959（1）.

［10］徐剑．马坝人与石峡文化研究［M］．广州：暨南大学出版社，2022.

［11］英德市史志办公室．中国共产党英德县地方史（1924—1949）［M］．北京：中共党史出版社，2009.

［12］邬强．烽火岁月［M］．广州：广州出版社，2015.

后　记

　　经过多方面的努力,《峒·观——罗坑红色翡翠》将要与读者见面了。在汪洋般的书海和多媒体海量资讯里,小切面的书写、小故事的立笔犹如一片叶子,能否经得起浪汐翻滚,露出冲淘不屈的身影出现在读者面前?敝帚自珍,亦心怀忐忑。

　　本书以粤北罗坑山乡为案例,尝试用纪实性的方法概括、展呈绿美广东和"百千万工程"的历程与风采。全书分上、下两编,共十六章,虽编分各义但连贯相承,在随意翻阅中感受特有的山乡气息及其博而返约的人文思考。前后一年多时间里,在兼顾其他任务的同时,笔者克服困难日夜兼程,终于如期成稿付梓,站在"松风习习的山坳上,倾身长舒了一口气"。

　　不学史,无以言。因绿美,且远行。

　　由衷感谢广东省林业局领导(南岭国家公园筹建工作办公室)和有关处室的信任与鼎力支持,使立足一地展现"绿美广东"的尝试充满热情;感谢罗坑自然保护区的关心与配合,保护区负责人黄达逸百忙中不时关切与信任,宣教科科长何南积极沟通,争取各方有效支持,丁冬静、刘海洋、钟振杨、曾凡海、张伟平、罗俊先等提供了许多有益的资料、图片;衷心感谢韶关市党史研究室对本书主题思想、史料事实等严格把关与鼓励;感谢罗坑镇委、镇政府及其新塘、新洞和瑶族村委、老区群众的热切支持；感谢罗坑革命先辈杨宜华等家属提供宝贵的资料和历史照片。

在田野调查采访中，陪伴笔者翻山越岭、出乡入城的黄石松、廖保桥、黄顺峰、林年昌、何永福、赵全胜、郭乃铜、王荣合、黄振球、罗俊英、凡强、沈堂州、林敏、包群仙等给予了热情而无私的支持，俾使调研顺利展开并获得许多一手资料。严亮、杨世强、宁夏江、李小红等知名专家、学者不吝评点鼓励，为本书增光添彩。暨南大学出版社副总编辑黄文科长期关心指导，使梳理罗坑山水人文的愿望得以实现。曲江区史志办、曲江区老促会、曲江区档案馆、韶关南叶文学杂志社、韶关市曲江区红叶文化传媒有限公司给予多方配合与支持。对所有关心本书出版的单位与个人，使关注罗坑、曲江乃至韶关生态建设、红色农文商旅的读者能多一些参考，在此致以深深的谢忱。

"山泽多藏育，土风清且嘉。"发现需要勇气、智慧和机遇。谨借本书抛砖引玉，相信今后会有更多人参与其中，在生态保护、乡村振兴、红色文旅研学等方面有更多发现，让曾经偏僻贫弱的罗坑在各方加持下真正繁荣起来，也使故乡人再次遇见"自己"。

由于水平和时间有限，书中错漏与不足之处在所难免，敬请师长、乡友及读者批评指正，推陈出新。

作　者
2024 年 9 月